Het Alibibureau

Peter de Zwaan

Het Alibibureau

DE GEUS

Achtste druk

Het Alibibureau verscheen eerder bij Meulenhoff-M
(Amsterdam, 2000)

Omslagontwerp Mijke Wondergem
Omslagillustratie Royalty-Free/Corbis
Drukkerij Haasbeek BV, Alphen a/d Rijn

Dit boek is gedrukt op FSC-gecertificeerd papier

ISBN 978 90 445 1081 2
NUR 331

Dank

Bij het schrijven van dit boek heb ik dankbaar gebruikgemaakt van de informatie die ik kreeg van Ad Koopman, directeur van de handelsonderneming Trako.

Zijn verhalen over nieuwe vindingen waar de mensheid veel baat bij zou kunnen hebben waren even boeiend als nuttig.

Hij verschafte onder meer de gegevens over de antikaterpillen, het wondere washandje, het waterbespaardopje en het neutraliserende stralingsschildje.

EEN

Het Alibibureau

I

Op zijn vijftigste verjaardag beloofde Suz Kcrams zich twee cadeaus. Geen boeken dikker dan driehonderd pagina's.

Nooit meer ergeren.

2

‘Hoe is het met je?’

‘Ik ben jarig.’

‘O god ja, is ook zo. Gefeliciteerd.’

‘Dank je. Waar ben je nou? Nog steeds bij eh…’

‘Je krijgt het niet uit je mond, hè? Terri heet hij. Ik ben nog steeds bij Terri.’

‘En daar blijf je?’

‘Ik denk het wel. Hij is lief.’

‘Liever dan…’

‘Begin daar nou niet weer over. Dat is hij, ja. En hij heeft geen secretaresse die al een kwart eeuw doet alsof ze 27 jaar is.’

‘Ik heb geen…’

Ze lachte. ‘Nee hè, nou jij je zin, je bent tenslotte jarig. Misschien blijf ik wel helemaal. Bij Terri dus. Hij heeft me gevraagd… nou ja, je begrijpt wel. We praten er nog wel over. Heb je al wat gekregen?’

‘Twee cadeaus.’

‘Leuk. Van wie?’

‘Van mezelf. Ik hoef geen boeken meer te lezen die dikker zijn dan driehonderd bladzijden en ik wil me niet meer ergeren.’

‘Dat met dat ergeren lukt je nooit.’

‘Daar ben ik ook bang voor’, zei hij en hij legde de hoorn op.

‘Gefeliciteerd paps.’

‘Dank je. Dat je eraan dacht.’

‘Na vorig jaar kon ik niet anders. Ik heb vorige week overal in huis vellen papier opgehangen. Pa bellen, jarig. Heeft mama al gebeld?’

'Vijf minuten geleden.'
'Toch knap dat ze eraan dacht.'
'Ze belde per ongeluk. Ze wilde uitleggen dat Terri een prachtvent is.'
'Dat weet je toch? Dat ze dat vindt, bedoel ik. Heb je al wat gekregen?'
'Twee cadeaus, van mezelf. Ik ga boeken wegdoen.'
'Weggooien?'
Daar dacht hij over na. 'In de garage zetten, denk ik. Ik wil geen boeken meer om me heen die te dik zijn.'
'Waarom niet?'
'Jezus, Maryam, weet ik veel. Zomaar. Ik heb geen zin meer in overbodig gewauwel. Wie een verhaal niet binnen driehonderd pagina's kan vertellen kent zijn vak niet, zoiets. Ik wil me ook niet meer ergeren.'
Ze lachte zacht. 'Arme paps. Over een poosje kom ik langs. Er is een cadeau onderweg. Maar ik ben bang dat het dikker is dan driehonderd bladzijden. Ik heb er niet zo op gelet. Je ziet maar. Dag paps, leuke dag verder.'

'Kom je nog op kantoor?'
'Ik ben jarig.'
'Vandaag? Waarom heb je dat niet gezegd?'
'Het staat op de kalender.'
'Ik ben nog niet naar de wc geweest, niet in mijn eigen huis tenminste. Ik heb hier een bandje dat je moet horen, maar dat moet maar wachten. Over een halfuur ben ik bij je. Heeft Maryam al gebeld, en Dinges?'
'Allebei. Dinges belde per ongeluk. Als jij jarig bent zal ik je vertellen hoe ze heet.'
'Ik hoor het al. Humeurig. Over een halfuur maak ik het wel goed met je.'

Hij ging op de bank zitten en keek de kamer rond. Met de boeken zou het wel lukken, dacht hij. Het ergeren kon weleens een probleem worden.

3

Carrol kwam binnen met wapperende, iets te rood geverfde haren, een doos gebak en een feestgezicht.

'Zitten', zei ze nadat ze hem had gezoend. 'Zitten, gebak eten en doen of het een leuke dag is.'

Ze trok haar jas uit en zag zijn ogen oplichten.

'Even een andere jurk aangetrokken. Ik heb het kantoor gesloten, ik dacht dat je dat wel goed zou vinden.' Ze deed haar schoenen uit. 'Een panty leek me niet nodig. Klopt dat?' Ze grinnikte. 'Zullen we meteen maar doen wat jij hoopt dat we gaan doen? Dan vertel ik je daarna waarvoor ik eigenlijk belde.' Ze wees naar boven. 'Kom je of wil je eerst gebak?'

Hij besloot dat het gebak kon wachten.

'Tjonge,' zei ze een paar uur later, terwijl ze de gebaksdoos van bed schoof, 'en dat op jouw leeftijd. Komt het door de slagroom? Dat je er energie van krijgt of zo? Eigenlijk zou ik nu om opslag moeten vragen. Vind je dat geen leuk verjaardagscadeau? Opslag voor je secretaresse die goed is in dienstverlening?'

'Ja', zei hij. 'Als je jarig bent zal ik eraan denken.'

Ze trok een gezicht. 'Je weet niet eens wanneer ik jarig ben. Zeg eens zonder na te denken hoe oud ik ben?'

'Al een kwart eeuw zevenentwintig. Zo zei Dinges het een paar uur geleden.'

'Precies', zei ze. 'Daar is ze jaloers op. Ze snapt niet dat jij iemand hebt die tien jaar ouder is dan zij, maar die tien jaar jonger lijkt.'

'Vijftien jaar, anders kom je niet uit op die kwart eeuw. Ze zei dat Terri haar heeft gevraagd om te blijven.'

'Waarop jij natuurlijk zei: meteen doen.' Ze duwde een vinger tegen zijn lippen. 'Zeg maar even niks. Ik wil niet weten wat je dacht, vandaag niet.' Ze duwde een van haar borsten omhoog. 'Hier, je bent een lik slagroom vergeten.'

Ze lag nog steeds naast hem toen hij wakker werd.

'Heb ik lang geslapen?'

'Meer dan een uur. Ik heb me intussen gedoucht, maar ik ben maar weer even bijgeschoven. Ik heb het bandje bij me.'

Hij wreef over zijn ogen. 'Wat voor bandje?'

'Met die boodschap waar ik vanochtend over belde. Luister.'

Ze boog zich opzij en weerde zijn hand af. 'Nu even geen gegrijp. Ik ben net afgekoeld. Bovendien is dit serieus.'

Hij liet zich terugvallen en luisterde naar het geruis van een telefoonlijn. 'Waar ben je nou', zei een stem. 'Je zou me helpen. Dat heb je beloofd. Kom nou. Ik ben zo bang voor hem.' Geruis, een kraak. 'Alsjeblieft.'

Hij rilde. Carrol zag het en drukte de stoptoets in. 'Dat had ik ook. Kippenvel. Alsof het ineens hartstikke koud was.'

'Door dat alsjeblieft.'

'Precies. Zoals ze dat zegt. Net alsof ze alle hoop heeft verloren. Wie is het?'

Hij ging rechtop zitten. 'Geen idee.'

'Echt niet, of wil je het niet zeggen?'

Hij schudde zijn hoofd. Er zat nog slaap in en een soezerig gevoel. 'Ik zou het echt niet weten. Is dit alles wat je hebt? Geen naam of zo?'

'Dit is alles. Dit is een vrouw die bang is en hulp zoekt bij iemand die ze kent, dat hoor je meteen. Waarom heeft ze jou gebeld?'

'Meisje', zei hij. 'Ze klinkt niet als een vrouw. Meer als een meisje. Is dat bandje van de alibilijn of van de BV?'

'Van de BV. Zo te horen is het een jong meisje.' Carrol probeerde het 'alsjeblieft' na te bootsen. 'Ik krijg weer kippenvel', zei ze.

'Ja', zei hij en hij streek over haar rug.

Ze trok zijn hand weg. 'Ik dacht dat je het bandje wel zou willen horen. Dat het je iets zou doen.'

Hij keek haar recht aan. 'Car, als ik wist wie het was, dan zou ik ook iets doen, al zou ik niet weten wat. Maar ik ken haar niet. Ze heeft in haar angst een verkeerd nummer gebeld, dat kan niet anders.'

'Eerlijk?'

'Eerlijk. Is er nog gebak?'

'Jawel, maar de slagroom is op, dus je kunt net zo goed je bed uit komen. Het feest is voorbij.'

Beneden zei hij: 'Je denkt dat ik lieg. Dat ik die stem wel herken.'

Ze haalde haar schouders op. 'Dat weet ik niet. Je mag liegen zoveel je wilt. Jij bent de baas van SuzCo en van het Alibibureau. Ik neem alleen maar de telefoon aan en duik de koffer met je in als het zo uitkomt.'

'Ik heb mezelf twee cadeaus gegeven', zei hij. 'Het tweede is dat ik me niet meer wil ergeren. En als je banaal doet, dan erger ik me. De koffer induiken, jezus. Het was je eigen voorstel. Liever één vaste klant en een kantoorbaan dan elke avond naar een hotel voor een dikke patser. Dat zei je, dikke patser. Je zei ook nog dat je te oud werd voor onregelmatige werktijden.'

Ze negeerde het. 'Wat is het eerste cadeau?'

'Ik ga geen boeken meer lezen van meer dan driehonderd bladzijden en elk boek dat dikker is, doe ik weg.'

'Dan zou ik me daar maar op concentreren', zei ze, 'want met dat niet ergeren ga je nog een hoop last krijgen.'

Hij keek Carrol na tot ze de straat uit was en dacht aan de boodschap op het bandje. Vooral aan het 'alsjeblieft'. Nooit had hij zo veel angst en pijn in één woord horen uitdrukken.

Hij dronk een glas water en ging voor de boekenkast staan. Veel dikke ruggen bij de A.

'Aangezien Wladek de enige was die met de baron in één ruimte durfde te verblijven, trokken de bedienden zijn gezag nimmer in twijfel. En zo nam hij, als negenjarige, de dagelijkse verantwoordelijkheid voor zijn medegevangenen op zich. Hij deelde de vierentwintig overgebleven bedienden op in drie groepen van acht, waarbij hij zo veel mogelijk de leden van één gezin bij elkaar hield.'

Dit had hij ooit gelezen, maar had het hem 428 pagina's lang geboeid? Het leek hem onwaarschijnlijk. Hij haalde een kartonnen doos uit de garage en legde het boek er voorzichtig in. Boeken behandel je met zachtheid.

Van de volgende boeken las hij een aantal bladzijden, maar toen hij merkte dat hij soms geboeid raakte, sloeg hij ze dicht. Verjaardagscadeau of niet, weg ermee.

Bij de B aarzelde hij. Wat moest hij met de bijbel? Het was een erfenis van zijn vader die ooit iets met religie had gehad. Hij wist niet meer welke. In elk geval geen geloof waar je last van kreeg. Hij woog het boek op zijn hand en zette het terug. Terwijl hij de C doornam keek hij voortdurend met een schuin oog naar de bijbel. Zou hij niet toch...

Hij zuchtte opgelucht toen de telefoon ging.

'Ja?'

'Ook ja', zei Charlie. 'Ik zou maar komen. Calk heeft het op zijn heupen. Hij heeft een alibi nodig en snel ook. Hij dreigt zijn wensenpakket door het café te schreeuwen. Ik heb gezegd dat-ie zijn bek moest houden, maar ik betwijfel of hij dat volhoudt. Er zijn een paar dingen die hem heel hoog zitten.'

'Wie is Calk?'

'De vent die we vorig jaar hebben geholpen toen hij aan het donderjagen was met dat blondje van de directeur van die plasticfabriek. Della heette ze. Del, noemde je haar toen je grappig werd.'

Hij wist het weer. 'Heeft hij iets onherroepelijks gedaan?'

Charlie zuchtte. 'Ik hoop van niet. Kom nou maar.'

'Ik ben jarig.'

Charlies stem klonk argwanend. 'Echt waar?'

'Echt waar.'

'Reden te meer om te komen. Het is hier gezellig en we houden je vrij.'

4

Voor de deur van De Vijf Wat? bleef hij staan. Binnen hoorde hij de bekende geluiden van gerammel, geschreeuw, muziek. Het café had aanvankelijk De Vijf geheten. Toen een klant had gezegd dat de woorden niet in het midden van de gevel zaten, had de eigenaar er puntjes achter laten schilderen. De naam was toen in evenwicht, maar de eerste vraag van iedere nieuwe klant was: De Vijf wat? Toen de vraag te vaak was gesteld liet de eigenaar opnieuw de schilder komen. Haal de puntjes weg en zet er 'Wat?' neer, was de opdracht.'Wat' met een brede W en een vraagteken zodat ik niet opnieuw gedonder krijg over een naam die niet in het midden zit.

De eerste klant die vroeg wat dat 'Wat?' betekende kreeg een klap op zijn neus, waarna de eigenaar Neus werd genoemd en nog maar zelden iemand zich druk maakte om de naam.

Neus wees met zijn hoofd en reikte een flesje bier aan. 'Gefeliciteerd met je verjaardag. Charlie zit in de tweede nis. Hij heeft tegen die gek tegenover hem gezegd dat hij gaat slaan zo gauw hij iets hoort wat hem niet bevalt en hij ziet eruit alsof hij het meent. Ik zou maar snel iets geruststellends zeggen. Charlie vergeet weleens dat hij maar anderhalve meter is.'

'Eén zesenvijftig', zei hij.

'Nou, dan is die ander twee meter veertig. Ik weet niet of Charlie het redt', zei Neus. 'Als het nodig is help ik wel een handje.'

'Ik geef hem wel een lel met dit flesje als het te gek wordt.' Neus keek zuinig. 'Hoe oud ben je geworden?'

'Vijftig.'

Neus deed een greep onder de bar. 'Een mooie leeftijd voor een honkbalknuppel. Vergeet het flesje. Flesjes zijn goed voor films of voor een twintigjarige met te veel testosteron.'

Hij maakte een afwerend gebaar. 'Laat maar. Meestal lukt het me wel met platlullen.' Hij liep naar de meest linkse van een rijtje nissen en bleef staan naast een tafeltje. Charlie zat links, Calk rechts. Ze staarden elkaar aan met samengeknepen lippen.

'Dag Charlie.'

Charlie keek niet op. 'Gefeliciteerd. Heb je weleens gezien hoe ik een reus in zijn strot bijt?'

Hij duwde Calk opzij. 'Schuif op, ik kom naast je zitten. Wat is het probleem?'

'Het probleem is dat die kleine etter niet wil luisteren', zei Calk. 'En dat-ie een grote bek heeft.'

'Hij moet iets hebben wat groot is. Ik hoorde dat je zat te brullen om een alibi.'

Calk draaide zijn hoofd om. 'Dat zal je verdomme gedacht zijn. Dat gozertje daar regelt toch alibi's?'

'Ik zou het niet weten. Ik ben de directeur van het Alibibureau. Ik werk op verzoek van mannen en vrouwen die een steuntje in de rug nodig hebben. Jij weet daar alles van. Jij bent toch de vent die die scharrel had met de vrouw van zijn baas?'

'Della.'

'Die, ja. Ik dacht dat ik je aan een paar goede verhalen had geholpen.'

'Jij? Die tante van je kantoor, bedoel je. Die ouwe die doet of ze dertig is en standaardsmoezen voorleest van een A-viertje.' Calk wees naar Charlie. 'Ik hoorde dat hij in echte alibi's doet. Niet die slappe zoethoudertjes van jou, maar het serieuze werk.'

'Heb je ingebroken?'

'Vent neergeslagen', zei Charlie. 'Tussen al zijn gebrul door gaf hij me wat feiten. Hij had last van een man, zei hij. Hij kreeg de ziekte in en sloeg. Pas toen de vent op de grond lag zag hij dat het een wethouder was.'

'Iemand die door de politie serieus wordt genomen, bedoel je.'

Charlie wees. 'Precies. Nou is-ie bang en wil-ie zesenzeventig man die getuigen dat hij de hele avond in de Onbevlekte Ontvangenis-kerk heeft zitten bidden of zoiets.'

'Jezus', zei Calk.

Charlie lachte. 'Vergeet het bidden. Hij is geen kerkelijk type, maar je snapt wat ik bedoel.'

'Ja', zei hij en hij legde een hand op Calks schouder. 'Ik ben jarig vandaag en ik wil me niet meer ergeren. Ga dus niet moeilijk zitten doen en vertel wat er is gebeurd.'

'Aan jou?'

'Aan mij. Charlie en ik kennen elkaar, dus je hoeft je niet te generen.'

'Ik dacht dat Charlie de grote zaken deed. Dat hoorde ik tenminste.' Hij zuchtte. 'Charlie is te klein voor grote zaken. Vertel nou maar.'

'Paar uur geleden', zei Calk. 'Ik was naar Della geweest en had wat gedronken. Niet veel, gewoon, een beetje. Ik ben op weg naar huis en als ik over die voorrangsweg rij langs de rand van de nieuwbouwwijk word ik gesneden. Ik steek een vinger op en die vent steekt een vinger op. Ik achter hem aan. Rijdt die vent een zijweg in waar de verlichting ontbreekt of kapot is. Hartstikke donker daar. Die vent stapt uit en hij zwaait met iets groots. Ik denk: dat is geen paraplu, dat is een stuk ijzer, dit gaat serieus worden. Als hij naast mijn auto staat knal ik het portier open. Hij wankelt en doet een paar stappen achteruit. Ik ram hem met mijn kop in zijn maag en hij gaat neer. Ik pak die staaf en geef hem een lel. Daarna mol ik zijn koplampen en zijn voorruit. Ik ben net zo'n beetje klaar als die vent half overeind komt en zegt: weet je wel wie ik ben. Ik herken de stem en ik schrik me te pletter. Ik gooi de staaf weg en smeer 'm.'

Charlie trommelde op tafel en keek naar Kcrams. 'Ik weet wat je denkt. Ik heb gebeld en het klopt. Hij heeft Wacker neergelegd. Ligt in het ziekenhuis. Ze hebben zijn linkeroor er weer aangenaaid.'

'Hij heeft mijn auto gezien', zei Calk, 'en mij ook.'

'Iemand van bijna tweeënhalve meter zie je niet over het hoofd', zei Charlie. 'Zeker geen bodybuilder die elke maand op televisie zijn opgepompte spieren laat zien.'

Calk schoot naar voren. 'Jij rottig...'

Hij duwde Calk terug. 'Rustig maar. Neus staat klaar met zijn honkbalknuppel. Daar kun jij met je paar kilo krachtvoerspieren niet tegenop. Wat wil je nou eigenlijk?'

'Een alibi. Ik dacht zo: mijn auto is gestolen en ik heb hier de hele avond zitten kaarten, zoiets.'

'Zoiets.'

In Calks ogen blonk angst. 'Ik heb volgende week een wedstrijd, ik heb geen tijd voor gedonder met de politie vanwege een wethouder die kreeg waar-ie om vroeg.'

Hij keek naar Charlie. 'Hebben wij iets over Wacker?'

'Wel iets tegen hem. Hij is de man die de binnenstad gaat schoonvegen. Die oud-worstelaar die in elk interview zegt dat hij genoeg slechtigheid heeft gezien en zijn schuld aan de stad gaat afbetalen door hem te zuiveren.' Charlie keek alsof hij niet geloofde dat die woorden uit z'n mond waren gekomen. 'Schuld aan de stad. Dat zei hij echt. Zo'n vent verdient een klap.'

'Vooral als de klap is gegeven door een goed betalende klant,' zei hij. 'Het staat me bij dat er bij het Alibibureau nog een rekening openstaat op naam van Calk.'

'Dat geld krijg je', zei Calk snel. 'Vanavond nog.'

'Plus vijfduizend?'

'Zo veel?'

'Het wordt tienduizend als de politie de staaf heeft met jouw vingerafdrukken erop.'

'Ik had handschoenen aan.'

'Dat zal Charlie controleren. Eerst die vijfduizend maar, plus wat je mijn bureau schuldig bent. Maak er maar achtduizend van, voor de zekerheid.'

'Zoveel is het niet.'

'Het is geen tijd om krenterig te doen', zei hij. 'Wat je te veel betaalt zal ik zien als een cadeau. Ik ben jarig vandaag. Op zo'n dag mag het wat extra kosten.'

'Wat krijg ik?' vroeg Calk. 'Voor alibi, bedoel ik.'

Hij knipoogde naar Charlie. 'Krijgen we iets voor elkaar vanavond?' Charlie glimlachte. 'Zo gauw hij heeft betaald heb ik iemand die zeker weet dat hij een man met een hoge rug in Calks auto heeft zien stappen.'

'Wie?'

'Howwie, ik weet waar hij zit. Hij heeft geld nodig.'

Calk keek of hij zijn oren niet geloofde. 'Wie is Howwie?'

'De man die jij nodig hebt', zei Charlie. 'Als je vlot bent van betalen, had Howwie toevallig zijn vriendin bij zich. Ik ken haar. Als ze veertig keer tegen een rechercheur heeft gezegd dat ze een auto heeft zien stelen, dan knikt hij en typt het op. Niemand verzet zich tegen Howwies vriendin, zeker niet als ze met geld is aangemoedigd.'

Calk keek verward. 'Echt waar? Gaat het zo?'

Hij knikte. 'Echt waar, zo gaat het. Ga nou maar geld halen. Charlie loopt met je mee. Als je verder je mond dichthoudt, komt alles goed.'

'En als ze aan me vragen waar ik de hele avond ben geweest?'

'Hoe zit het met jou en Della? Ik heb een tijd niks over jullie gehoord.'

'Ze is van hem af en ik heb ander werk.'

'Voor tweeduizend extra regelen we een taxichauffeur die je drie kwartier geleden van haar huis naar De Vijf Wat? heeft gereden.'

'We? Is het Charlies taak of die van jou?'

Niet meer ergeren, dacht hij, gewoon diep ademhalen en naar huis gaan.

'Ik ga naar huis. Jij doet zaken met Charlie.'

'Gelukkig', zei Calk.

5

Thuis luisterde hij naar het bandje. 'Waar ben je nou. Je zou me helpen. Dat heb je beloofd. Kom nou. Ik ben zo bang voor hem... Alsjeblieft.' Hij kreeg weer kippenvel van het alsjeblieft en voelde dat het geen zin had om naar bed te gaan. Hij deed een greep in de boekenkast.

'Het *Boek der Demonologie* kon alleen maar in deze taal geschreven zijn. Zeggen dat dit een eigenschap van de Slaven is verklaart niets. Slaaf zijn betekent niet Pool zijn. De Pool is uniek en onaantastbaar; hij is de eerste beweger, de gepersonifieerde voortstuwende oerkracht en zijn rijk is het gevreesde rijk van verdoemenis.' Hij sloeg een paar regels over en begon aan de volgende alinea: 'Overdenkingen van deze aard rezen altijd op als ik het huis verliet om mijn benen te strekken.'

Hij wist heel zeker dat hij nooit overdenkingen van deze aard had gekregen als hij zijn benen strekte en ze ook nooit zou krijgen.

Bijna zevenhonderd bladzijden, dacht hij. Waarom heb ik dit ooit willen lezen? Hij gooide het boek in de richting van de kartonnen doos, miste en zag een waaier van bladzijden.

Slecht in de band ook nog, dacht hij. Ik geloof niet dat ik nog veel wil inkijken vanavond. Te dik is te dik. Tijd voor de harde hand.

Hij vulde de doos en sleepte die naar de garage.

Na een paar uur selecteren en sjouwen was hij uitgeput. Hij ging op de bank liggen en keek naar de muren. Elk verwijderd boek was nog zichtbaar: een witte rechthoek op een vergeelde muur, soms voorzien van een vuilrand of een restant spinnenweb.

Hij testte zijn geheugen en stelde vast dat hij van bijna elke lege plek wist welk boek er had gestaan.

'Vijftig', zei hij. 'Een beetje oud. Maar het verstand werkt.'

Hij at de twee gebakjes die Carrol had laten staan, dronk een glas melk en vroeg zich af of hij de boeken die waren overgebleven tegen elkaar zou schuiven.

Nee, vond hij. Zo laten. Ik kan in een oogopslag zien welk geschenk ik mezelf heb gegeven. Nu eens nadenken over wat er aan het ergeren te doen valt.

Een uur later gaf hij het op. Het 'alsjeblieft' van de stem op de band werkte te sterk door om zich op zijn verjaardagscadeau te concentreren. De halve nacht hoorde hij zijn dochter alsjeblieft zeggen. Elke keer als hij wakker was verbaasde hij zich erover dat haar stem hem geen moment ergerde.

6

'Je ziet er niet uit', zei Carrol.

Hij trok een gezicht. 'Veel gedroomd.'

Ze knikte. 'Van dat "alsjeblieft" zeker. Ik ook, maar ik was om negen uur op kantoor.'

'Daar betaal ik je voor. Weet je al wie die stem is?'

Ze schudde haar hoofd en trok een la open.

'Neem eerst een pil. Volgens mij heb je van meer last dan van dromen.'

Hij keek naar haar hand. 'Wat is dat?'

'Een katerpil, wat anders.'

Hij trok een gezicht. 'Ik verkoop die dingen, ik slik ze niet. Bovendien werken ze niet als je ze te laat inneemt.'

'Als je op tijd bent werken ze uitstekend, zo goed dat er klachten van komen.'

Hij ging zwaar zitten en keek haar net zolang aan tot ze verderging. 'De caféhouders zijn tevreden', zei Carrol. 'De katerpillen werken formidabel. Neem op tijd een pil en geen kater komt in je buurt. Punt is dat veel klanten die dingen slikken net voor ze het café uitgaan. Ze voelen zich wat beter en denken meteen dat ze nuchter zijn. Tot nu toe hebben je klanten één ongeluk en vijf aanhoudingen door de politie gescoord.'

'We hebben toch een bijsluiter?'

Ze schoot in de lach. 'Zie jij iemand die half lam is een bijsluiter lezen? Of iemand met een houten kop? Lees jij ooit bijsluiters?'

'Ja,' zei hij, 'altijd.'

'Maar je vergeet wel wat erin staat.' Hij zweeg. Zij glimlachte.

'Zie je wel? Onder in die kast staan sportschoenen. Als je geen pil wilt en geen aspirines, dan zou je een stukje kunnen gaan lopen.'

'Het regent.'

'Het is al uren droog. Kom nou maar in beweging. Ik ken jou, dit wordt een dag van eindeloos gezeur. Heb je al wat aan je ergerniscadeau gedaan? Geschrapt? Vervangen door iets wat je aankunt?'

Ze zag hem betrekken. 'Laat maar', zei ze snel. 'Jij bent de baas, ik de secretaresse. Charlie is langs geweest en heeft geld gebracht. Zesduizend. Jij wist ervan.'

Hij knikte en dacht dat Charlie zichzelf niet had vergeten. 'Voor de zwarte kas', zei hij.

'Allicht. Alles van Charlie is voor de zwarte kas. Onze witte kas is tamelijk leeg. Kan het zijn dat ik het bedrag op iemand moet afboeken?'

'Je kunt de naam van Calk doorstrepen.'

'De vent die scharrelde met Della?' Carrol trok haar wenkbrauwen op tot haar haargrens.

Mooi is ze niet, dacht hij. Iets te dik, iets te oud, maar ze kent de klanten. Ik ben vooral te dik en te oud. 'Ik heb gezegd dat ik jarig was en toen maakte Calk een gebaar.'

Carrol deed een greep in een kaartenbak. 'Calk, Calk. Grote vent. Sportman of zoiets. Nee, een spierenoppomper. Hier heb ik 'm. Zijn schuld is vijfhonderd. Met de manier waarop jij rente berekent komt dat na een maand of vier op zo'n elf-, twaalfhonderd. Je hebt een leuk extraatje gekregen.'

'Ik kan ook heel leuk zakendoen als ik wil.'

Ze scheurde het kaartje door. 'Daar gaat Calk. Ik neem aan dat we niet veel meer van hem zullen horen?'

'Ga daar maar van uit. Als hij belt zeg je dat hij een verkeerd nummer heeft gedraaid.'

'Maak hem niet té kwaad. Je hebt een originele aanpak als het om inkomsten gaat, maar je krijgt een keer een klap op je hoofd en daar is je haar te dun voor.'

'Mij gebeurt niets.'

'Dat zei die man ook die zijn gasleiding met een aansteker controleerde. Weet je waar je hem kunt vinden?' Ze gooide een krant naar hem toe. 'Op pagina acht, ergens onder het midden. Ze gaan hem overmorgen cremeren. Zie je dat voor je, cremeren? Hoe zit het nou met dat cadeau?'

'Welk cadeau?'

'Over je ergernissen. Ik heb erover nagedacht. Je moet zorgen dat je eraf komt.'

Hij liet de krant vallen. Aan haar gezicht zag hij dat ze een oplossing had bedacht. 'Zeg het maar.'

'Als iemand je ergert moet je iets terugdoen. Gelijkmaken of zoiets.'

'Waarom zeg je dat?'

'Omdat ik precies weet hoe het anders zal gaan. Jij geeft jezelf een onmogelijk cadeau en vervolgens ben je maandenlang chagrijnig. Ik denk niet dat ik daartegen kan.'

Hij knikte langzaam. 'Ben jij mijn moeder?'

'Soms lijkt het er wel op. Ga nou niet zitten zeuren, want daar krijg ik het alleen maar warmer van.'

'Het is hier stervenskoud. Je zou de thermostaat op moeten draaien.'

'Opvliegers', zei ze. 'Ik ben in de overgang. Doe me een plezier en ga een poosje hardlopen. De telefoontjes van gisteren en vanmorgen kunnen we ook wel over een paar uur doornemen, en voor het geval dat je piekert over het "alsjeblieft": ik heb drie uur bandjes zitten afluisteren, maar we kennen die vrouw niet. Of dat meisje. Volgens mij is het inderdaad een geval van verkeerd verbonden.'

'Echt?'

Ze liep naar de kast en bukte zich. Hij keek naar haar achterwerk.

'Lekkere…'

'Rennen', zei ze. 'Loop het er maar uit, dat is beter voor je. Als ik een opvlieger heb wil ik geen gevinger aan mijn lijf. Schoenen aan en het bos in.'

Buiten vroeg hij zich af wanneer hij iets aan de werkgever-werknemerverhouding zou gaan doen.

7

Hij zette zijn auto op de parkeerplaats bij de zij-ingang van het grote park langs de baai en bleef stil zitten. Over de paden liepen joggers. Twintigers, dacht hij, dertigers met een toekomst.

Hij veerde op toen hij een man zag die achter in de zestig moest zijn. De man droeg een te korte broek en een shirt dat zijn navel vrij liet. In de navel zat een piercing.

Toekomst, dacht hij, is een betrekkelijk begrip.

Hij stapte uit en trok zijn sportschoenen aan. Hadden ze twee, drie jaar geleden ook krap gezeten? Dijt een mens langzaam uit van onderen?

Hij ging staan en voelde zich belachelijk.

Een jonge vrouw liep langs en gaf hem een knipoog. 'Eerste keer?'

Hij bloosde. 'Ja.'

De vrouw bleef staan. 'Het is te zien. Het went wel. Ik voelde me de eerste keer ook niet zo geweldig. Ik zou volgende keer wel een sportbroek aantrekken.' Ze liep verder en begon dertig meter verderop aan buk- en strekoefeningen.

'Er komt geen volgende keer', mompelde hij en hij rilde. Hij voelde zich een vader die stiekem naar de billen van zijn dochter kijkt. Toen de vrouw zich naar hem omdraaide strekte hij zijn armen en maakte rondjes met zijn handen. De vrouw glimlachte en jogde verder.

Hij probeerde haar een halve minuut bij te houden, zag in dat hij het niet kon en minderde snelheid. Op een sukkeldrafje liep hij naar de eerste van een serie hindernissen: een touw dat tussen twee balken hing.

Hij zwenkte om de hindernis heen en liep een pad op dat vol

naalden lag. Het pad was glibberig van de regen en hij gleed onderuit. Hij drukte zich omhoog en veegde zijn handen af aan zijn broek. Op de zijkant van zijn regenjack zag hij een groene veeg.

Hij ritste het jack open en draafde met open mond verder tot hij een steek in zijn zij voelde.

Hindernis twee, dacht hij, toen hij bij een rijtje autobanden kwam. Hoe groot is de afstand tussen twee hindernissen? Minstens een kilometer. Hij ging op een autoband zitten en zag het bordje AFGELEGD 200 METER.

'Vanaf het touw', zei hij. 'Ik ren al vanaf de parkeerplaats.' Hij boog zich voorover en voelde zich volstrekt belachelijk. Oude man met pijn in zij en suizende oren op autoband, gestuurd door secretaresse.

Een druppel raakte zijn hoofd en gleed naar zijn nek. Maakt niet uit, dacht hij. Geeft niks, verdiende loon. Zuchtend stond hij op.

Hij voelde de klap voor hij de stem hoorde en viel languit voorover. 'Klootzak', zei een man. 'Zit er een hufter op een hindernis, staat-ie nog op ook als ik aan kom rennen.'

'Niets gehoord', stamelde hij.

'Niks gehoord. Ouwe zak. Nog doof ook? Ga naar je tehuis.'

Hij streek bladeren van zijn gezicht en rook vaag de lucht van stront. Tegenover hem stond een man in bokshouding.

Stront, dacht hij. Waar?

Het zat aan zijn hand. Toen hij de man zag grinniken haalde hij uit en schampte het shirt.

'Gaan we slaan?' vroeg de man.

'Lazer op', zei hij.

'Ja', zei de man, 'maar wel even gelijkmaken.' Hij kwam dansend dichterbij en gaf een klap.

De golf braaksel haalde zijn tong, maar zakte op tijd terug. Met de handen tegen zijn maag gedrukt bleef hij zitten.

Drie keer neer binnen een kwartier, dacht hij. Ik moest maar ophouden met joggen. Definitief.

Moeizaam liep hij drie passen in de richting van de auto, stond stil, draaide zich om en voelde iets van energie terugkomen.

Dit kon niet. Hij had zich in de hondenstront laten gooien en laten neerslaan door een vent die zeker de helft jonger was. Dat viel onder serieuze ergernis.

Hij voelde dat hij ter plekke moest beslissen wat hij met zijn verjaardagscadeau zou doen en dacht aan Carrol. 'Je moet iets terugdoen.'

Hij liep in de richting waarin de man was verdwenen en merkte dat hij bijna holde. Adrenaline, dacht hij. Je hebt het nog wel. Een beetje diep weggestopt misschien, maar het is er nog.

Hij rende tot zijn borst pijn deed en zijn ogen traanden. De enige parkeerplaats die hij verderop kende was die bij het houten gebouw dat op zondag dienstdeed als theehuis. Dat de man te voet was gekomen leek hem uitgesloten. Alle joggers gaan in een auto naar de plek waar ze hun lichaam mishandelen.

Hij voelde zich geweldig toen hij het pad naar de parkeerplaats op liep. De man stond bij de cola-automaat te praten met een groepje leeftijdgenoten, allemaal in kleurig sporttenue, allemaal opgewekt en met het tevreden gezicht van joggers die hun plicht hebben gedaan zonder dat ze moe zijn geworden.

Hij verborg zich in de struiken en wachtte roerloos tot het groepje uiteenging.

Toen de man die hem had geslagen zijn colablikje op de automaat zette kreeg hij een idee. Aanvallen was uitgesloten, maar op termijn terugslaan behoorde tot de mogelijkheden.

Hij trok zijn jack uit en wachtte tot hij auto's hoorde wegrijden. Hij liep naar de automaat, pakte het colablikje bij de bovenrand beet en wikkelde het in zijn jack.

Twee keer zo oud, maar zestien keer zo slim, dacht hij.

Hij wandelde terug naar zijn auto en had geen last van de miezer.

8

'Weet je hoe je eruitziet?' vroeg Carrol. Ze haalde haar neus op. 'Wat ruik ik toch allemaal?'

'Stront', zei hij. 'Er joggen tegenwoordig honden in het park. Ik ga me wassen.' Hij wees naar zijn broek. 'Heb ik hier schone kleren?'

'Nee', zei Carrol. 'Soms denk ik weleens dat je nergens schone kleren hebt. Maar ik ken je maten en je smaak.' Ze maakte een beweging die iets van huiveren had. 'Ik zal een kledingzaak bellen. Je hebt geen tijd om naar huis te gaan, want over een uurtje komt DiPego.'

'Diewie?'

'DiPego. Hij is de uitvinder van dat magische washandje waar je het vorige week over had. Die van dat stukje in het huis-aan-huisblaadje over cosmetica. Ik heb zijn adres opgezocht en hem gebeld. Hij was niet meer te houden. Hij moest toch in de stad zijn, zei hij, en hij kwam meteen even langs om kennis te maken. Ik had al zo'n vermoeden dat je niet langer zou joggen dan nodig was en er stond voor vanmiddag niets in je agenda, dus... Als je je gsm had meegenomen, dan had ik je kunnen bellen.' Ze keek naar zijn hand die hij onbeholpen voor zich uit hield. 'Wat zul jij op een rare manier auto hebben gereden. Ga je nou wassen in de wc, anders stinkt straks het hele kantoor.'

In de wc waste hij zijn handen en trok hij zijn broek uit. In zijn onderbroek liep hij naar zijn bureau. Hij wikkelde een stuk plastic om zijn rechterhand en viste het colablik uit zijn jack. Hij deed de la op slot en keek naar Carrol die met opgetrokken wenkbrauwen in de deuropening stond.

'Mij kan het niet schelen, maar ze komen straks een paar

broeken en een overhemd brengen, dus het lijkt me beter dat ik de tussendeur dichtdoe.'

'Overhemd?'

'En een T-shirt. Het was niet alleen stront wat ik rook. Ze zeggen dat oudere vrouwen opgewonden raken van mannelijk zweet, vooral als de eisprong nadert. Ik weet niet of ik nog veel eieren heb om te laten springen, maar als je vraagt: Car, ben je opgewonden, dan zeg ik: niet van verlangen.'

Ze gooide de deur dicht en hij probeerde een oksel te ruiken.

Toen ze een broek, een shirt en een overhemd kwam brengen zat hij in zijn onderbroek achter zijn bureau.

'Helemaal meneer de directeur', zei ze. 'Als ik dertig was zou ik je bespringen. Trek maar gauw iets aan, je zult het wel koud hebben.'

Hij keek naar de radiator. 'Koud? Vanmorgen was het koud, nu is het om te stikken. Hoe hoog heb je de thermostaat eigenlijk gezet?'

'Te hoog', gaf ze toe. 'Het komt door die opvliegers. Daarna lijkt het alsof ik bevries. Kleed je nou maar aan, dan zet ik straks even een raam open. Ik durf te wedden dat DiPego geen minuut te laat is.'

9

Carrol opende de tussendeur en was precies wat hij verwachtte: een modelsecretaresse. Kaarsrecht, glad mantelpakje, beminnelijke glimlach. Er kwam een lange, schrale man achter haar aan die eruitzag alsof hij meer van de wereld had gezien dan een uitvindersschuurtje.

'Meneer Kcrams, mag ik u voorstellen: meneer DiPego. Meneer DiPego, meneer Kcrams, directeur van SuzCo.'

Hij stond op en wees naar de stoel aan de andere kant van het bureau. 'Gaat u zitten. Dank je wel, Carrol.'

Precies zoals het moet, dacht hij, terwijl hij luisterde hoe zacht Carrol een deur dicht kon doen. Onhoorbaar.

Hij gaf DiPego de tijd om op zijn gemak rond te kijken en zei: 'Ik weet wat u denkt.'

DiPego keek met een ruk op. 'Wat denk ik, meneer Kcrams?'

'Tien minuten geleden stond u naar de gevel van het gebouw te kijken waarin u nu zit. Ik durf te wedden dat u de verdiepingen hebt geteld.' Hij glimlachte toen hij de reactie zag. 'Bijna iedereen telt de verdiepingen. Ik doe het altijd. Minstens twee keer. Het is verbazend hoe snel je de tel kwijtraakt als je de hoogte in kijkt.'

'Het perspectief', zei DiPego.

Hij knikte. 'Het perspectief. U telde en dacht: dat is een duur gebouw. Dat dacht u ook toen u de hal zag, en de lift. De gangen ruiken niet zo fris als zou moeten, maar ze kunnen ermee door. Dat geldt ook voor het koperen naambordje waarop de naam van mijn handelsonderneming staat. Toen kwam u in de kamer van mijn secretaresse en u dacht: daar had ik meer van verwacht. Nu bent u hier en mist u het notenhouten bureau, de riante fauteuils en het te dure kunstwerk aan de muur. Misschien hebt u zelfs even "nounou" gedacht. Klopt dat?'

DiPego had de heldere ogen van iemand die vooruit kan denken. 'Ik dacht ook: meneer Kcrams gaat me vertellen dat hij een zuinig mens is en dat hij houdt van zuinig zakendoen. Geen verspilling, geen gepronk.'

'Ik ga u vertellen hoe mijn bedrijf in elkaar zit. U hebt mijn secretaresse gezien en u hebt de directeur gezien. Ik ben tevens de jongste bediende, maar daar loop ik niet mee te koop. Ik heb geen voorraden. Ik maak niks. Ik investeer geen grote bedragen. Ik verkoop. Mijn kapitaal bestaat uit contacten. Ik ken mensen over de hele wereld en ik kan ervoor zorgen dat onbekende producten op de markt komen.'

'Zoals mijn Minute Hand?'

'Laten we het even op washandje houden', zei hij. 'De naam komt later wel.'

DiPego schudde zijn hoofd. 'De naam is Minute Hand. Hand is hand en hulp. Minute is minuut en heeft iets van opschieten. De naam is gedeponeerd. Ik heb er alle rechten op, net als op mijn uitvinding.'

Hij zuchtte. Dit kon een lang gesprek worden. 'Laten we het daar dan op houden. Ik specialiseer me in producten die onbekend zijn.' Hij hief een hand. 'Laat me even uitpraten. Ik doe dit niet omdat ik zo op uitvinders ben gesteld, want dat ben ik niet. Een deel is wereldvreemd, een deel is inhalig, en een deel heeft zo veel wantrouwen tegen de rest van de mensheid dat er niet mee te praten valt. Ik specialiseer me in onbekende producten omdat de praktijk heeft geleerd dat ik daar goed in ben. Kent u het waterbesparende dopje dat je op de kraan draait? Kost bijna niets en je bespaart uiteindelijk een vermogen. Ooit van gehoord?'

DiPego maakte een vage hoofdbeweging.

'Mooi. Ik verkoop die dingen. Of liever gezegd, ik heb ervoor gezorgd dat ze worden verkocht. Tienduizenden gaan er de deur uit, elke maand weer.'

DiPego keek opnieuw de kamer rond. 'Hoe?' Hij richtte zich op en boog zich over het bureau.

'Van mijn secretaresse begreep ik dat u eerder op de dag enthousiast was. Wat is er sinds die tijd gebeurd?'

'Niets', zei DiPego stug. Hij liet zich terugvallen.

'Zeker wel. Of iemand heeft u gewaarschuwd, of u hebt zich op weg naar mijn kantoor voorgenomen u niet in de boot te laten nemen door een gehaaide zakenman die rijk wil worden ten koste van u.'

DiPego's ogen lichtten op. 'Is het raden wat u doet?'

'Het is ervaring. Ik heb gesprekken gevoerd met tientallen mensen die trots waren op hun uitvinding. In enkele gevallen hadden ze hun Grote Droom verwezenlijkt. Dachten ze. Maar tussen iets bedenken en iets verkopen ligt een gapend gat. Een ravijn. Links staat de uitvinder, rechts de zakenman. Steken ze elkaar de hand toe, of laat de een de ander in het ravijn storten, dat is de vraag. Hoe lang bent u al bezig uw uitvinding op de markt te brengen?'

DiPego aarzelde. 'Ik zal u iets van mijn achtergrond vertellen. Ik werk in de textielindustrie. Ik ben ontwerper van beroep. Ik denk na over vormen, over vezels, over patronen. Ik dácht na, moet ik zeggen, want drie jaar geleden stond ik op straat. Bezuinigingen, oudjes het eerst. Ik ben ouder dan u denkt: negenenvijftig. Ik was bezig met een speciale vezel die op een bepaalde manier moest worden geweven. U kunt alle technische details krijgen als u wilt, maar ze vereisen specifieke technische kennis. Ik had met mijn directeur willen praten over het product dat ik in gedachten had, maar die kon niet de moed opbrengen me zelf te ontslaan. Dat mocht het afdelingshoofd doen. Ik hield mijn plannen voor mezelf en schakelde vrienden in. Ik heb na dertig jaar ervaring in de textiel veel relaties in die branche. Twee jaar geleden had ik het prototype van een washandje.'

Hij keek hem onderzoekend aan, zag dat hij aandachtig luisterde en ontspande zich. 'Het duurde een hele tijd voor ik alle rechten had. Geloof me, als je zegt dat je een washandje hebt ontwikkeld kijkt iedereen je meewarig aan. Met mijn Minute Hand is het mogelijk om met alleen een beetje water in zeer korte tijd alle make-up van je gezicht te verwijderen. Gedoe met crème en *milk* en wat vrouwen verder nog allemaal gebruiken is niet nodig. Minute Hand, beetje water, klaar. Even naspoelen en het washandje is opnieuw te gebruiken, maandenlang.'

'Dat wist u, maar de rest van de wereld reageerde er lacherig op.'

'Of hebberig. Ik ben heel wat bedrijven langs geweest. Ik heb vijf directeuren gesproken die mijn vinding wilden verkapitaliseren. Dat woord viel nogal snel. Verkapitaliseren. Als ze minstens de helft van de rechten konden overnemen. Daar dacht ik aan toen ik hier binnenstapte en rondkeek.'

Hij keek naar zijn nagels. Er zat vuil onder van het park. Hij rook aan de pink van zijn rechterhand. 'Stront', zei hij.

'Pardon?'

'Ik heb vanmiddag gejogd. In het park bij de baai. Het was er glibberig door de regen. Ik gleed uit en viel met mijn hand in de hondenstront. Houdt u van honden, meneer DiPego?'

DiPego keek alsof zijn eigen hand ook besmet was. 'Die krengen?'

Hij glimlachte. Het zou wel voor elkaar komen met deze uitvinder. 'Dan hebben we toch iets gemeen, meneer DiPego.'

'Berto. Mijn vader was voor Bert, mijn moeder wilde de o. Pego, Berto, o en o, dat rijmde zo. Mijn vader verloor en dat heb ik geweten op het schoolplein.'

'Wat denkt u dat er gebeurt als je Suz heet?'

'Suz?'

'Denk aan de naam op het koperen bord. SuzCo. Suz Kcrams, aangenaam. Mijn moeder wilde een Suzanne, wat er ook geboren zou worden. Mijn vader verloor een beetje, maar trok wel een grens. Suz. Hij zei later: zeg maar dat je officieel Suzbertus heet of zoiets, maar daar trapten ze op school niet in. Ik wil geen enkel deel van uw rechten. Ik wil niet eens weten of u ze wel voor honderd procent bezit. Ze kunnen me niet schelen.'

DiPego slaagde erin zijn mond niet open te laten vallen. 'Maar...'

'Ik wil een percentage van de verkoopprijs, dat is alles. Ik werk als volgt, altijd, en daar wijk ik niet van af. Ik doe marktonderzoek. Dat doe ik op heel eenvoudige wijze. Ik schakel mijn relaties in, vertel wat ik wil verkopen en vraag of ze geïnteresseerd zijn. Als ze meteen "nee" zeggen, dan vergeet ik de zaak. Dan bel ik u en zeg: meneer DiPego...'

'Berto.'

'Berto, het gaat niet door. Jammer. Jij verliest je zoveelste illusie, ik verlies tijd, maar de wereld draait gewoon door. Is er in voldoende landen belangstelling, dan stuur ik mijn contacten specificaties van het product. Foto's als het even kan. Indien mogelijk laat ik het prototype rouleren. Blijven de reacties goed, dan zoek ik uit hoeveel exemplaren mijn relaties denken te kunnen afzetten. Met dat aantal kom ik bij jou. Het is jouw taak om een leverancier te zoeken.'

Hij stond op en liep naar het raam.

'Zoek geen directeur die denkt dat hij je kan uitkopen. Zoek een bedrijf dat in opdracht producten maakt, gewoon een toeleverancier dus. Ik ken er tientallen, ook op jouw terrein. Soms heeft een uitvinder een bankgarantie nodig, soms niet. Ik kan je niet zeggen of er toekomst zit in je Minute Hand. Ik beloof je ook niet dat je schatrijk wordt. Ik beloof je alleen dat als mijn relaties en ik hebben uitgerekend wat je washandje moet kosten, ik ga bekijken hoeveel de consument ervoor zal willen betalen. Als tussen die bedragen voldoende ruimte ligt om iets te verdienen gaat je uitvinding in de verkoop.'

DiPego nam de tijd om na te denken. 'Gaat het echt zo?'

Hij waagde de gok. 'Je weet dat het zo gaat, ik zie het aan je ogen. Je hebt ook al besloten wat je gaat doen.'

'Ja', zei DiPego. 'Ik heb meer dan alleen een prototype, verbaast u dat?'

'Geen seconde. Wat ik zei over wereldvreemd geldt niet voor jou. Argwaan, dat is het probleem. Maar dat zal ik je niet kwalijk nemen. Als je besluit dat je met me in zee wilt, dan verwacht ik dat je ophoudt met dat ge-u. Oké?'

'Ik zal een Minute Hand achterlaten', zei DiPego. 'Ik hoor over een paar dagen wel van je wat we verder gaan doen.'

'Zo gauw mijn secretaresse zegt dat het washandje echt een wonder is', zei hij. 'Ze weet het nog niet, maar ze gaat zich enkele dagen afschminken zonder crème.'

10

'Je ziet er anders uit', zei hij. 'Bleker.'

Carrol keek tevreden. 'Directeur Kcrams ziet het, niet te geloven. Dat washandje van DiPego is een wonder.'

Hij boog zich naar voren. 'Heb je het gebruikt?'

'Kijk maar, alles eraf. Je kunt je afschminken in een toilet met dit wonderding. Beetje water erop, even over je gezicht, klaar. Je spoelt het washandje zo uit.'

Hij bestudeerde haar gezicht. 'Neem je me niet in de maling?'

'Jou in de maling nemen? De directeur van SuzCo en het Alibibureau? Ik zou niet durven. Dat washandje werkt, neem dat maar van mij aan. Weet je hoe hij het noemt? Minute Hand. Ik zei: wat denk je van Wonder Hand. Hij keek me aan en zei: dat regel ik wel met je baas. Nou ja… Ik had bijna zak tegen hem gezegd.'

'Bel morgen toch maar met onze relaties. Er zit handel in dat washandje.' Hij wreef over zijn maag. 'Ik ga naar huis.'

Carrol pakte een vel papier. 'Nog even. De directie van de cruiseschepen langs de eilanden wil het entertainment zelf gaan regelen. Op het SuzCo-bandje staat zo'n pikkie. Je kunt zijn jeugdpuistjes gewoon horen. Manager Food en Beverage, noemt hij zich. Dat is eten en drinken, wat heeft dat met entertainment te maken?'

'Dat moet je eens in een café gaan vragen. Kun je lachen. Hoe lang duurt ons contract met die lui?'

'Nul dagen, en dat weet je. Je hebt een mondelinge afspraak. Je zou vijf jaar doorgaan. Daar zijn er bijna drie van om. De afspraak heb je gemaakt met het directielid dat in zijn kantoor een golfbaantje heeft. Jij noemde hem Lul, maar ik geloof dat hij Hillder heet. Hillder de Derde. Hij schrijft het met drie I-tjes achter zijn naam.'

'Kunnen we hem laten bloeden?'

'Woordbreuk?'

'Allicht. Daarna stoten we de cruiseschepen alsnog af. Ik heb al een tijdje genoeg van dat gedoe op die schuiten.' Hij trok een gezicht. 'Artiesten, praat me er niet van. Wacht tot ze zelf een zanger en een illusionist hebben geboekt en pak ze.'

'Heb je getuigen van de mondelinge afspraak?'

Hij keek haar aan tot ze rood werd. 'Sorry, ik dacht even niet na. Zoek wel een paar betrouwbare medewerkers uit als de nood aan de man komt. Ik heb een en ander over Hillder opgezocht en hij is een taaie. Als je meer over hem wil weten, hij zit in het archief.'

'Knipsel of computer?'

'Knipsel leek me het veiligst.'

'Is hij er zo een?'

'Leek me wel. Op het alibibandje stond een aardige mededeling. Die moet je echt even horen.' Ze trok een van de drie telefoons naar zich toe en drukte op een knop.

'Met inspecteur Serna van de belastingdienst. Wij willen graag met u praten. Ik nodig u uit om morgenmiddag naar mijn kantoor te komen. Kamer 217. Halfvier, als het u schikt.'

Carrol tikte met een pen op de knop. 'Wat ga je doen?'

'Wat moet die vent?'

'Wat denk je? Jij hebt al ik weet niet hoe lang elke dag die advertentie in de kranten.' Ze keek naar het plafond. 'Iets te lang overgewerkt? Even vergeten dat proefwerk te leren? Melkboertje gespeeld? Bel het Alibibureau. Ik ken de tekst uit mijn hoofd. Moet ook wel als je elke dag de bladen controleert. Ik heb je maanden geleden al gezegd dat je er een keer vragen over krijgt.'

'Van de politie, niet van de belasting. Of het me morgen om halfvier schikt. Ik vrees van niet. Laat meneer Serna maar een poosje chambreren.'

'Wordt hij waarschijnlijk heel kwaad van.'

'Zou dat wat uitmaken?'

Carrol haalde haar schouders op. 'Ik denk van wel. Zorg maar dat je ruime aandacht gaat besteden aan de witte kas. Verder was er niets bijzonders. Een scholier die zich zorgen maakt over zijn vriendinnetje. Hij kent het verschil niet tussen een alibi- en een detectivebureau en wil dat we haar volgen. Hij klonk alsof hij veertien was. De jeugd kan niets meer zelf tegenwoordig. Verder niets wat je moet weten. Zag ik jou geen blikje in je la schuiven vanmiddag?'

'Blikje?'

'In de la die je meestal op slot hebt. Is er iets wat ik weten moet?'

'Nee', zei hij. 'Er is niets wat je weten moet. Vergeet het blikje. Wat heb je met mijn broek gedaan?'

'Weggegooid. Wat dacht je. Dat ik 'm ging wassen en strijken? Je hebt toch een nieuwe? Het jack is weer droog. De groene vlek heb ik eruit gekregen.'

Hij stond op en kreunde toen hij zich te ver uitrekte. 'Pijn in mijn maag. Ik ga naar huis. Mag ik het bandje van gisteren weer terug?'

Ze liet haar hand naast haar bureau zweven. 'Ik heb het weggeborgen.'

'Ik wil nog een keer luisteren.'

'Ik meende het toen ik zei dat het verkeerd verbonden moest zijn.'

'Weet ik', zei hij. 'Ik wil gewoon nog een keer luisteren.'

II

Hij liep naar de parkeergarage, reed twee blokken en ging terug.

Carrol keek of ze hem had verwacht. 'Is het weer zover?'

'Iets vergeten.'

'Allicht.'

Hij opende de la, deed het colablikje van de jogger in een plastic zak en vouwde het in zijn jack.

Carrol keek toe. 'Niets dat ik weten moet, hè?'

'Helemaal niks.'

'Prettige avond dan maar.'

Hij negeerde haar en liep snel terug naar de garage.

'Dag meneer Kcrams, tot straks maar weer', zei de jongen bij de uitgang grijnzend.

'Grrr', zei hij.

Hij reed naar een telefooncel en belde De Vijf Wat?. 'Nog iets bijzonders?'

'Ken je Pasta?' vroeg Neus.

'Moet dat?'

'Hoe zou ik dat weten. Pastakis heet hij. Hij doet in pizza's. Vandaar dat Pasta. Hij heeft problemen.'

'Met zijn vrouw?'

'Leek me niet. Het is serieus, ik zou maar eens contact met hem opnemen.' Neus noemde het nummer. 'Er is haast bij, zei hij.'

'Er is altijd haast bij. Is Charlie daar?'

'Moet nog komen.'

'Zeg dat ik hem wil spreken. Vanavond. Gewone plaats.'

'Gewone plaats', herhaalde Neus. 'Een paar dagen geleden had je het over de gebruikelijke plaats. Is de gewone hetzelfde als de gebruikelijke?'

'Nee', zei hij.

'Dacht ik al', zei Neus. 'Het heeft iets van padvindertje spelen wat jullie doen, weet je dat?'

'Zolang het maar werkt', zei hij.

'Precies', zei Neus. 'Komt voor elkaar. Charlie, gewone plaats, vanavond. Over en uit.'

Hij hoorde Neus lachen toen hij ophing. 'Over en uit', zei hij zacht en hij haalde zijn schouders op.

Hij reed naar het winkelcentrum en liep naar de supermarkt. Bij de melk bleef hij staan. Hielp melk tegen maagpijn?

'Helpt melk tegen maagpijn, mevrouw?' vroeg hij aan een vrouw die een kind bijstuurde dat het karretje duwde.

Ze keek hem aan en wees naar het kind. 'Bij hem wel. Ik doe er honing in.'

'Honing.'

'Twee theelepels en hij slaapt als een roos.'

'Dank u', zei hij. Hij liet de melk staan, kocht verpakte sla en Waldorfsalade en liep naar de kassa.

'De honing staat daar', zei de vrouw.

'Wat?'

'Daarginds. Ik zag u aarzelen dus ik dacht: ik zal hem even waarschuwen.'

Ze keek zo vriendelijk dat hij niet durfde weigeren. 'O, daar. Ik dacht al.'

'Volle melk werkt het beste', zei ze.

Hij pakte een pot honing en haalde twee pakken volle melk. Uit zijn ooghoeken zag hij haar toekijken. Het kind wilde verder, maar ze greep het bij de nek en het werd rustig.

Hij hief een van de pakken melk, zag haar knikken en liep snel naar de kassa. Buiten legde hij de honing in een afvalbak. Hij deed een paar passen, aarzelde en zette een pak melk naast de bak.

Laf, dacht hij, maar niet zo stom om twee liter melk zuur te laten worden in de koelkast.

Hij wurmde zich door het verkeer, zag tot zijn verbazing dat er parkeerruimte vrij was voor zijn huis en liep naar binnen. In de woonkamer bleef hij verbaasd staan. Wat was er hier…

Ruimte, dacht hij. Bij daglicht was de kamer nog ruimer dan hij de afgelopen nacht had geleken. Als hij de wanden eens liet sauzen? Of alle boeken toch tegen elkaar schoof?

Hij zette de boodschappen op tafel en trok zijn jack uit.

Hij schrok toen de bel ging en liet bijna de plastic zak met het blikje vallen.

'U kijkt alsof u het warm hebt, meneer', zei de postbode, 'en het is toch nogal frisjes vandaag. Ik zag u aan komen rijden. Ik dacht nog: dat treft, nu kan hij het pakje meteen aannemen. Anders had ik terug moeten komen. Of een collega, natuurlijk. Over een uur zit mijn dienst erop.' Hij hief een kartonnen doos. 'Dit pak kan niet door uw brievenbus.'

Hij stak een hand uit. 'Dank je.'

'Ik denk dat het een boek is', zei de postbode. 'Ik weet het natuurlijk niet, het blijft gokken, maar…'

Hij pakte de doos aan en smeet de deur dicht. 'Graag gedaan', hoorde hij de postbode zeggen. 'Fijn dat u het waardeert.'

Maryam, dacht hij. Hij glimlachte en voelde iets van warmte. Hij scheurde het karton stuk en las het briefje. 'Nog een keer gefeliciteerd, paps. Eigenlijk had ik willen komen, maar er kwam weer eens een heleboel tussen en jij geeft niks om verjaardagen zeg je altijd dus ik dacht, laten we het dit keer maar weer bij een cadeau houden. Volgend jaar kom ik, dat weet ik zeker, en over een week of zo kom ik een dagje langs. Misschien over twee weken, je weet hoe het elke keer gaat. Tegen die tijd heb je dit boek wel uit. Dikke kus. Maryam.'

Hij las de brief drie keer, slikte en vroeg zich af waar dat slikken goed voor was. Hij wreef over zijn maag en zijn ogen en pakte het boek. Verzameld werk van Boris Vian. Hij bladerde het langzaam door, maar keek niet naar het aantal pagina's. Als de bijbel mocht blijven, dan zeker een boek van zijn dochter.

Hij at sla met salade en kloof het restant van de kip af die hij drie dagen geleden had gegrild. Met vette handen schonk hij melk in. Hij keek naar het glas, zag zijn vingerafdrukken en dacht aan Charlie. Associaties. Altijd associëren en combineren.

Hij waste zijn handen en legde het boek van Maryam met het briefje erop precies midden op tafel. Voor hij wegging las hij het opnieuw. Hij wist zeker dat ze niet binnen een maand zou komen, maar hij wist ook hoe ze in elkaar zat en daarom gaf het niet.

12

Het Station was het resultaat van gemeentelijke plannen die hadden geleden onder een wisselend stadsbestuur en 'aangepaste inzichten die aansloten bij de tijdgeest'. De wijk West moest tot ontwikkeling worden gebracht en er kwam een masterplan voor de aanleg van een casino, een winkelcentrum met park, een ondergrondse parkeergarage en een busstation. Een paar honderd oude huizen werden gesloopt, al het groen werd verwijderd. De parkeergarage bleek te duur en voor het park bij het winkelcentrum kwam geen rijkssubsidie. Het casino kwam er wel, evenals het busstation. Toen de wachtruimte klaar was, vond het nieuwe stadsbestuur dat de bussen terug moesten naar de autovrije binnenstad en kwam de projectontwikkelaar met een plan voor een kantoorgebouw dat handelscentrum werd genoemd. Er zou plaats blijven voor 'kleinschalige winkelbebouwing en een groenbuffer'. De groenbuffer bestond uit een strook gras met een hondenuitlaatplaats en een rij boompjes waarvan tien procent het eerste weekeinde niet overleefde. Van de winkels bleven alleen de fastfoodbedrijven en de inloopzaken met koffie en frisdrank over.

Het busstation stond een jaar leeg en werd toen omgebouwd tot een café met hotelmogelijkheden, wat een knappe ambtelijke omschrijving was voor kamers die ook per uur konden worden gehuurd. Bezoekers van het casino maakten gebruik van de kamers en Charlie had ontdekt dat er veel kennis te vergaren viel. Het Station werd een plaats waar hij veel tijd doorbracht. De ruimte naast de hal die ooit was bedoeld als kiosk voor busreizigers had zijn voorkeur, vooral nadat het neonlicht was vervangen door twee schemerlampen.

Kcrams ging in de stoel naast die van Charlie zitten en schoof de schemerlamp half achter het gordijn. Hij zette de zak met het colablikje naast de stoel en maakte een gebaar. 'Dat komt straks wel.' Hij liet zich onderuitzakken en legde een hand op zijn maag.

'Zwaar getafeld?' vroeg Charlie.

'Een klap', zei hij. 'Van een joggende hufter. Het heeft te maken met dat blikje. Ik leg het straks wel uit.' Hij deed zijn ogen dicht en wrikte met zijn schouders tot hij lekker zat.

'Ga je slapen?' vroeg Charlie.

'Eventjes', zei hij. 'Het is laat geworden vannacht.'

'Je wordt oud, dat is het.'

'Vijftig', zei hij. 'Je bent tegenwoordig blij als je dat haalt.'

'Ik ga bij het casino kijken', zei Charlie. 'Over een uur maak ik je wakker.'

'Met koffie?'

'Wat wil je erbij, een koekje of een lekkere meid?'

'Doe maar een koekje', zei hij.

Na twee koppen koffie en het pilletje dat Charlie hem gaf met een gezicht van 'dat zal je goed doen' voelde hij zich bestand tegen de wereld. Hij ging rechtop zitten en schoof de schemerlamp op zijn plaats.

'Hoe is het afgelopen met Calk?'

'Howwie heeft veel gelachen, vertelde hij vanmiddag. Calk is naar de politie gegaan om de diefstal van zijn auto aan te geven en werd meteen vastgezet. Howwie stond achter hem en liep naar buiten om zijn vriendin op te halen. Samen zijn ze gaan uitleggen dat ze de diefstal hadden gezien. Hij hoefde niet veel te doen, zei Howwie. Hij had zijn vriendin de ketting beloofd waar ze al een week over had gezeurd. Hij zei: "Wees overtuigend" en dat was ze. De auto van Calk stond achter het bureau en Howwie was op het idee gekomen om een zwerver mee te nemen van het kartondorp onder het viaduct. In ruil voor een fles drank pakte de zwerver het stuur en portier op zo veel plaatsen vast dat er geen ruimte meer was voor andere vingerafdrukken. Howwie zei dat het gekke was dat niemand iets vroeg. Volgende keer haal ik de auto gewoon weg, zei hij.'

'Calk weer vrij dus.'

'Vrij en blij. Howwie zei dat hij heel wat moeite moest doen om niet te worden omhelsd. Zijn vriendin had de spieren van Calk mogen voelen, zei hij. Al z'n spieren. Het had niet veel gescheeld of Howwie had de vent alsnog aangegeven.'

'En financieel?'

'Dat weet je. Ik heb geld afgegeven bij Carrol.'

'Zesduizend.'

Charlie schonk hem een snelle blik. 'Waar denk je dat ik Howwie van heb betaald? Zijn vriendin had een dure ketting op het oog, zei hij. Zelf heb ik duizend afgehouden. Nog niet veel voor een haastklus.'

'Van die zesduizend krijg je veertig procent, dus zo'n slechte nacht heb je niet gehad', zei hij droog. 'Misschien kun je volgende keer even overleggen over je onkostenvergoeding.'

'Vertrouwen,' zei Charlie, 'daar gaat het om.'

Hij knikte. 'Als je dat maar weet. Blijf een beetje bij Carrol uit de buurt. Er komt de laatste tijd te veel geld via jou binnen en te weinig via SuzCo en het Alibibureau. De verhoudingen beginnen scheef te liggen.'

'Stelt ze te veel vragen?'

'Te weinig. Ze denkt veel, dat is erger.'

'Je blijft haar vertrouwen?'

'Wij blijven haar vertrouwen', zei hij met nadruk. 'Ze zorgt dat het geld komt waar het komen moet.'

'Cayman Eilanden? Nassau? Fiji?'

'Daar, en op andere plaatsen.'

Charlie hing een been over de leuning van de stoel en liet z'n voet bengelen. 'Misschien ontdekken we ooit dat ze is vertrokken. Naar Nassau, of naar Fiji. Zou dat niet grappig zijn?'

'Voorlopig wil ze het liefst bij me intrekken.'

'Welke vrouw wil dat niet?' zei Charlie. 'Weet ze wat er gebeurt als ik haar moet zoeken?'

'Ik zal het haar weleens vertellen. Ken jij een belastinginspecteur die Serna heet?'

'Zit-ie achter je aan?'

'Hij denkt dat ik morgen op bezoek kom. Als ik ga wil ik weten of er iets over hem te weten valt.'

Charlie trok aan zijn neus. 'Als ik zo doe kraakt het botje', zei hij. 'Verdomd raar geluid. Gaat het Serna om SuzCo?'

'Denk ik niet.'

'Ik ook niet eigenlijk. Je had nooit aan dat Alibibureau moeten beginnen, dat heb ik je meteen gezegd.'

'Dat bureau is een geintje. Een man die overspel pleegt. Een vrouw die doorrijdt na een aanrijdinkje. Een vent die zijn geld heeft verloren in het casino. Kruimelwerk. Bovendien houden we er echte klanten aan over, dat zag je gisteren aan Calk.'

Charlie zat nog steeds aan zijn neus. 'Kun je het horen? Krak. Het is bijna griezelig. Zolang we het verschil maar blijven zien tussen je Alibibureau en het echte werk. Zal ik iemand op Serna afsturen of heb je liever dat ik zelf achter hem aanga?'

'Heb je er tijd voor?'

Charlie wees om zich heen. 'Zie jij een vrouw die me smekend aankijkt of kinderen die bij hun vader op schoot willen?'

'Ik zie donkere steegjes en meisje van net boven de veertien.'

'Wat wil je als je een meter zesenvijftig bent. Ze zien me voor een kwajongen aan.'

'Ook de volgende ochtend?'

'Ieder zijn smaak', zei Charlie. 'Boven de twintig worden ze me te oud. Ik zal morgenochtend kijken of ik iets vind over Serna. Hoe laat verwacht hij je?'

'Halfvier.'

'Voor die tijd bel ik. Ga niet als je niets van me hebt gehoord. Heb je Neus nog gesproken? Hij vertelde me over Pasta.'

'Ken je hem?'

'Pasta? Hij heeft een pizzabezorgdienst. Hij maakt die dingen niet zelf, maar zorgt dat ze op tijd bij de klanten komen. Hij is ertegen dat bedrijven zelf gaan bezorgen. Daar is hij heel erg op tegen.'

'Maar ze doen het wel.'

'Soms dreigen ze ermee. Pasta heet Pastakis, wist je dat? Hij komt uit een andere wereld en dat stuit op verzet.'

'Waar heeft hij ons voor nodig?'

'Het schijnt dat hij volgende week orde op zaken wil stellen. Iemand gaat een behoorlijk pak slaag krijgen of er gaan handen tussen een bankschroef, Pasta is geen lekkere jongen. Hij wil een alibi voor volgende week donderdag. Vrijdag is geen bezwaar.'

'Heb je dat van hemzelf?'

Charlie knikte. 'Ik heb hem gebeld en gezegd naar welke telefoon hij moest. Hij klonk alsof hij de zaken groot gaat aanpakken.'

'Doen we mee?'

Charlie trok weer aan zijn neus. 'Ik begin te wennen aan dat gekraak, weet je dat?' Hij trok zijn been bij en drukte zich op. 'Zie je wie daar loopt? Die vent noemen ze Lip. Hij trok zijn bovenlip scheef terwijl hij op de leuning ging zitten. 'Vroeger waren ze niet zo goed in dat soort operaties en daarom praat hij zo raar. In De Vijf Wat? hebben ze heel wat geintjes over hem gemaakt. Neus en Lip, dat soort werk. Ik had liever gehad dat ze hem Haas hadden genoemd, zei Neus voordat hij kwaad werd. De vrouw die hij vasthoudt alsof hij aan het verdrinken is, is niet de zijne.'

'Hebben we in de toekomst iets aan Lip?'

'Zou ik wel denken. Hij is nogal handig. Ze zeggen dat hij een systeem heeft bedacht om het casino te laten springen.'

'Niet erg gelukt tot nu toe.'

'Hij kan mooie dingen met gokmachines. Drie keer de jackpot', zei Charlie. 'En nu een vrouw die hij niet op de hoek heeft opgepikt.' Hij ging zitten. 'Ik zal straks navragen wie ze is. Hier zit brood in, ik voel het. Over Pasta moeten we nadenken.'

'Betaalt hij goed?'

Charlie keek Lip na die de vrouw meetrok in de richting van de trap. 'Geen slechte smaak', zei hij. 'Met het geld zit het wel goed, maar voor het alibi dat Pasta voor zich ziet hebben we minstens drie man nodig, zeker twee avonden lang. Pasta wil ze leren kennen, zei hij. Hij wil alles van ze weten. Ik geloof dat hij het woord "doorgronden" gebruikte.'

'Maar wil hij ook verliezen als hij ze leert kennen via studpoker?'

'Dat is het probleem. Hij speelt bridge. Kennen wij drie mannen die kunnen bridgen?'

'Ik ken er wel twintig, maar niet één waar we iets aan hebben. Weet je wie Pasta op het oog heeft?'

'Daar valt achter te komen.'

Hij grijnsde net zolang tot Charlie z'n gezicht vertrok. 'Je bent een rare zak, Kcrams,' zei hij, 'maar daarom is het zo'n plezier om met je te werken. Ik zoek uit wie Pasta in elkaar wil slaan en daarna doen we de man een aanbod.'

Hij probeerde zijn grijns vast te houden. 'Zonder woorden heb je het door', zei hij. 'Zo hoort dat in een team. Misschien vind je wel iemand die op de avond waarop Pasta uitrukt zelf een alibi nodig heeft.'

'Als het iemand is die houdt van een ordentelijk kaartspel, dan zal het me een waar genoegen zijn hem een voorstel te doen', zei Charlie. 'Heb je nog meer of kan ik achter Lip aan? Ze zeggen dat hij vlot is met uitgeven en ik zou het beroerd vinden als ik hem spreek op een moment dat hij blut is.'

'Lip is naar boven met zijn dame. Je hebt minstens tot morgenochtend de tijd. Om een uur of zes schijnt het hier druk op de trappen te zijn. Ik heb een bandje waar je even naar moet luisteren.'

'Haast bij?'

Hij wees naar de receptie. 'Het zou prettig zijn als ze je een recorder kunnen lenen. Luister wel in je eentje.'

Charlie keek hem lang aan. 'Er is haast bij', zei hij. 'Ik zie het.' Hij pakte het bandje en liep naar de receptie.

'Raar', zei hij tien minuten later. 'Het zit in dat "alsjeblieft". Iemand als jij is daar gevoelig voor.'

'Carrol had ook kippenvel.'

'Jullie wel. Ik bijna. Net niet. Ik heb erger gehoord en gezien.'

'In de oorlog zeker.'

'Daar ook een beetje.'

Kcrams keek sceptisch. 'Dat heb je me nooit verteld. Hoe komt een vent van onder de één zestig in de oorlog?'

'Inlichtingendienst', zei Charlie. 'Ik was naïef toen. Ik dacht echt dat ik achter een bureau zou zitten, maar ze stuurden me het veld in. Klein mannetje tussen de struiken, wie zou me vinden?'

'Geen mens.'

'Klopt. Ze schoten over me heen. Meestal. Eén kogel ging lager, precies in mijn kont. Dat was eigen schuld. Een mens heeft de neiging zijn billen omhoog te drukken als zijn hoofd naar beneden gaat, wist je dat? Schijnt wetenschappelijk te zijn vastgesteld. Het duidt ergens op. Iets met apen en overlevering van generatie op generatie. Ik heb een maand niet kunnen zitten. Als je je afvraagt waarom ik mijn kont uit de vuurlinie hou, daarom. Na de oorlog was het erger. Heb ik je weleens verteld over de buurt waar ik heb gewoond?'

'Te vaak', zei hij. 'Zullen we de nieuwe verhalen laten zitten tot de kerst? Carrol zegt dat de stem niet op de bandjes staat die ze bewaart.' Charlie keek verrast op. 'Bewaart ze die dingen?'

'Ze bewaart alles. Bandjes, brieven, folders. Vroeger wilde ze archivaris worden, desnoods boekhoudster.'

'Hoe kwam ze dan in de escort?'

'Heb ik gevraagd. Ze zei: dat was een kwestie van rekenen. Ik heb een uur hotel afgewogen tegen veertig uur achter de kassa. Ze liet me een keer foto's zien van vroeger. Dertig jaar geleden zou je kwijlend achter haar aan hebben gelopen.'

'Veertig jaar geleden misschien, maar toen was ik er nog niet aan toe. Maak een man als Serna maar niet al te kwaad. Als ze huiszoeking bij je doen, heb je een probleem.'

'Ik weet niet of iemand haar systeem begrijpt. Ze zei dat de stem niet op een van haar bandjes voorkwam. Volgens Carrol is het een kwestie van verkeerd verbonden.'

Charlie gaf het bandje terug. 'Stem zegt me niets. Een vrouw van rond de twintig, zou ik zeggen, misschien jonger. Moeten we hier iets mee?'

'Ik hoop van niet. Ken jij iemand die houdt van een geintje?'

Charlie keek hem ongelovig aan. 'Jij houdt van een geintje. Ik hou van een geintje. In deze stad wonen 273.000 mensen die van een geintje houden.'

Hij pakte de zak met het colablikje. 'Vanmiddag was ik aan het joggen in het park bij de baai.' Hij stak een vinger uit. 'Niet zeggen wat je denkt. Het was stom, maar maak het niet erger. Ik zat uit te hijgen op een autoband toen een vent me omver liep. Hij schold en dreigde en gaf me een klap tegen mijn maag. Een poosje later zag ik hem dit blikje weggooien. Er zitten vingerafdrukken van hem op.'

'Weet je hoe hij heet?'

'Geen idee.'

'Ooit eerder gezien?'

'Niet dat ik weet.'

Charlies ogen flitsten heen en weer. 'Heeft dit iets te maken met je verjaardag en de manier waarop jij je hebt zitten aanstellen?'

'De meeste boeken heb ik al uitgezocht', zei Kcrams. 'Het is nu veel lichter in de kamer.'

'Ik heb het over dat niet-ergeren-gedoe. Ik heb nooit eerder meegemaakt dat je iets wilt waar geen geld aan te pas komt. Jij hebt je geërgerd aan een vent en je wilt wraak.'

'Genoegdoening', zei hij. 'Ik wil dat dingen recht worden gezet. Ik heb nagedacht over dat ergeren. Je ergert je al als je je snijdt bij het scheren en als je je daar druk om gaat maken word je gek.

Het gaat mij om de serieuze ergernissen. Daar wil ik voortaan iets tegenover kunnen zetten. Die vent sloeg me verdomme tegen de vlakte. Ik viel met m'n hand in de stront. De tijd dat ik daar lachend aan voorbijging ligt achter me.'

'Daarom heb je een geintje bedacht.'

'Ik heb een beginnetje, meer niet. Mocht je iemand tegen het lijf lopen die van plan is in te breken, dan geven we hem dit blikje mee. Hij zet het in de linnenkast en verdwijnt. Met een beetje geluk krijgt de politie het blikje. Wat er dan gebeurt...' Hij haalde zijn schouders op. 'Misschien niets. Sommige mensen hebben geluk.'

In Charlies ogen blonk bewondering. 'Je bent een doortrapte hufter, weet je dat? Soms lijk je een zacht ei, maar dan ineens...' Hij keek naar het colablikje en grinnikte. 'Ik zal eens rondvragen.'

'Ja,' zei hij, 'vraag eens rond. Ik kreeg vanmiddag een boek. Van Maryam. Misschien komt ze langs.'

Charlie schudde zijn hoofd. 'Mijn god. Je bént een zacht ei. Moet je dat gezicht nou zien. Waarom vertel je me dit? Je dochter heeft er geen idee van wie ik ben. Vertel het Carrol.'

'Ja,' zei hij, 'maar die zie ik pas morgen en ik wou het even kwijt. Geloof ik.'

13

‘Ze heeft weer gebeld’, zei Carrol.

Hij richtte zich op en pakte het verzameld werk van Vian. ‘Hoe laat is het?’

‘Tegen twaalf uur. Ik was laat. Mijn huisbaas begon weer over je-weet-wel en dat duurde een hele tijd. Ik ben pas een halfuur geleden aan de bandjes toegekomen.’

‘Wat zei ze?’

‘Hetzelfde ongeveer. Dat ze hulp nodig had. “Hij komt eraan,” zei ze, “help me.” Je moet het straks zelf maar horen.’

‘Zei ze weer “alsjeblieft”?’

‘Niet zoals eergisteren, maar er zit iets schrils in haar stem. Ze belde in paniek. Ik dacht, ik bel maar even, hij wil het vast zo snel mogelijk weten.’

‘Ja’, zei hij. ‘Tot straks.’

Hij keek waar hij was gebleven. Bijna aan het einde van *Ik zal spuwen op jullie graf.* Hij herhaalde het hardop. ‘Ik zal spuwen op jullie graf.’ Dat was nog eens een titel, al was *En al wie lelijk is maken we af* ook niet slecht.

‘Al wie jonge vrouwen pest maken we af’, mompelde hij. Hij dronk melk en liep naar buiten om te bellen.

‘Als je Charlie ziet, zeg dan dat ik iets voor hem heb’, zei hij.

‘Dat zei Charlie ook al’, zei Neus. ‘Als je Kcrams ziet, zeg dan dat ik iets voor hem heb. Zijn jullie een eeneiige tweeling?’

‘Zien we er zo uit?’

‘Waarom niet? Verander die buik van jou in onderbenen voor Charlie en jullie zijn bijna even lang. Waarom noem jij hem Charlie en hij jou Kcrams? Geneert hij zich voor je voornaam?’

Hij hing op toen Neus te lang lachte. Ik geneer me voor mijn voornaam, dacht hij. Ik had hem moeten veranderen toen het nog kon.

Hij reed naar de parkeergarage en nam de lift naar zijn kantoor.

'Dat is snel', zei Carrol. 'Je had je best even kunnen scheren, zoveel haast was er niet bij.'

Hij streek over zijn wangen. 'Vergeten. Waar is het bandje?'

'Wil je niet liever eerst horen wat mijn huisbaas te zeggen had en hoe hij het zei?'

'Geef het bandje nou maar.'

Ze kneep haar lippen samen. 'Speel het zelf maar af. Als je wilt weten waarom ik meer make-up op heb dan anders, dan hoor ik het wel.'

'Omdat je je in de wc wilt wassen met de Minute Hand', zei hij. Hij pakte het bandje en liep snel naar zijn bureau. Ik ben niet leuk, dacht hij. 'Boodschap nummer drie,' riep Carrol, 'je bent niet leuk.'

Te laat, dacht hij en hij zette de recorder aan.

'Hij komt eraan. Waarom help je nou niet. Alsjeblieft, ik ben zo...' Hij stak afwerend een hand op toen hij Carrol hoorde praten en luisterde naar de computerstem die de tijd aangaf: 12 uur 43. 'Ze belde om kwart voor een', zei hij. 'Ongeveer dezelfde tijd als de eerste keer. Wat zei je nou net?'

'Ze zegt: "ik ben zo..." en toen vroeg ik me af zo wat?' zei Carrol. 'Zo bang, zo moe, zo... zo... wat?' Ze stond in de deuropening met haar armen over elkaar. 'Eerst dacht ik: zo bang. Maar neem je de tijd om op te bellen als je bang bent en iemand aan ziet komen? Hij komt eraan. Wie komt eraan? Haar man, vriend, vader, buurman, Charlie?'

Hij keek met een ruk op. 'Ook niet leuk.'

'O, nee?' zei ze fel. 'Hoeveel meisjes zouden er bang zijn geweest voor die vriend van jou?'

'Vriend?'

'Medewerker. Ik zie hem nooit vaker dan vier keer per maand en nooit langer dan een minuut per keer, maar ik zie wat ik zie.'

Hij zette zijn ellebogen op het bureau en klemde zijn benen om de poten van de stoel. Dit werd een gesprek waar vastigheid voor nodig was. 'Wat zie je?'

'Een kleine opdonder. Zo eentje die nooit op straat wordt opgemerkt en als iemand hem al ziet denkt-ie: wat een kleintje, die moeten we ontzien. Ik wed dat er vrouwen zijn die zin krijgen om hem te vertroetelen. Vertroetelen, ja, kijk niet zo gek. Maar die Charlie van jou wil niet vertroeteld worden, niet door vrouwen die ouder zijn dan twintig.'

'En dat heb jij allemaal gezien.'

'Ik heb het eerst gehoord en daarna gezien. Een tijdje geleden al. Charlie was net weg en ik moest naar beneden. Opvliegers, maar toch ongesteld, je zou eens moeten ervaren wat dat is. Ik moest tampons hebben en ging naar de winkel op de hoek. Daar liep Charlie net weg. "Ik ken die engerd", zei het meisje achter de toonbank tegen een collega. "Een lieverd", zei de collega. "Tot hij naast je zit", zei het meisje. "Die griezel heeft meer handen dan jij kunt tegenhouden." "Goh", zei haar collega, "wat spannend, vertel."

Toen ze mij zagen hielden ze hun mond, maar die middag heb ik het meisje dat Charlie kende opgewacht. Carrol keek trots. 'Jij bent niet de enige die achter de gewoonte van mensen probeert te komen. Ik heb haar opgewacht en over Charlie gevraagd. Ze wilde niet veel zeggen, maar ik heb gedaan wat jij in dat soort gevallen adviseert. Langzaam doordrukken, vertrouwen winnen, niet te veel tegelijk. We hebben een paar keer gegeten tussen de middag en bij stukjes en beetjes kwam ze met haar verhaal. Over een bioscoop en een film waar ze eigenlijk niet naar wilde kijken, en een man die naast haar kwam zitten en popcorn gaf en zei dat hij een rolletje in net zo'n film voor haar wist waardoor ze beroemd zou worden. Ik werd er een beetje beroerd van, vooral toen de climax kwam.' Carrol lachte schamper. 'Mooi woord in dit verband, climax. Het ging helemaal niet over haarzelf, zei ze uiteindelijk. Het ging over haar zusje van vijftien. Dat had ze niet durven vertellen aan haar collega en ook niet aan mij, maar ik was aardig en ik kon zo goed luisteren en... Om kort te gaan, ze was blij dat ze het verhaal kwijt kon. Is er echt iets gebeurd, vroeg ik. Nee, zei ze, niet echt, geloof ik, maar mijn zusje wil nog steeds niet naar de bioscoop. Dankzij die lekkere Charlie van jou dus.'

Hij probeerde het tegen beter weten in. 'Misschien bedoelde ze een ander dan Charlie.'

'O nee.'

'Hoe weet je dat zo zeker?'

'Ze was een keer in de stad, samen met haar zus. Ze liepen door de lange passage achter de vrijdagmarkt. Ineens duikt haar zusje weg. Ze stond helemaal te beven, vertelde het meisje. Eerst wilde ze niet vertellen waarom, maar na een tijdje wees ze naar een man en kwam ze los. Ze wist zeker dat het de man was die in de winkel waar ze werkte watten had gekocht. Watten. Wat moet Charlie met watten?'

'Gesneden met scheren', zei hij. 'Of aambeien. Wat is er mis met watten? Wat is er mis met winkelmeisjes? Of met kinderen die naar de verkeerde films kijken en last krijgen van puberteitsfantasieën? Hoe kwam dat kind in een bioscoop terecht met een film "waar ze eigenlijk niet naar wilde kijken" zoals jij het uitdrukt? Meegesleurd door het koekjesmonster?'

'Verdedig hem maar', zei ze.

'Je zou beter moeten weten', zei hij. 'Een verhaal uit de tweede hand over iets in een donkere bioscoop. Je bent gewoon van je stuk, dat is het. Eerst je huisbaas en daarna het bandje.' Hij stond op en legde een hand om haar middel. 'Ga zitten en vertel over vanmorgen.'

Ze liet zich meevoeren naar haar kantoor.

'Zitten', zei hij. 'Ik haal koffie. Is er koffie? Natuurlijk is er koffie. Haha, er zal eens geen koffie zijn. Jij en geen koffiezetten. Klets ik te veel? Dat is om je te laten ontspannen. Ik hou je bezig met geouwehoer en daardoor ontspan je je, zo werkt dat.' Hij hoorde dat ze tegen een grinnik aan zat, schonk in en pakte extra suiker. ‘Kijk,’ zei hij toen hij naar het bureau liep, ‘twee kopjes in beide handen, drie klontjes op het hoofd, helemaal de handige, dienstbare man. Kijk niet zo benauwd, het onderste klontje gaat in mijn eigen kopje.’ Hij trok een stoel bij. ‘En nu je huisbaas.’

‘Verrekte charmeur’, zei Carrol. ‘Ik wou dat ik je had gekend toen je vijfentwintig was. Hij kwam natuurlijk toen ik nog onder de douche stond. Ik denk dat hij dat kan horen aan het geruis van de leidingen, of aan de afvoer, want het was niet de eerste keer dat ik me doodschrok. Hij bonsde op de deur of er brand was en hij schreeuwde. Misschien kun jij je rustig aankleden als er wordt gebruld, maar ik niet. Ik trok een ochtendjas aan en deed open.’

‘De ketting zat er natuurlijk weer eens niet op.’

‘Je moet een buitendeur door, een binnendeur en daarna drie trappen op langs appartementen waar iedereen iedereen kent. Het is daar geen hotel. Ik deed dus open met mijn natte haren en in een ochtendjas die plakte aan mijn vel, want grondig afdrogen doe je in zo’n geval ook niet en daar stond-ie, meneer de huisbaas. Hij kwijlde niet, maar het scheelde weinig.’

‘Tien jaar geleden had je je gevleid gevoeld.’

‘Het trappenhuis wordt niet verwarmd. Er kwam een vlaag koude lucht binnen en ik stond daar half nat in mijn ochtendjas, zie je het voor je?’

‘Kippenvel?’

‘En rillingen. Van schrik en van kou. Volgens mij dacht hij dat het alleen de schrik was en daar genoot hij van. “We moeten even praten”, zei hij. Ik zei: moet dat nu?, maar daar heb je zo’n vent niet mee. “Straks gaat u naar uw werk”, zei hij, “en ik moet ook nog weg, dus ik dacht: ik ga even bij mevrouw langs.” Netjes genoeg, die man. U en mevrouw. Maar ondertussen gaten boren in mijn ochtendjas en ik maar rillen. Ik zei: als u nu over vijf minuten terugkomt... maar hij liet me niet uitpraten. “Het duurt maar even”, zei hij en hij duwde me bijna achteruit. Hij ging zitten en ik ook. Ik dacht: als ik me ga afdrogen, dan komt hij achter me aan, als ik ga zitten, dan kunnen we misschien opschieten.

Hij deed er lang over, maar het was hetzelfde verhaal als de vorige keer. Over projectontwikkelaars en plannen met de grond. En over de hele zaak verkopen, maar dat zou pas kunnen als alle huurders waren vertrokken, dus ik begreep wel dat hij niet anders kon.'

'Samengevat,' zei hij, 'de zak gooide je eruit.'

'Niet helemaal. Ik hoorde ergens een geluid en keek achter me. Mijn kamerjas gleed van een knie en dat zag hij als een aanmoediging. Het kwam erop neer dat hij voor nieuwe woonruimte kon zorgen, maar dan moest ik hem wel... hoe zei hij dat. Aanmoedigen. Ik dacht: ik schiet je liever dood, maar als ik dat had gezegd, dan had hij me vandaag nog op straat gezet.'

'Je hebt een contract.'

'Dat had die vrouw ook over wie vorige week een stuk in de krant stond, ik heb het nog voorgelezen. Ze had een contract en toen de politie aan de huisbaas wilde uitleggen dat ze terug moest, zei de huisbaas: "Contract? Helemaal vergeten. Het spijt me verschrikkelijk, maar we zijn alvast begonnen." Het hele appartement was verruïneerd. Geen leiding meer heel, gaten in de muren. Contract.'

'Wat heb je gedaan?'

'Hem voorzichtig geloosd, maar ik moet daar weg.'

'Waarheen?'

'Tja', zei Carrol. 'Misschien moeten we een en een maar eens gaan optellen, vind je niet?'

Hij wist dat dit niet het moment was om te tonen dat hij snel van begrip was. 'Een en een?'

Ze keek naar zijn gezicht en haalde haar schouders op. 'We hebben het er nog wel over. DiPego heeft gebeld. Of er schot zit in zijn Minute Hand.'

'Zit er schot in?'

'Zo snel? Kom nou. Ik heb een stel van je relaties gebeld.' Ze liet een korte stilte vallen. 'Onze relaties als het zo doorgaat. Ik bel ze tegenwoordig vaker dan jij. Een was negatief, vier hielden zich op de vlakte, twee reageerden positief. Samake was zelfs enthousiast. Als de prijs redelijk is, kan hij er duizenden afzetten, zei hij.'

'Had hij er niet eerst eentje willen proberen?'

Ze keek trots. 'Ik heb hem verteld wat ik van het washandje vind en hij zei: "Als u positief bent, dan ben ik het ook." Hoe vind je dat?'

'Geslijm, dat vind ik het. Ben je positief?'

'Maak daar maar zeer positief van. De Minute Hand is voortreffelijk.'

'Wat zou jij ervoor willen betalen?'

'Nu ik weet wat ik ermee kan? Rond de vijfentwintig. Duurder moet het niet worden, maar 24,95 is een goede prijs.'

'Ik zal eens uitrekenen wat in dat geval de productiekosten mogen zijn. Je weet wel, vijfendertig procent winst voor de detailhandel, vijfentwintig procent voor de groothandel, tien procent voor DiPego. Het zal wel op ongeveer een tientje neerkomen. Als hij weer belt, zeg je maar dat we positief zijn en dat we al een voorzichtige calculatie hebben gemaakt. We denken aan 24,95 als maximumprijs, maar streven naar 19,95. Verder nog zakennieuws?'

'Wat heb je gedaan aan Hillder de Derde, de man van de cruises?'

'Niks', zei hij. 'Is er haast bij?'

'Wel als je wilt dat ik het telefoontje van de voedsel- en drankmanager beantwoord.'

'Zeg maar dat we nadenken.'

'Nadenken.'

'Dat doen we toch weleens?'

'Ja', zei Carrol. 'Dat doen we weleens. Maar doen we het over de juiste onderwerpen. De katerpillen worden een bron van zorg. Weer een aanrijding door een gek die dacht dat de pillen alcohol neutraliseren.'

'Zou het helpen als we op de verpakking laten zetten dat je ze moet innemen als je aan de drank gaat, maar dat je het effect pas de volgende ochtend merkt? Jezus, snappen die zakken nou echt niet dat een antikaterpil helpt tegen een kater en dat die kater pas wakker wordt als je opstaat?'

'Het helpt niet voor de klanten, maar misschien stel je de politie en de caféhouders ermee gerust.'

'Doen', zei hij. 'En laat de tekst op de bijsluiter in een zestienpunts letter zetten. En in braille voor mijn part. Hebben we zuipende blinden?'

'Geen idee. Je kunt er volgens mij beter voor zorgen dat hun geleidehonden het kunnen lezen.'

Kcrams grinnikte. 'Nog meer?'

'Je krantenproject loopt niet.'

'Hoe kan dat nou. Het is toch leuk om iemand op zijn verjaardag de krant te geven die op zijn geboortedag is uitgekomen? Verpakt in een luxedoos met strik en een roos voor de dames?'

'Het zou helpen als je er eens wat reclame voor maakte.'

'Televisie?'

'Veel te duur. Begin maar met de huis-aan-huisbladen.' Hij knikte. 'Doen we. Nog nieuws van de alibi-kant?'

'Het gebruikelijke werk', zei Carrol. 'Het is bijna weekend en de heren dekken zich alvast in. Vier willen naar een congres, drie gaan vissen op het Binnenmeer, één vrouw denkt dat ze samen met een vriendin een voettocht van twee dagen door de bergen wil maken.'

'Vissen? Met dit weer?'

'Leve het gebrek aan fantasie', zei Carrol. 'Ze denken: wat kan ik mijn vrouw eens wijsmaken? Vissen, daar heeft ze een hekel aan, daar wil ze niet bij zijn. Ik vraag het Alibibureau of ze iemand laten bellen die me herinnert aan mijn visafspraak van dit weekend.'

'Is Toomas beschikbaar?'

'Nog wel, maar we moeten uitkijken met hem. Hij heeft zijn

toneelcursus afgemaakt en denkt dat hij rijp is voor het grote werk. Over een paar maanden laat hij het afweten, hou er rekening mee. Hij kan de vissers bellen en drie van de congresgangers. Ik doe de bergtochtmevrouw.'

Hij telde snel op. 'Mis ik er eentje?'

'Een van de congresliefhebbers. Toomas kunnen we bij hem even niet gebruiken. Hij heeft twee weken geleden ook al met mevrouw gebeld. Meneer wilde toen naar een bedrijfsbijeenkomst in het bos. Je weet wel, met zijn allen onder de bomen praten over de toekomst van het bedrijf. Moet ik iemand anders inschakelen of eh...'

Hij stak een hand uit. 'Geef het telefoonnummer maar. Wat is het voor congres?'

'Over bedrijven en het gezamenlijk opstellen van rekeningen. Accounts noemen ze dat tegenwoordig.'

'Hoe heet die vent van voren?'

'Jan. Hij wil om tien uur weg.'

Hij trok zijn wenkbrauwen op. 'Bestaat die naam nog?' Hij pakte de gsm van Carrols bureau en toetste het nummer in.

'Met Frmmstg. Is je moeder thuis?... Hallo, dag, met Vgfrroongseer. Wilt u aan Jan doorgeven dat we morgen om tien uur weggaan?... Congres. Heeft Jan er niets over gezegd? Zijn bedrijf, ons bedrijf, allemaal naar hetzelfde congres en 's avonds brainstormen over onze samenwerking op het gebied van de accounts... Het is toch al een poosje bekend. Hij moet er echt zijn, we kunnen hem niet missen... Nou als er problemen zijn, dan belt hij maar, ik ben de contactman en hij heeft mijn nummer... Ja, dat zal ik u geven. O, hemel, sorry, ze staan tegen het glas te tikken, ik moet echt weg. Hij weet wie ik ben. Tien uur. Morgenochtend. Dag mevr...' Hij liet zijn stem wegsterven en hing op. 'Kan ik het nog?'

'Je kunt het nog. Precies de goede toon. Vol vertrouwen en toch met gezag. Meer onderwerpen heb ik niet. Wanneer gaan we het over mijn appartement hebben?'

'Zal ik Charlie vragen eens naar je huisbaas te kijken? En naar Hillder nummer drie?'

Ze spande haar kaakspieren. 'Weer Charlie.'

'Hij doet het onderzoek. Snelle, kleine Charlie. Niemand ziet hem. Hij is goed in zijn vak. Hij doet het veldwerk, wij werken de zaken af.'

'Ik dacht niet aan Charlie toen ik zei dat we het over het appartement moesten hebben', zei ze zacht.

'Nee,' zei hij, 'dat weet ik, maar ik ben nog niet rijp voor wat jij wilt.'

'Niet rijp.'

'Nog niet.'

'Je bent vijftig.'

'Gisteren kreeg ik een boek van Maryam. Verzameld werk van Boris Vian. Ze schreef dat ze over een poosje komt.'

'En dan wil jij geen vrouw in huis.'

'Ik weet niet hoe het afloopt met Terri.'

'Of jouw Dinges bij hem blijft, bedoel je.'

'Ze zou van zich laten horen.'

'Tot zolang kan ik barsten. Opdraven als je een geile bui hebt, mijn rok optillen en over het bureau hangen als je de maandbladen hebt doorgenomen.'

'Niet zo praten', zei hij.

'Ik praat godverdomme zoals ik wil. Ik ben wel rijp, ik ben hartstikke rijp, als ik drie jaar wacht, dan ben ik gebarsten.' Ze boog zich voorover en verborg haar hoofd in haar handen.

Hij trok een ongelukkig gezicht. Aanraken? Aaien? Ferme taal? 'Ik moet weg', zei hij. 'We gaan er echt over praten.'

Haar stem klonk gedempt. 'Misschien moet ik ook wel weg. Straks of zo. Misschien moet ik wel aan mezelf gaan denken in plaats van aan jou en die lekkere klanten van je.'

Hij raakte haar rug aan en schrok van de reactie. 'Alsjeblieft', zei hij. 'Ik moet weg, ik moet nadenken over die belastinginspecteur. Over een paar uur is het halfvier.'

Ze reageerde niet en hij liep het kantoor uit. Bij de lift bleef hij staan. Hij wachtte een paar minuten en liep op zijn tenen naar de deur. Hij ademde opgelucht toen hij haar stem hoorde.

'Hallo, ik bel je namens het Alibibureau. Je hebt gebeld over een bergwandeling met een vriendin. Ik ben de vriendin... Ja, leuk hè? Als je me het nummer van je man geeft, zal ik hem bellen over wat we gaan doen... Ja, de rekening krijg je later...'

Hij liep terug naar de lift. Verende tred, kilo's lichter.

De crisis was voorbij.

14

'Weten we al waar hij is?' vroeg hij.

'Wij wel', zei Neus. 'We moesten zeggen dat je moest denken aan halfvier, aan geld en aan aftellen tot drie.'

'Zei hij het echt zo?'

Neus lachte. 'Wij zeggen het zo. Gun ons ook een pleziertje. Wij hebben hem gevraagd: als wij het een beetje moeilijker maken, komt hij er dan uit? Probeer het eens, zei hij, nadenken scherpt het verstand.'

'Ben je onlangs nog naar het ziekenhuis geweest?'

Neus beende hem bij en dat viel mee. 'Omdat ik wij zeg? Ik had net een klant die alles in het meervoud deed. Ik zeg: waarom is dat? Omdat ik verpleegster wil worden, zegt hij. Ik maak een geintje en zeg: krijg dan eerst maar eens tieten. Zegt hij: daar ben ik mee bezig. Je gelooft het niet, hij trekt zijn shirt op en laat ze zien. B-cup, zegt hij trots. Ik zeg: als ik je een schop in je kruis geef, merk je daar dan nog iets van? Hij kijkt benauwd en zegt: ik hoop van niet. Staat die gekke Franz op, je weet wel, die vent die ze de Drie Liter Kruk noemen omdat hij drie liter aankan maar zich wel eerst aan zijn barkruk laat vastbinden. Die Franz staat dus op en grijpt in zijn kruis. "Als je gilt, is je operatie mislukt", zei hij.'

'Wat gebeurde er?'

'Franz lazerde omver. Zonder kruk is hij niks. Cupje B heeft hem verzorgd. Het was wel even lachen.'

'En om je dag te vervolmaken heb jij een raadsel bedacht.'

'Ik dacht: laat ik ook eens iets doen. Kom je eruit?'

'Denk ik wel', zei hij. 'Jij bent niet zo moeilijk als je denkt. Halfvier, geld, aftellen tot drie, het komt in orde.'

Hij reed naar het belastingkantoor, parkeerde zijn auto en

wandelde de straat in die van het kantoor naar de binnenstad voerde. In het derde café zat Charlie.

'Moeite gehad met zoeken? Neus zei dat hij iets slims ging bedenken.'

'Neus was een beetje lacherig. Ze hadden zitten dollen en daar krijgt hij soms last van. Zit je hier omdat ik straks toch maar beter naar Serna kan gaan?'

'Ik zit hier omdat je over een kwartier bezoek krijgt van zijn baas. Leisens heet hij.'

'Wat moet ik met hem?'

Charlie stak twee vingers op en een serveerster kwam pils brengen. 'Gezondheid', zei Charlie. 'Soms is het leven vol zonneschijn en het diepe geluk dat toeval heet, of het diepe toeval dat geluk heet, daar ben ik nog niet helemaal uit.'

'Ben je dronken of word je dichter?'

'Lip', zei Charlie. 'Ik zei gisteren toch dat hij mogelijkheden bood? Ik heb hem vanmorgen opgewacht. Hij nam er de tijd voor en ik kon op mijn gemak uitzoeken wie de blonde dame was. Eentje van standing, neem dat maar van mij aan. Ik wachtte tot Lip haar in een taxi had gezet en nam hem apart. Hij deed helemaal niet geheimzinnig. "Ja," zei hij, "allicht heb ik haar opgepikt in het casino. Ik verloor vijfendertigduizend met baccarat, maar je kent me: ik kan doen of het een niemendalletje is. Ze bleek gevoelig voor niemendalletjes en het feit dat haar man het land uit is. Dat ze die lip niet hebben gerepareerd is het beste wat me ooit is overkomen, weet je dat? Veel vrouwen vinden het zielig, apart, iets waar ze meer van willen weten, zeker als je geld laat rollen. Die blonde wilde meer weten over mijn lip en ik over haar."'

Charlie keek op. 'Je ziet het: de wereld van de lust zit mooi in elkaar. Tussen de bedrijven door liet Lip haar praten. Daar is hij goed in. Niet zo goed als ik, maar veel scheelt het niet. Ze heet Leisens. Gaat je een licht op?'

'Verrek.'

'Zou ik ook denken. Door die naam kwam ik op een idee. Ik ken een Leisens, al jaren. Ik dacht dat hij accountant was, maar het schijnt dat hij is overgestapt naar de belastingen.'

'Wat weet je over hem?'

'De vraag moet zijn: wat heb ik over hem?' Charlie pakte een envelop. 'Gebruik dit en zie hoe ver je komt.'

Hij keek snel om zich heen en opende de envelop. Hij floot zacht. 'Hoe oud is deze foto?'

'Een paar jaar. Ik heb gebeld. Hij gaat nog steeds naar die kelders. Hij is ook nog steeds getrouwd. Drie kinderen. Groot huis, heel groot. Ik maak me sterk dat er een flinke hypotheek op zit. Leisens kan heus geen trammelant gebruiken.' Hij stond op. 'Ik denk dat je je wel redt. Tot ziens.'

Hij stak een hand uit. 'Blijf in de buurt. Er is weer een bandje gekomen en Carrol is boos op je. Daar moeten we het even over hebben.' Charlies ogen flitsten heen en weer. 'Carrol boos. Tjonge. Als je klaar bent loop je de straat maar uit. Ik pik je wel op.'

Hij keek Charlie na. Hij zag hem de deur uitgaan en naar een groepje wandelaars lopen.

En weg is-ie, dacht hij en hij voelde bewondering.

Hij nam een slokje van het bier, liet het door zijn mond rollen en trok een gezicht. Waarom drink ik dit bocht? Hij keerde zich om naar de serveerster en zag Leisens binnenkomen.

Hij wenkte naar de kleine, gezette man met het grijze borstelhaar, die op hem afliep en bij zijn tafeltje bleef staan. 'U bent...'

'Kcrams', zei hij. 'En u bent meneer Leisens. Gaat u zitten. Ik heb nog niet geluncht, misschien kan ik ook voor u bestellen?'

Leisens bewoog zich niet. 'Dit is hoogst ongebruikelijk', zei hij. 'Ik ben gebeld door een onbekende die me vertelde dat ik er verstandig aan deed om kwart over drie hier te zijn. Toen ik weigerde zei hij dat mijn thuiskomst dan op zijn minst enerverend zou zijn. Ik vond dat een bedreiging.'

Hij wees naar een stoel. 'Als u niet gaat zitten, dan moet ik gaan staan. Op deze manier krijg ik pijn in mijn nek. Bovendien hebben ze me verteld dat degene die staat in het voordeel is. Lichaamstaal, zeiden ze. Ik voer graag een gesprek op voet van gelijkheid.' Hij spreidde zijn handen. 'U weet dat ik u niet heb gebeld. Ik heb geen behoefte aan dreigementen.'

'Wie belde dan wel?'

'Iemand die ik ter verantwoording zal roepen', zei hij. 'Maar waarschijnlijk zal hij zich beroepen op tijdgebrek. Gisteren kreeg ik een telefoontje van meneer Serna. Hij wilde een afspraak op heel korte termijn.'

Hij glimlachte. 'Op dat ogenblik voelde ik me ook een beetje bedreigd, dus ik kan me uw reactie goed voorstellen.'

Leisens maakte een beweging naar de deur. 'Ik denk...'

'Alstublieft, blijf nog een halve minuut. Ik wil het gesprek met de heer Serna allerminst uit de weg gaan. Ik wil met u spreken over de implicaties.'

Leisens toonde iets wat op belangstelling leek. 'Implicaties?'

'Implicaties. Als dat tenminste het juiste woord is. Ik moet altijd weer opzoeken wat het precies betekent. Eigenlijk is ellende een beter woord.'

'Voor wie?'

'Voor mij en voor anderen', zei hij. 'Ga u alstublieft zitten, misschien stellen we straks wel vast dat we geen aandacht hadden willen trekken.' Leisens weifelde, maar ging op het puntje van de stoel zitten. 'Heel even dan.'

Hij wenkte de serveerster. 'Ik moet echt iets eten. Ik zal u niets aanbieden, want dat kunt u verkeerd opvatten. Alleen vind ik gezamenlijk eten iets, hoe noem je dat, gezelliger, zou een vrouw zeggen.'

Hij bestelde een omelet, bood Leisens iets te drinken aan en hoorde hem 'koffie' mompelen. 'Misschien wil meneer er een sandwich bij', zei hij tegen de serveerster.

'Sandwich, meneer?' vroeg de serveerster opgewekt.

Leisens knikte stug.

'Kaas of ham?'

'Kaas.'

'Uitstekend, meneer. Eén kaas.'

'Maak er toch maar ham van.'

Ze knikte. 'We maken er ham van.'

'Kan het allebei? Ham en kaas?'

De serveerster toonde karakter. 'Een omelet, een ham-kaas-sandwich, een koffie en nog een bier?' zei ze stralender dan nodig was.

'Koffie', zei hij.

'Twee koffie', zei de serveerster en ze pakte het glas met het restant bier.

Aan het tafeltje viel een stilte.

Taxatie, dacht hij. Eerst nemen we de tegenstander op, dan zoeken we naar zwakke plekken. Zijn zwakste plek heb ik in een envelop. Naar welke zou hij bij mij op zoek zijn?

Hij wist dat hij er een had en hij wist welke. Hij betwijfelde of Leisens die op tijd zou ontdekken.

Na de eerste happen zei hij: 'Ik zal u iets over mezelf vertellen. Mijn naam is Suz Kcrams en ik ben de directeur van de handelsonderneming SuzCo. Mijn onderneming betaalt al jaren belasting en ik verzeker u dat u nooit reden hebt gehad tot nader onderzoek. Ik denk dan ook dat het telefoontje van de heer Serna te maken heeft met mijn Alibibureau.'

Hij zag Leisens een beweging maken. 'U hebt gehoord van het Alibibureau?' Leisens keek hem schuin aan, maar antwoordde niet.

'Elke dag heb ik een advertentie in de kranten. Dat doe ik omdat het me klanten oplevert en ook om duidelijk te maken dat wat ik doe niet in strijd is met de wet. Ik heb dat laten uitzoeken voor ik het bureau begon. Misschien is het soms op het randje, maar daar zult u niet van opkijken. U hebt dagelijks te maken met bedrijven en particulieren die op het randje balanceren. Niet door een alibi, maar door hun belastingopgave.'

Leisens spoelde zijn brood weg en deed alsof hij op wilde staan. 'U gebruikt veel woorden. Dat doen de meeste mensen die iets te verbergen hebben. Ik stel voor dat u naar de heer Serna gaat. Als u snel bent, kunt u nog net op tijd zijn.'

Hij legde zijn vork neer. 'Terzake dan maar. Als u wilt zal ik u straks uitleggen hoe het Alibibureau werkt, maar neemt u alvast van me aan dat veel inwoners van deze stad een deel van hun leven aan me voorleggen. Een geheim deel. Morgen zitten er een stuk of tien mannen officieel op een congres of vissen ze in het Binnenmeer. Een mevrouw maakt een bergtocht. Als u hen zoekt, zou ik niet naar een congres, een meer of een berg gaan, ik zou de motels aflopen.'

Leisens keek volkomen uitdrukkingsloos. 'Is de heer Serna daar een van? Is dat wat u me wilt vertellen?'

Hij schudde van nee. 'Ik weet niets van de heer Serna. Ik ken hem niet. Ik ben alleen bang dat een onderzoek veel geheimen aan het licht zal brengen die beter in mijn dossier of mijn hoofd hadden kunnen blijven.'

'Zoals?'

'Zoals wie waar was op welke dag en met wie. Mijn cliënten betalen een bedrag voor de diensten die ik bewijs. Als ik namen moet noemen, dan zal ik dat doen. Zonder aanzien des persoons.'

Leisens sloeg zijn ogen het eerst neer. 'Iets zegt me dat u me een indruk gaat geven van de geheimen die bekend zullen worden.'

'Sommige cliënten doen veel om me gunstig te stemmen. Ze dragen geheimen van anderen aan. Daar vraag ik niet om, dat doen ze uit zichzelf. Voor de een is verduistering van een miljoen een vergrijp, voor de ander is een slippertje met een dame een doodzonde. Mensen verschillen, meneer Leisens. Veel cliënten zijn zwaar op de hand.' Hij pakte de envelop. 'Er zijn cliënten die me afschriften sturen van brieven of rekeningen, soms krijg ik foto's. Misschien wilt u even kijken. Ik zou de envelop uit het zicht houden als ik u was.'

Leisens werd lijkbleek toen hij de envelop aanpakte en z'n hand trilde toen hij een deel van de foto had gezien. 'Hoe', vroeg hij. 'Hoe...'

'Ik zou het werkelijk niet meer weten', zei hij. 'Ik heb de foto al lange tijd. Als ik er iets mee had willen doen, dan had ik het wel gedaan. Maar dat wil ik niet. Mijn Alibibureau werkt zuiver. Geen chantage, gewoon eenvoudige dienstverlening voor mensen die hun natuur volgen. Leugentjes om bestwil. Dankzij mijn bureau zijn heel wat huwelijken in stand gebleven.' Hij praatte door om Leisens de gelegenheid te geven zich te herstellen. 'Onlangs reageerde een scholier op mijn advertentie. Hij wilde dat ik zijn vriendinnetje in de gaten hield. Zoiets doe ik niet. Ik ben geen detective. Ik ben een zakenman die via dienstverlening iets wil verdienen.'

Leisens maakte een beweging met de envelop. 'Maar...'

'Wat u in uw vrije tijd doet kan me niet schelen, meneer Leisens. Als u uw vingers in het achterwerk van een andere heer wilt duwen, ga gerust uw gang. Mij kan het niet schelen waar u uw handen laat. Bovendien heb ik gekkere foto's gezien. U mag deze foto houden. Het gaat erom dat u een idee heeft van de geheimen die boven tafel kunnen komen als de heer Serna zich langdurig gaat bezighouden met mijn Alibibureau.'

'U wilt...'

'Ik wil dat u nadenkt over het leed dat de heer Serna en u anderen kunnen berokkenen. Veel inwoners die nu nog rustig hun eigen leven leiden zullen overstuur raken, daar ben ik zeker van. SuzCo betaalt belasting en op de aangifte zult u het Alibibureau met ingang van dit jaar ook aantreffen. Ik wil geen belasting ontduiken. Ik wil alleen doen wat goed is voor mijn bedrijf en voor deze stad.'

Pathetisch, dacht hij. Te dik, te vet.

Leisens merkte het niet. 'Het is halfvier geweest', zei hij. Het grootste deel van de sandwich lag onaangeroerd, zijn handen waren om de tafelrand geklemd.

'Misschien wilt u de heer Serna uitleggen dat ik verhinderd was?'

'Ja', zei Leisens. 'Dat is mogelijk.' Het kostte hem moeite overeind te komen. 'Hoe komt u aan deze foto?'

'Dat heb ik al gezegd. Geen idee.'

'Het was donker. We waren alleen. Ik bedoel...'

'Er is veel slechtigheid, meneer Leisens.'

'Als u een foto naar mijn vrouw stuurt, vermoord ik u', zei Leisens.

Hij knikte. 'In uw plaats zou ik hetzelfde zeggen. Ik zou geschokt zijn, m'n zelfbeheersing verliezen. Ik raad u aan niet meteen terug te lopen naar uw kantoor. Ga een blokje om. Misschien ziet u ergens een telefooncel en kunt u de heer Serna bellen voordat hij op rare ideeën komt wat mijn bureau betreft.'

Leisens deed een stap naar voren, draaide zich om en wiste zweet van zijn gezicht. 'Hebt u meer foto's?'

Hij keek neutraal. 'U hoeft u geen zorgen te maken, gelooft u me?'

'Ja? Echt?'

In onze angsten worden we allemaal weer kind, dacht hij. 'Echt', zei hij en hij probeerde gevoel in het woord te leggen.

15

Charlie dook op uit het niets. 'Loop maar achter me aan. Ik zag Leisens net. Hij zwalkte een beetje. Hij ging naar een telefooncel en belde. Niet met de politie mag ik hopen.'

'Ik gok op Serna', zei hij.

'Dacht ik ook, maar laten we toch een beetje uitkijken. Ik sla straks links af. Driehonderd meter rechtdoor en dan rechts. Na een tijdje kom je bij een steeg en daar wacht ik je op. Dat zeg ik voor het geval je me niet bij kunt houden.'

Al na de eerste hoek was hij Charlie kwijt.

'Dat doe je voor de spanning', zei hij toen Charlie van achter een container opdook.

'Oefening. Ik moet in vorm blijven. We steken dat terrein over en lopen naar de flat aan de overkant. Die flat lijkt leeg, maar dat is een misverstand. Kijk uit voor de brandnetels.'

Op de derde verdieping opende Charlie een deur. 'Dit is een van mijn kamers. Soms is het makkelijk als je iets achter de hand hebt. Er is elektriciteit en er is water.'

Hij keek vol verbazing rond. 'Rood licht, een bed waar je in de breedte in kunt, porseleinen beeldjes op een nep-schoorsteenmantel, behang in zeventien kleuren. Heb je een zigeunerin uitgekocht?'

'Een prostituee, maar een jaar geleden viel er niet veel meer te prostitueren. De flat kwam leeg, de sloopplannen gingen niet door, en ik kwam terug. En nog een paar, maar die doen er nu niet toe. Ga zitten en vertel over Leisens.'

'Heb je ook verwarming?' vroeg hij, z'n jack uittrekkend.

Charlie trok zijn bovenlip op. 'Zou het anders zo lekker warm zijn? Alles is er.'

'Hoe...'

'Organisatie. Je moest eens weten hoe makkelijk het is om stroom en gas af te takken. Ik ken iemand die er een dagtaak aan heeft. Zelf heeft hij een huis van drie verdiepingen aan de Zilverkust. Hij streeft naar de Goudkust. Ga nou zitten, dan krijg je koffie. Of wil je pils?'

'Koffie. Dat Leisens wankelde kwam door de schok van de foto. Vermoedelijk belde hij omdat hij de boodschap heeft begrepen. Heb je meer foto's?'

Charlie grijnsde. 'Maak je geen zorgen. Als Leisens vervelend wordt, dan krijgen we hem wel. Wat was er met Carrol? Je zei dat ze boos op me is.'

'Hoe vaak neem je een meisje mee hiernaartoe?' vroeg hij, terwijl hij het interieur bleef bekijken.

'Heeft dat met Carrol te maken?'

'Dat heeft met Carrol te maken. Hoe vaak?'

'Zo vaak als ik kan.'

'Kinderen?'

Charlie ging vlak voor hem staan, vuisten in de zij. 'Hoor ik een beschuldigende toon?'

'Kinderen?' herhaalde hij.

Charlie zuchtte, liep naar het raam en wenkte. 'Kijk naar beneden. Wat zie je?' Hij veegde condens van de ruit en maakte een allesomvattend handgebaar.

'Onkruid, puin, kuilen met plastic en ijzer, een autowrak, motoronderdelen, doorgeroeste vaten. Is dit een ogentest?'

'Links. Links in de hoek, achter die berg zand en puin.'

'Jongens. Vier, nee, vijf of zes.'

'Jongens? Kijk eens goed.'

Hij duwde zijn neus tegen het glas. 'Die daar met die fles zou een meisje kunnen zijn.'

'Hoe oud?'

Hij aarzelde. 'Veertien? Vijftien?'

'Twaalf', zei Charlie. 'Ik ken haar. Die jongen rechts van haar is haar zus van dertien. Denk de pet weg en dat jack met ijzerbeslag. Ze heeft kort haar en op haar arm zit een tatoeage waar "mama" op staat. Nou mag je drie keer raden: zijn die twee maagd of niet. Het goede antwoord is nee. Niet mijn schuld, maar ik verzeker je dat ze allebei vanavond weer voor de bijl gaan. Hoeveel jongens zie je?'

Hij voelde Charlies hand om zijn arm klemmen en rukte zich los. 'Vier, godverdomme. Wat is dit, een levensles voor oudere heren?'

'Het wordt tijd dat je iets van dit soort buurten begrijpt. Dit is niet de stad waarin jij bent opgegroeid. Dit is ook niet wat ze vroeger een achterbuurt noemden. Dit is niemandsland. Je zou eens aan dat stel moeten vragen hoe vaak ze op dit terrein politie hebben gezien. Die twee meiden gaan vanavond of vannacht vier keer voor de bijl. Met wie zouden ze beter af zijn, denk je. Met iemand die een goed bed heeft, liters cola en warmte voor de rest van de nacht, of met die jongens in hun clubhuis vol schimmelmatrassen in de kelder?'

'Het blijven kinderen.'

Charlie tikte tegen de ruit. 'Ben je weleens in dat ziekenhuis daar geweest? Wijkziekenhuis noemen ze het. Wijkziekenhuis Vier, geloof ik, niet belangrijk genoeg voor een naam. Hemelsbreed ligt het nog geen kilometer van het belastingkantoor, maar denk maar niet dat er geld in de richting van dat ziekenhuis stroomt. Het druppelt hooguit, zoals een lekke kraan druppelt. Je zou er eens moeten gaan kijken. Daar kijken ze niet op van een tienjarig meisje dat zwanger is. Die achtjarige van een paar maanden geleden haalde het nieuws, maar dat was omdat ze zwanger was van haar broer. In de buurt waar je nu naar kijkt ben je volwassen op je twaalfde.' Het groepje jongeren kwam dichterbij. 'Kijk nou eens goed naar die meid met die pet. Je zou haar zo geloven als ze zei dat ze zeventien was. Mijn grens ligt bij zestien, maar ik vraag niet naar een paspoort. Dat hebben ze niet eens.'

'Heb ik onlangs niet iets gehoord over een kind van veertien of vijftien?'

Charlie dacht na. 'Een vrouw die veertien bleek, een van mijn grotere vergissingen. Ik zal haar wel een keer aanwijzen. Ze komt cafés binnen waar je eenentwintig moet zijn. Dat ze veertien was, hoorde ik later. Het duurde een hele tijd voor ik het geloofde. Ik hou van jong, maar niet van baby's.'

'Carrol had het over een meisje van vijftien. Gefoezel in een bioscoop waar ze vieze films draaien, ik weet niet meer hoe ze het noemde. Films waar dat meisje eigenlijk niet naar wilde kijken. Carrol hoorde het verhaal van iemand die achter de toonbank staat in de winkel bij het kantoor. Je had er watten gehaald.' Hij vertrok zijn gezicht. 'Watten. Heb je vaak pijn aan je kont?'

'Scheren', zei Charlie. 'Ik ben klein, maar ik mag me al scheren met een mes. Als het fout gaat, heb ik watten nodig. En om me af te schminken natuurlijk. Als ik de Grote Boze Wolf heb gespeeld, wil ik mijn ongerepte kindergezicht terug.'

'Carrol heeft een handig washandje voor je. Minute Hand heet het. Je mag het vast wel een keer lenen. Het meisje in de winkel was aan de klets met een collega over een kleine man die had zitten donderjagen in een bioscoop. Carrol werd nieuwsgierig en je weet hoe ze dan is. Het ging om haar zusje van vijftien.'

Charlie knikte bedachtzaam. 'Ik vond al dat die winkelgriet me bekend voorkwam. Ik heb er de hele dag over lopen piekeren. Het zit me nooit lekker als ik iemand niet thuis kan brengen. Ze moet op haar zusje lijken. Vijftien, hè? Tegen mij zei ze negentien. Daar moet je dan altijd minstens twee jaar van aftrekken. Ze was met een vriendin. Twee pubers die eindelijk eens achter de geheimen des levens wilden komen. Je had ze moeten horen giechelen. Ik heb ze niet naar binnen gesleept, ik ben ze alleen achterna gegaan. Je gelooft het misschien niet, maar het eerste handcontact als ik het zo mag zeggen kwam van die meiden. Ik mag doodvallen als ik weet van welke van de twee, want ze vonden het maar wat grappig toen ik vroeg of ik tussen hen in mocht zitten. Daarna kwamen de twijfels. Eerst liep haar vriendin weg, daarna had zij haar grens bereikt, en die was tamelijk ruim. Maar geloof me, als ze als maagd de bioscoop is ingegaan, dan is ze er ook als maagd uitgekomen.'

'Die indruk had Carrol bepaald niet.'

Charlie liep weg van het raam en ging zitten. 'Carrols verleden begint haar dwars te zitten. Ik had al zo'n gevoel dat ik de winkel beter kon mijden.'

'Blijf ook maar een poosje bij Carrol uit de buurt. Tenzij je iets kunt doen aan haar huisbaas, dat zou misschien iets goedmaken.'

'Ruzie?'

'Hij dreigt haar haar huis uit te zetten. Hij kon wel iets regelen, zei hij vanmorgen, maar dan moest ze wel een beetje meehelpen. Hij kwam het haar vertellen toen ze net onder de douche was geweest en raakte op drift toen haar ochtendjas een beetje openviel.'

Charlie keek taxerend. 'Wil ze in de flat blijven of wil ze eigenlijk bij je intrekken?'

'Ik wil dat ze in haar flat blijft', zei hij vlak.

'Juist', zei Charlie. 'Ik zal omkijken naar de huisbaas, maar jij weet dat ze dan nog meer de pest aan me krijgt. Ik kreeg vannacht toen ik op Lip zat te wachten een aardig idee over het colablikje.'

Hij pakte zijn koffie. 'Ander onderwerp?'

'Ander onderwerp. Ik zat in Het Station en ineens schoot me te binnen dat Bo vrij is. Je kent hem van vroeger. Hij noemt zich Bogard omdat hij kan praten met een sigaret in zijn mondhoek. Hij kreeg vier jaar omdat hij bij een inbraak de zaak in de hens had gestoken.'

'Sigaret?'

'Hij was even op een bed gaan zitten om uit te rusten. Eerst zitten. Toen liggen. Slapen. Hij werd wakker toen het kussen brandde. Hij kan slecht tegen vuur en brulde tot ze hem klemvast hadden. Drie ton schade als ik het me goed herinner. Hij is vrij en wil weer op pad.'

'Beetje slordige vent.'

'Goede vakman. Hij was moe omdat hij een nieuwe vriendin had, zei hij destijds. Die vriendin vond vier jaar zitten te lang. Bo is vrij, lekker uitgerust en tot de tanden gewapend met plannen. Hij is nog wel een beetje bang.'

'Voor vuur?'

'En de politie en de gevangenis. Voor alles eigenlijk. Het zou een steuntje in zijn rug zijn als we hem een deugdelijk alibi aanboden voor de nacht van zijn eerste klus. Gewoon, voor het geval de politie een serie bekende klanten begint te ondervragen.'

'Hebben we mensen voor dat alibi?'

Charlie knikte. 'Bo zit al vier dagen in die tent achter het sportpaleis waar ze lapdancers hebben. Hij zit, kijkt en heeft geen geld om biljetten achter een string te stoppen. Hij schijnt daar flink gefrustreerd van te raken. Ik ken wel vijf klanten die medelijden met hem hebben. Ik verwacht niet dat een alibi veel gaat kosten.'

'Hij moet het colablikje wel neerzetten op een plaats waar het opvalt. Aan de keuken of de provisiekast hebben we niet veel, bedoel ik.'

'In dat geval zal hij ervaren hoe lastig het is als je alibi blijkt weg te vallen', zei Charlie. 'Laat mij maar. Morgen of overmorgen staat je blikje waar het staan moet. Koffie?' Hij schonk in en zei: 'Dat bandje van je zit me niet lekker.'

'Is het een vrouw of een meisje?'

'Dat zit me bijvoorbeeld niet lekker. Je zou zeggen dat ik kijk heb op meiden. Ik heb er heel wat horen gillen.' Hij hief een hand. 'Niet daardoor. In deze buurt hoor je veel en dit is niet de enige uithoek in de stad die door het gemeentebestuur is vergeten. Eerst dacht ik aan een meisje, later aan een vrouw. Ik dacht ook aan amateurtoneel.'

'Waarom?'

'Waarom zou iemand die in nood zit jou bellen? Waarom niet de politie of de buurvrouw? Of een vriendin? Ze heeft een telefoon tot haar beschikking en kan de halve wereld bellen.

Het doet me denken aan kinderen die wildvreemden angst proberen aan te jagen, maar dit is zeker geen kind.'

'Ik heb van haar gedroomd', zei hij. 'Ik droomde van alsjeblieft en van Maryam. Eergisteren was het geloof ik. Het was niet eng. Er zat iets blijs in, maar ik weet niet meer waarom. Vannacht heb ik ook gedroomd. Ik weet niet wat, maar ik werd drijfnat wakker en het eerste waar ik aan dacht was aan dat bandje. Ze heeft vannacht opnieuw gebeld. Weer naar kantoor. "Hij komt eraan. Waarom help je nou niet, Alsjeblieft, ik ben zo..." Haar stem stierf weg, maar ze bedoelde dat ze bang was.'

Charlie stak z'n hand uit. 'Heb je het bij je?'

'Vergeten, maar het was net als het vorige. Het zit me dwars.'

'Zo dwars dat je het niet kunt negeren?'

Hij knikte.

'Maryam', zei Charlie zacht. 'Een droom over een stem en over Maryam. Dat is het. Je bent een romanticus. Vroeger noemden we zo iemand een softie. Grote bek als hij een foto bij zich heeft om een volwassen man bang te maken, maar huilen om een stem die hem doet denken aan zijn dochter. Wat ga je doen?'

'Zijn er niet van die apparaten waarop je kunt zien door wie je wordt opgebeld?'

Charlie knikte. 'Die zijn er. Ik weet niet of je ze kunt aansluiten op een antwoordapparaat. En misschien belt ze vanuit een cel of met een gsm. Werken die apparaten op een gsm?'

Ze keken elkaar aan en haalden hun schouders op.

'We worden oud', zei Charlie. 'We sloffen de techniek niet meer bij. Ik heb een keer een gsm bij me gehad toen ik naar de schouwburg ging. Toch al geen plek waar ik me lekker voel. Het was vanwege een vent die elke dag een andere vrouw bij zich had en ik wilde meer van hem weten. Ik begreep geen zak van het stuk en ben naar de wc gegaan. Ik zat daar met mijn colbertje op een haakje. Echt waar, ik had een colbertje geleend, iets te groot, maar keurig donkerblauw. Ik zat daar dus met het colbertje aan de haak en mijn broek op de knieën toen het toilet volliep met bezoekers.

Op dat moment ging die kolere-gsm met zo'n "White Christmas"-achtig tingeltje. Ik was bijna in paniek. Probeer maar eens bij een telefoon te komen als je broek om je enkels zit en je net als een gek hebt zitten drukken.'

'Breien aan een bruine trui', zei hij. Charlie keek op. 'Hè?'

'Breien aan een bruine trui, zo zeiden ze het een keer op de tv. Iemand moest kakken en zei: ik ga even...' Hij maakte een gebaar. 'Laat maar. En toen?'

'Toen niks natuurlijk. Wist ik dat de helft van de schouwburgbezoekers in de pauze gaat staan bellen. Voor mij is het een andere wereld. Ik stond te wankelen bij het haakje en probeerde het kreng uit te zetten. Ik dacht: weg met dat ding, straks sta ik een keer midden in de nacht op een straathoek in een stille buurt.' Hij rilde. 'Ik moet er niet aan denken. Waar is jouw gsm?'

'Op kantoor', zei hij. 'Meestal vergeet ik hem mee te nemen. Regel maar iets met Bo en vergeet het bandje. Als jij de stem niet kent en Carrol ook niet...'

'Dan blijf jij erover piekeren. Zal ik je vertellen waar jij vannacht bent?'

'Nee,' zei hij, 'doe maar niet, daar word ik chagrijnig van. Ik heb nog iets over ene Hillder de Derde, de baas van een stel cruiseschepen, maar dat komt later wel. Ik wil naar huis. Ik krijg genoeg van dit rood en die porseleinen beeldjes.'

'Vergeet het mooie uitzicht niet', zei Charlie.

'En het uitzicht', zei hij. 'Ik zou me verhangen als ik hier drie dagen moest blijven. Waarom heb je geen boeken?'

'De mensen die ik hier mee naartoe neem worden nerveus als ze het vermoeden krijgen dat ik kan lezen', zei Charlie.

16

'Ik dacht al dat je hier zou zijn', zei Carrol.

Hij zag beelden die hij niet kon omschrijven. Mensen, gebouwen, stemmen, strepen, alles door elkaar. Hij bewoog zijn hoofd en dacht: ik zag stemmen. Hoe kan dat?

'Rustig maar', zei Carrol. 'Kom eerst maar overeind. Waarom ben je niet op de bank gaan liggen?'

Hij bewoog een arm, daarna zijn rug. Een pijnscheut trok van zijn onderrug naar zijn nek. Hij kreunde.

'Rustig, zei ik. Wie valt er nou in slaap achter een bureau? Mijn bureau nog wel.' Ze mompelde iets en hij hoorde een wrijvend geluid. 'Je hebt liggen kwijlen op het bureaublad.'

Hij deed zijn ogen open. 'Hoe laat is het?'

'Word eerst maar wakker. Hoe lang zit je hier al?'

Hoe lang zit ik hier al, dacht hij. Hoe kan ik dat verdomme weten als ik niet weet hoe laat het is? Hij legde een hand tegen zijn nek en draaide zijn hoofd opzij. 'Elf uur?'

'Ik heb je vanmorgen gebeld', zei Carrol. 'Thuis natuurlijk. Je nam niet op en ik werd ongerust. Ik ben naar je huis gereden. Niemand, bed onbeslapen, ik schrok me een ongeluk. Ik heb Neus gebeld.'

Neus gebeld, dacht hij, op zaterdagochtend. Jezus. 'Neus?'

'Dat was fout', zei Carrol. 'Hij heeft uitgelegd hoe fout. Toen dacht ik: laat ik maar even naar het kantoor rijden, wie weet, en ja hoor, daar lag je. Zeker om op de geheimzinnige stem te wachten?'

Hij draaide zijn hoofd terug en sloot zijn ogen. Voorspelbaar, dacht hij. Iedereen weet alles van me. Ik wil koffie.

'Ik ga even koffiezetten', zei Carrol. 'Misschien dat we je

daarna weer in beweging kunnen krijgen.'

Hij kreunde. Voorspelbaar.

Na de koffie legde Carrol een washandje voor hem neer. 'Naar de wc, water erop en wrijven. Nu kun je kennismaken met de kracht van Minute Hand. De slaapresten zitten op je wangen. Hoe lang ben je hier al?'

'Dat heb je al gevraagd', zei hij.

'Knap dat je het hebt gemerkt. Weet je het antwoord?'

Hij haalde zijn schouders op en verstijfde. 'Au!'

Carrol ging achter hem staan. 'Hier?'

'Iets naar rechts.'

Ze knoopte zijn overhemd los en legde een hand op zijn schouder.

'Hoger. Meer bij de nek.'

Ze trok het overhemd naar beneden en kneedde z'n vel. 'Lekker?'

Hij knikte instemmend. 'Nek ook.'

Ineens hield ze op. 'In de benen, wassen en koffie opdrinken. We gaan eten en daarna naar buiten.'

Hij was nog niet toe aan zo veel mededelingen achterelkaar. 'Naar buiten?'

'Het is mooi weer. Rond zeventien graden, beetje zon, weinig wind. We gaan naar het strandje. Van kijken naar water word je rustig.'

'Ik ben...'

'Ja ja, natuurlijk. En vergeet dat washandje niet.'

'Weet je zeker dat het geen obsessie wordt?' vroeg Carrol toen ze hadden ontbeten in het wegrestaurant halverwege het strandje.

Hij bewoog zich ongemakkelijk en ontweek haar blik. 'Ik dacht gisteravond: laat ik een poosje bij de telefoon gaan zitten, je weet maar nooit. Ze heeft beide keren gebeld tussen twaalf en één uur. Ik was toch laat. Om één uur had ze niet gebeld, maar ik dacht: nog even wachten, en een tijd later: nog eventjes. Je kent dat wel.'

'Nee,' zei Carrol, 'ik ken het niet. Rond middernacht stort ik in.'

'Ik na halftwee, heb ik gemerkt. Ik ben wel tien keer wakker geweest, maar ik had geen fut om naar huis te gaan.'

'Of om op de bank te gaan liggen.'

'Daar heb ik wel aan gedacht, maar ik wist zeker dat als ik op de bank lag wanneer ze belde ik nooit op tijd bij de telefoon zou zijn.'

'Ik zal de draad laten verlengen, dan kun je de telefoon meenemen naar de bank', zei Carrol. 'Wil je echt zo graag weten wie er belde?'

Hij dacht aan Maryam en zijn dromen. Hij dacht ook aan Charlie. 'Nee', zei hij. 'Nu kan het me niet schelen, maar gisteravond, zo ineens, ik weet niet wat het was.'

'Ik wel', zei Carrol. 'Laat maar. Het helpt toch niet als ik het uitleg. We gaan naar het strandje bij het meer.'

17

Het Binnenmeer lag tussen de heuvels aan de voet van de bergen met hun eeuwig besneeuwde toppen. Zomers was het de uitwijkplaats voor duizenden gezinnen die te weinig geld hadden voor een vakantie in het buitenland. Het was er dan drukker dan op de stranden langs de zee, reden waarom elk najaar nieuwe delen van de oever werden opgespoten en nieuwe steigers voor zeilboten en plezierjachten werden aangelegd.

'Als je de baggerschuiten, de hei-installaties, de vijftig stapels palen en planken en al die schaftketen wegdenkt, is het hier best gezellig', zei Carrol. 'Ga zitten. Ik zal een tweede stoel huren en ook een paar dekens. We gaan oud spelen.'

'Oud?'

'Heel oud. We gaan spelen dat we zestig zijn en alle tijd van de wereld hebben. We gaan de kinderen negeren en de deken tot onze kin trekken. Jij gaat een paar uur slapen en ik ga naar de vissers kijken.'

'Het zijn er drie minder dan er zouden moeten zijn', zei hij.

Carrol keek verrast. 'Soms ben je vreselijk snel, weet je dat? Net als ik denk: hij wordt oud, dan zeg je iets wat me verrast. Als ik je dan aankijk, lijk je twintig jaar jonger. Dan zit er leven in je ogen.'

'Twinkel?'

'Dat is het, twinkel. De twinkel van het mannetje dat zichzelf heel slim vindt. Drie vissers te weinig, wat je zegt. Waarschijnlijk zijn het er wel dertig, maar drie zijn zo verstandig geweest om ons bureau te bellen. Ik ga dekens halen en een stoel, ik ben zo terug.'

Hij liet zich in de stoel zakken en keek naar het water. Ons bureau. Dat zei ze vaker: ons. Te vaak. Er zat een probleem aan te komen dat onvermijdelijk was en waarschijnlijk onoplosbaar.

‘Dekens’, zei Carrol en ze stopte hem in. ‘Niet sputteren, niet bewegen. Kijk maar naar het water, dan slaap je zo. Mijn stoel komt eraan.’

‘Sliep ik?’

‘Je snurkte.’

‘Erg?’

‘Leuk.’

‘Slaap jij?’

‘Weet ik niet. Hoe laat is het?’

‘Halfdrie al.’

‘Dan hebben we geslapen.’

Flarden van gesprekken, halve dromen, tijd die verglijdt, gezelligheid.

‘Ik heb honger’, zei hij.

‘Vroeger moest ik altijd zeggen: ik heb trek. Honger hebben ze in de derde wereld, zei m’n vader. Maar nu je het zegt, ik lust ook wel wat.’

‘Sta jij op?’

‘Nog niet.’

‘IJs’, riep een jongen die een bak voor zijn buik droeg.

Hij deed een oog open. ‘IJs? Met dit weer? Heb je ook iets warms?’

‘Achter me, meneer. Komt er zo aan.’

‘Warme bollen’, zei het meisje, ‘en wafels, maar die zijn koud.’

‘Twee warme bollen dan maar. Hoeveel is dat?’

‘Precies 9,35’, zei het meisje.

Hij deed dit keer allebei zijn ogen open. ‘Precies? Hoe bedoel je, precies. 9,35 kun je niet eens door twee delen.’

‘We hopen dat onze klanten te lui zijn om het te proberen’, zei het meisje, 'en dat ze het afronden op tien. Daar zit mijn winst in.'

Hij gaf een biljet. 'Laat maar zitten. Heb je koffie of cola?'

'Cola komt eraan', zei het meisje. 'De cola loopt achter me.'

'Twee cola', zei hij.

'Dat is dan 6,65', zei de jongen.

'Christus, doen jullie het erom?'

'We hopen dat u het afrondt', zei de jongen.

'Dat zei het meisje van de bollen ook. Dit keer wil ik geld terug.'

De jongen knielde in het zand en rommelde in een oude portemonnee. 'Zegt u eens eerlijk, meneer. Als ik de bollen had rondgebracht en een mooie meid had u cola gegeven, had u dan ook geld teruggevraagd?' Hij hoorde Carrol zachtjes lachen. 'Laat maar zitten', zei hij.

De jongen stond op en tikte tegen zijn honkbalpet. 'Bedankt.'

'Broodjes', riep een meisje. 'Belegde broodjes.'

Dit keer ging hij rechtop zitten. 'Is dit een optocht?'

'Ik ben de laatste, meneer.'

'Volgens mij ben je te laat. Een meisje dat door de cola-jongen mooie meid werd genoemd is al langs geweest met warme bollen.'

'Hij is haar vriendje', zei ze. 'Het is pas aan. Hij vindt alles mooi aan haar. Ik zorg voor de spijthebbers. Ze zien ijs en zeggen nee. Ze zien bollen en wafels langskomen en zeggen nee. Ze kopen cola, nemen een slok en krijgen trek. Ik weet precies hoe het gaat. Broodje, meneer?'

'Ja,' zei hij, 'twee, en rond het alsjeblieft meteen af.'

'Hij vindt alles mooi aan haar', zei Carrol toen ze haar broodje op had.

Hij keek naar een zeilboot die werd nageschreeuwd door een visser die met gebalde vuist rechtop stond. 'Welke haar?'

'Dat zei het meisje van de broodjes over de cola-jongen. Ik

vraag me weleens af wat jij mooi vond aan mij.'

Hij was niet in de stemming voor een goed gesprek. 'Ben ik eraf als ik zeg: je kont?'

'Nee', zei Carrol.

Hij keek opzij. 'Is het een serieuze vraag?'

'Dat van gisteren zit me niet helemaal lekker. Over mijn huisbaas en zo. Ik ben ouder dan jij. Ik heb een geschiedenis. Zo noemen ze dat: vrouw met een geschiedenis. Ik denk weleens: hij heeft met me aangepapt omdat hij wilde laten zien dat hij lak heeft aan iedereen.'

'Welke iedereen.'

'Vooral Dinges. Zij ging op de loop met een jongere vent. Jij wilde haar niet het plezier doen om een jonge meid op te scharrelen en haar te horen zeggen dat je hetzelfde doet als zij. Je zocht iemand die ouder was, iemand die je kon dumpen.'

Hij zag dat ze haar gezicht vertrok. 'Geen rotwoorden gebruiken,' zei hij, 'dat verpest de sfeer.'

'Dumpen', herhaalde Carrol. 'Daar heb je aan gedacht, zeker in het begin.'

Hij knikte. Hier hielp alleen de waarheid. 'Ik heb het zelfs een keer gezegd.'

Ze keek verbaasd. 'Weet je dat nog? Het was midden in de nacht, ik dacht dat je lag te mummelen.' Haar stem werd scherper. 'Maar jij mummelt niet, je doet alsof en dan kun je later zeggen: ik heb je gewaarschuwd. Zo ben je.'

'Ja', zei hij. 'Altijd al.'

'Was je vroeger ook zo?' vroeg Carrol.

Hij vocht zich naar boven. 'Ik sliep bijna. Hoe vroeger, hoezo?'

'Dat je iets zei dat niets te betekenen leek, iets wat anderen vergaten, maar dat je dan later zei: "Ik heb je gewaarschuwd." Ik zei: Zo ben je, en jij zei: "Altijd al." Is dat echt zo?'

Hij keek op zijn horloge. 'Wanneer zei ik dat, een kwartier geleden?'

‘Een paar minuten, ik wist niet dat je weer in slaap was gevallen.’

Hij overwoog een paar dooddoeners, maar had geen zin in een discussie. ‘Ik heb het mezelf waarschijnlijk aangeleerd.’

‘Als kind?’

‘Zou best kunnen. Ik weet het niet meer, zoiets gaat vanzelf. Vooral na mijn schooltijd, denk ik. Mijn vader had plannen, ik ook, maar andere dan hij.’

‘Veel ruzie?’

‘Veel stiltes. Veel gezucht, vooral na ma’s dood. Hij was in me teleurgesteld geloof ik. Ik kan het me nu wel voorstellen. Als je maar één kind hebt…’

‘Zoals jij.’

‘Ik ben niet teleurgesteld in Maryam.’

Carrol lachte zacht. ‘Ze is net zoals jij.’

‘Net zoals ik vroeger was. Veel baantjes, geen vastigheid. Je wordt goed in het bedenken van terloopse zinnen als je nergens langer dan een paar maanden wilt werken. Ga je nu al weg? Dat heb ik toch meteen al gezegd? O, maar ik dacht dat je er niets van meende.’

Hij volgde met zijn ogen een speedboot. ‘Snap je nou dat ze op het meer zo hard mogen varen? Toen ik de zaak begon was het ook handig. Ik heb iedereen die binnenkwam met zijn uitvinding meteen verteld dat het met de verkoop mis kon gaan.’ Hij had geen zin om zijn hoofd te bewegen en zag de speedboot uit zijn blikveld verdwijnen. ‘Er ging nogal eens iets mis in het begin. Ik had toen niet zoveel kijk op die uitvinders en hun wonderproducten als nu.’

‘Zoals de vetvrije snelkookpan, bedoel je.’

‘Daar ging het mis mee. Zo snel was de pan niet en al helemaal niet vetvrij. Ik heb ook eens iemand gehad die een ontroester had bedacht. Het kwam neer op een vloeistof waarin iets zat wat roest bijna automatisch verwijderde. Hij had ook een apparaat ontwikkeld dat je over schroeven kon zetten zonder dat de vloeistof weglekte. De volgende dag zag je geen roest meer. Twee weken later ook geen schroef, want het spul bleef nawerken, maar dat ontdekte ik te laat. In die tijd had ik een ander soort contracten dan nu. De man haalde er een advocaat bij en dat was bijna het einde van SuzCo.' Hij maakte een gebaar. 'Je leert ervan. Belangrijker was dat ik nog niet zo goed was in het taxeren van mensen.'

'Op agressiviteit?'

'Op stabiliteit. Mensen die jarenlang op een zolder aan hun grote droom hebben gewerkt hou je niet altijd in de hand. Geniale mensen nog minder.'

'Omdat ze sneller denken dan jij?'

'Ze denken grimmiger. Toen ik pas met SuzCo begon maakte ik kennis met een man die rechtstreeks uit een tekenstrip kwam. Gek en geniaal. Die waterbesparende dopjes die we nu verkopen had hij twintig jaar geleden al bedacht. Het zag er wat anders uit, maar het kwam op hetzelfde neer. Het kon niemand in die tijd een barst schelen hoeveel water er werd verspild en dat zei ik ook. Het kon hem ook niet schelen. Hij was niet trots op zijn vindingen, hij gokte liever, hij was niet bij de paarden weg te slaan. Hij kwam vaak langs als hij iets had bedacht. Om het te laten zien en om geld te lenen, dat deed ik nog in die tijd. Ik kwam ook weleens bij hem thuis. Hij had een dochter die iets jonger was dan Maryam. Ze speelden weleens samen.'

'Waar ging het mis?'

Hij keek verbaasd. 'Waarom vraag je dat?'

'De toon waarop je vertelt', zei ze. 'Het ging mis.'

'Hij gokte te veel en leende te veel van de verkeerde mensen. Hij is voor de trein gesprongen.'

'Meer gek dus dan geniaal. Wat gebeurde er met vrouw en kind?'

'Zij draaide door en het kind verdween. Naar familie, neem ik aan, niemand van de buren wist het me te vertellen.'

'Nam je Maryam vaak mee naar je klanten?'

'Als ze kinderen hadden wel, vooral in het begin. Ze heeft heel wat opvallende figuren gezien. Een van mijn klanten had zeven kinderen, allemaal met een jaar leeftijdsverschil. Zijn vrouw was driekwart jaar na de zevende zo slank dat ze bijna mager was. Dat kwam door het fitnesstoestel, zei hij, zijn vrouw gebruikte het elke dag. Ik dacht: als iemand na zeven kinderen er slank mee te krijgen is, moet het een wonderapparaat zijn. Ik was zo stom hem geld te geven voor een beter prototype dan het geval dat zijn vrouw gebruikte. Hij zei dankjewel en kuste me vier keer. Links, rechts, links, rechts, ik zal het nooit vergeten. Het was de eerste keer dat ik werd gekust door een man, mijn vader incluis. Mijn vader kuste geen personen van hetzelfde geslacht.'

'Wel van het andere?'

Hij maakte een afwerende beweging. 'Nog dezelfde avond kuste die vent zijn vrouw en al zijn kinderen. Daarna vertrok hij. Nooit teruggezien. Zijn vrouw en kinderen werden opgevangen door familie, dat weet ik zeker. Ze was er zelf een van twaalf.'

'Waarom nam je Maryam eigenlijk mee? Omdat Dinges niet op haar wilde passen?'

'Ze wilde tijd voor zichzelf. Zelfontplooiing, noemde ze het.'

'Ging Dinges weleens mee naar je uitvinders?'

'Nooit. Ze had het altijd veel te druk.'

'Met zelfontplooiing.'

'En haar clubs. Tennis, gymnastiek, dat soort bezigheden.'

Carrol streek langs zijn arm. 'Veel Terri's ook, durf ik te wedden. Laat maar, ik bedoel er niets mee. Wat doe je als Maryam komt?'

'Vrij nemen waarschijnlijk', zei hij.

'En als ze drie weken blijft?'

'Dat ligt aan haar plannen. Als ze graag wil dat ik vrij neem, dan neem ik vrij.'

'Zomaar?'

Hij maakte een prop van het servetje dat om het broodje had gezeten. 'Hoe vaak zie ik haar nou.'

'Wat doe je als Dinges komt?'

'Verbaasd zijn, denk ik.'

'Vrij nemen?'

Hij dacht na. 'Ze komt niet. Het heeft geen zin me het hoofd te breken over een vraag die niet aan de orde komt. Ze blijft bij die lul.'

'Hij heet Terri.'

'Jij weet hoe Dinges heet.'

'Ja,' zei Carrol, 'dat weet ik. Blijf jij Terri maar Lul noemen.'

'Als ik nou echt uit mijn huis moet, wat dan?' vroeg Carrol.

Hij bewoog zich ongemakkelijk. 'Komt het door het kabbelen van het water dat je ineens zo zwaar op de hand doet? Als je huisbaas aan je zit, raakt hij zijn handen kwijt, dat is één. Als hij je voortijdig uit huis gooit, komt hij in het ziekenhuis, dat is twee. Als het gebouw wordt gesloopt, zoeken we een andere flat, een nieuwere, dat is drie. Als we de zaken een voor een afwerken, dan komt alles in orde.'

'Eerst dat één. Meen je dat, van die handen?'

'Ik denk dat iemand hem dat binnenkort gaat vertellen.'

'Charlie?'

'Niet Charlie. Charlie is er voor het onderzoekswerk, dat weet je. En nu we het toch over hem hebben, zijn verhaal over het meisje in de bioscoop klonk niet slecht. Als ze als maagd naar binnen ging, dan is ze ook als maagd naar buiten gekomen, zei hij. Hij bedoelde dat er niets is gebeurd wat niet is te herstellen. Twee meiden waren uit op een wilde middag, Charlie dacht dat hij een handje kon helpen. Het viel tegen.'

'Ga maar naar punt twee', zei ze.

'Dat gaat in één moeite mee met punt één. Niemand zit aan jou, niemand haalt grappen uit.'

'Zegt Kcrams de heerser, Kcrams de bezitter.'

'Zegt vriendje Kcrams. Het gaat goed tussen ons zoals het gaat, waarom zouden we het veranderen?'

'Omdat ik ouder word', zei ze zacht. 'Ik kan mijn haar wel laten groeien en rood verven, maar daarmee hou ik de rimpels niet tegen. Vorig jaar had ik die bui, je weet nog wel, kleren voor iemand van twintig. Doe niet zo belachelijk, zei je, je trekt ze niet aan omdat je ze leuk vindt, maar omdat je de tijd wilt tegenhouden. Dat vond ik mooi klinken, al schoot ik er weinig mee op. Elke ochtend zie ik het: ik word ouder. In de overgang ga je twijfelen aan alles, zeggen ze, en dat klopt. Ik krijg last van wat ik was.'

'Wat was je?'

Ze keek fel. 'Dat weet je verdomd goed. Je hebt een jaar lang liggen vloeken elke keer als je een condoom om moest doen omdat je maar nooit kon weten.'

'Ik heb het volgehouden.'

'Tot het jaar om was. Je hield de datum goed in het oog. Na exact een jaar zei je: nu kunnen we zonder. Ik weet nog dat ik dacht: nou nou, zou hij zich een jaar hebben ingehouden?'

'Ik was die krengen al na een maand zat, dat weet je. Maar afspraak is afspraak, ik ben daar zorgvuldig in. Wij hebben afgesproken dat jij secretaressewerk zou doen en later dat we apart zouden blijven wonen, dat we dingen samen zouden doen, dingen zoals vandaag, naar het water kijken, een beetje kletsen...'

'Soms denk ik aan vroeger en dan word ik bang. Als je twintig bent en veel geld kunt verdienen, dan maak je je niet druk om wat anderen zeggen. Ik heb ooit in een film gespeeld.'

'Weet ik.'

'Echt waar?'

'Ik heb 'm gezien.'

'Wanneer?'

'Toen we elkaar pas kenden.'

'Die film is nog steeds te koop.'

'Zou jij jezelf erin herkennen? Door al die bloemen en planten heen?'

'Christus, ik dacht dat het een reclamefilm was voor een tuiniersbedrijf waar per ongeluk blote mensen doorheen sjouwden.'

Ze aaide over zijn gezicht. 'Dat zeg je om me een plezier te doen. Om me te troosten. Zullen we een eindje gaan lopen?'

Ze liepen hand in hand langs de rand van het meer.

Rust teruggekeerd, dacht Kcrams.

Gezellig, dacht Carrol.

Tegen acht uur was het rustig bij het meer.

'Blijven?' vroeg Carrol.

'Eten', zei Kcrams. 'Waarom word je van niksdoen zo hongerig?'

'We hebben gelopen', zei Carrol, 'en naar het water gekeken. Van water krijg ik trek. Vroeger al. We gaan op ons gemak eten en daarna gaan we naar het kantoor.'

Kcrams zei niets.

'Sta daar niet zo te staan. Ik ga met je mee. We blijven tot één uur.'

'Waarom?'

'Omdat ik je ken. Je bent een stijfkop. Je hebt gefantaseerd over die vrouw, of dat meisje. Je hebt over haar gedroomd. Maryam kwam eraan te pas, en dan weet ik het wel. Als ik je alleen laat, kwijl je weer de hele nacht over mijn bureau. Morgen ben je chagrijnig en hang je wat rond en morgenavond ga je opnieuw. Hoe denk je dat je dan op maandag bent? Geen baas die ik in mijn buurt wil.'

'Stijfkop?'

'Jij noemt het doorzetter, maar dat woord is te mooi. Jij fantaseert een eind weg en dan ga je net zolang zeuren en duwen en organiseren tot je je zin hebt. Neem nou dat verjaarscadeau over dat ergeren, wie verzint nou zoiets.'

'Ik', zei hij.

'Jij. Iemand anders zou na een halfuur hebben gedacht: leuk idee, maar snel vergeten. Jij bent iemand die denkt dat hij zijn leven aan zijn wensen kan aanpassen.'

'Dat over het ergeren is nog steeds niet van de baan.'

'Dat bedoel ik. Het is maar goed dat je vannacht in slaap bent gevallen, want anders had je je behoorlijk geërgerd, zo'n prettige kantoorstoel heb ik niet. We blijven tot één uur.' Ze stak een vinger op. 'Eén.'

'Halftwee.'

'Kwart over één en geen minuut later. Ik kan ook dwars zijn. Om vijftien minuten na één uur gaan we naar bed.'

'Samen?'

Carrol keek hem aan tot hij bloosde. 'Soms ben je een klein kind', zei ze.

18

Ze belde om iets voor halfeen.

'Hij komt weer. Hij zei dat ik mocht slapen, maar hij komt toch...'

De stem was volkomen toonloos. Hij aarzelde. 'Is het dezelfde?' Zijn hand zweefde boven de telefoon.

Carrol gaf hem een por. 'Neem op, snel.'

Hij pakte de hoorn. Carrol tikte het antwoordapparaat uit en drukte op de knop van de luidspreker. 'Ja', zei hij.

Samen luisterden ze naar een snik. 'Niet bang zijn', zei hij. 'Waar woon je?'

'Lot...' zei de stem. 'Lottie.'

Hij zuchtte. Er kwam toon in de stem. Hij legde een hand over het mondstuk. 'Ze is het.'

Carrols ogen fonkelden. 'Waar woont ze. Vraag het nog een keer...'

'Waar woon je?'

'Dessa', fluisterde de stem. 'Oikos drie.'

Hij drukte zijn oor bijna tegen de luidspreker. 'Oi hoe?'

'Kos', zei ze en haar stem werd dun en breekbaar. 'Kos.'

'Wil je dat we de politie bellen?'

De stilte duurde zo lang dat hij zich niet in kon houden. 'Wie komt er? Waarom loop je niet weg?'

'Niet de politie.' Pauze. 'Dan snijdt hij me weer.' Pauze. Gejaagde stem, buiten adem bijna. 'Daar is-ie. Daagg.'

'Dag', zei hij en hij hing op. 'Ze is bang, ze wil geen politie, ze kan nauwelijks uit haar woorden komen, maar ze zegt dag. Alsof ik een oude kennis ben.' Hij veegde over zijn nek. 'Gadverdamme, ik ben zeiknat. Wat is dat voor een belachelijke naam, Oikos?'

‘We moeten wel iets doen’, zei Carrol.

‘De politie?’

Carrol trok een la open. ‘Dessa, dat is die nieuwe wijk aan de rand van de stad.’

Hij knikte. ‘“Daagg”, zei ze. Het klonk net zo erg als dat alsjeblieft van de eerste keer.’

‘Hier ligt het, Dessa. Achter het meer. Ik ben er nog nooit geweest. Volgens mij is het nog niet af. Het is die wijk waar ze geen putten hebben en het regenwater via geulen in de straten wordt afgevoerd. Die geulen hebben een rare naam. Iets buitenlands. Ik heb het nog opgezocht. Ik moest lachen toen ik het las, daarom herinner ik het me. Het is minstens een halfuur rijden.’

Hij had nauwelijks geluisterd. ‘Wat bedoel je?’

‘Zelfs als we nu weggaan zijn we te laat, dat bedoel ik. Als die Lottie door iemand wordt belaagd, heeft hij een halfuur de tijd om haar in stukken te snijden en in het meer te gooien. Er zal vast wel een politiepost in de buurt van Dessa zijn.’ Ze liet een vinger over de kaart glijden. ‘Hier, Oikos. Daar ook, alles heet Oikos, wist je dat?’

Hij bleef ver achter. ‘Hoezo, alles heet Oikos, waar heb je het over?’

Carrol tikte tegen de kaart. ‘Ze zei: Oikos Drie. Drie met een hoofdletter. Kijk maar. Oikos Een, Oikos Twee, daar heb je verdomme Oikos Elf. Elke kromlopende straat heet Oikos. Wat zou dat in hemelsnaam betekenen, als het al iets betekent? Ze kan wel in Oikos Drie op nummer 2 wonen, of op nummer 47. Voor we dat hebben uitgezocht.’

‘Geen politie zei ze toch?’

Carrol hield haar hoofd scheef. ‘Nou en, ze kan wel meer niet willen. Stel dat er iets gebeurt?’

‘De vorige keren is er ook niets gebeurd.’

‘Blijkbaar wel. Ze had het over snijden.’

Hij maakte een gebaar. ‘Ik ga kijken.’

‘En dan?’

'Dan niks. Gewoon kijken. Als er iets aan de hand is dat ik niet vertrouw, bel ik de politie.' Hij stak zijn hand uit. 'Geef me die verrekte gsm en leg voor alle zekerheid nog een keer uit hoe het zit met de knopjes.'

'Hoeft niet, ik ga mee.'

'Nee', zei hij. 'Jij gaat Neus bellen. Zeg dat Charlie naar jouw huis moet komen.'

Ze verstijfde. 'Charlie? Dat kinderlokkertje bij mij thuis?'

'Charlie is geen...' Hij haalde diep adem. 'Jezus, Car. Vergeet dat gezeik over kinderen. Hij hoeft je huis niet in, hij moet ervoor staan. Met een telefoon. Hij heeft nooit een telefoon bij zich, dat weet ik. Geef hem de gsm die je thuis hebt en vraag of hij wacht. Misschien heb ik hem nodig.'

'De twee musketiers?'

'Ik ben niks van plan, als je dat bedoelt. Ik wil alleen weten waar ze woont. Als ik het niet kan vinden, bel ik Charlie.'

'Als we die te pakken kunnen krijgen.'

'Neus kan het. Noem niet meer namen dan nodig is. Zeg dat Charlie een uur geleden verwacht werd op een feest. Noem je adres en hang op.'

Carrol aarzelde. 'Ik heb Neus eerder gebeld en dat was geen succes.'

'Dat was in de ochtend', zei hij. 'Nu is het nacht. Rond deze tijd is Neus helemaal op dreef.' Hij pakte de kaart. 'Ik zet je thuis af, het is nauwelijks om.'

'Weet je het zeker?'

'Ik ga alleen maar kijken.'

'Een vrijend paartje in een auto in een stille buurt valt minder op dan een man alleen.'

'Een vrijend paartje van vijftig in een Sana 1.3', zei hij. 'De eerste de beste die ons ziet belt een ziekenauto.'

Hij zag het voor zich en draaide zich om. Dit was niet de tijd om z'n glimlach te laten zien.

19

Dessa was een wijk die was bedacht door ontwerpers die aan het woord 'speels' niet genoeg hadden. Veel groen, clusters huizen waarvan een deel in aanbouw, straten die vol stonden met paaltjes.

'Autoluw noemen ze dat', mompelde hij en hij reed door tot hij een parkeerplaats zag aan de rand van Oikos Vier. Hij zette een voet buiten de auto en stond tot zijn enkel in het water.

'Geen klassiek rioolstelsel, maar terug naar het verleden toen het stof in de straten door het regenwater werd weggespoeld.' Dat was de omschrijving van de ontwerpers. Ineens schoot hem de naam te binnen die ze ervoor hadden bedacht: wadi. 'Wadi... Arabisch: oorspronkelijk een droge rivierbedding in woestijngebied.' Carrol had iedereen die ze sprak gevraagd waar stof vandaan moest komen in een stad waar de temperatuur hooguit twee maanden per jaar boven de twintig graden kwam en slechts bij uitzondering boven de vijfentwintig. De neerslag oversteeg het landelijk gemiddelde met vijfentachtig millimeter per jaar.

'Kutplassen', mompelde hij met zijn voet schuddend.

Hij liep naar links en kwam in Oikos Acht.

Hij liep naar rechts en kwam in Oikos Tien.

'Voor me ligt Oikos Vier, dus...'

Het was Oikos Een.

'Godver', mompelde hij en hij liep naar een lantaarnpaal waarvan het licht sterker werd naarmate hij dichterbij kwam. Hij deed een stap achteruit en het licht werd minder. Wat zou er gebeuren als er groepen wandelaars langslopen die onderling een paar meter tussenruimte houden? vroeg hij zich af. Hij zag een disco-effect voor zich en grinnikte. De meeste spanning was geweken, zijn spieren voelden niet meer stijf aan en het plakkerige gevoel in zijn nek was weg.

Het was stil in de wijk, vredig. Hier kon onmogelijk iets gebeuren dat het politierapport zou halen.

Hij zette met zijn nagel een streep door het vlakje naast Oikos Vier dat kennelijk de parkeerplaats voorstelde en zocht Oikos Drie.

'Schuin naar rechts, om die rechthoek heen waar een mes en een vork in zijn geplaatst en daarna rechtuit.' Voor alle zekerheid telde hij het aantal wegen dat bij de rechthoek begon. De zesde moest hij hebben.

Hij vond de rechthoek, zag dat het een winkelcentrum betrof waarvan alleen de supermarkt afgebouwd was en liep terug om zijn auto te halen.

Om kwart voor twee begon hij aan het aftellen van de wegen. Om tien voor twee gaf hij toe dat hij verdwaald was. Om vijf voor twee belde Charlie.

'Kc...' zei hij. Hij schudde zijn hoofd en slikte de rest in. 'Ja.'

'Ook ja. Waar ben je?'

'Ik zou het niet weten.'

Charlie lachte. 'Ik ken die wijk. Niet goed, maar goed genoeg. Ik kom eraan. Als je dat half afgebouwde winkelcentrum kunt vinden, blijf daar dan.'

'Waar ben je nu?'

'Waar je me wilde hebben. Ik weet alles. De Twee Musketiers, zei ze toen ze haar tanden even van elkaar haalde.'

'Ik wacht', zei hij. Hij zuchtte van opluchting, stopte de telefoon in zijn jaszak en zag het bordje met de pijl: Oikos Drie.

Hij luisterde naar zijn voetstappen en snoof. Zo ruikt rust, dacht hij. Het was volmaakt stil in de wijk. Alsof ze nog geen tijd hebben gehad om honden of katten te kopen.

Hij bukte zich voor een boom waarvan de takken over de weg hingen en vroeg zich af waar al het groen vandaan kwam. De helft van het aantal kavels was onbebouwd. Of hadden de groen- en speelvoorzieningen voorrang gehad? Hij nam zich voor het na te vragen.

In een enkel huis brandde licht. Op een paar plaatsen ging een lamp aan als hij een tuin passeerde. 'Mensvriendelijk, indringervijandig', herinnerde hij zich van de advertentie. Er was commentaar op gekomen. Indringers waren ook mensen.

Wat hij zag toen hij een hoek omging was een schimmenspel, een toneelstuk dat werd opgevoerd achter een laken in het licht van schijnwerpers.

Een poppenspel, dacht hij. Een spel dat we op vrije middagen deden als we niet naar buiten mochten, op zolder met schemerlampen die we meenamen van beneden en met een laken uit de was. We vermoordden elkaar om beurten. Dat was mooi toen, vermoorden. Je had je handen net achter de keel van je vriendje en je gromde. Hij kreunde. Wie zijn handen niet op de goede plaats had en een streep licht liet vallen tussen zijn vingers en de keel, werd uitgejouwd.

Hij deed een paar passen naar voren en zag dat van een laken geen sprake was. De ruit was beplakt met stukken papier waarvan de randen over elkaar hingen waardoor delen van de schaduwen leken te vervagen.

Hij zag handen die omhoog gingen en een stok of een staaf... een bezemsteel, schoot het door hem heen... die bijna ritmisch heen en weer ging.

Hij hield zijn hoofd scheef en luisterde. Hij wist niet of hij kreten hoorde of dat hij ze zich verbeeldde. Ze moesten er zijn, wist hij. Bij dat soort bewegingen horen kreten.

De kleine gestalte draaide en boog weg, de grote sloeg.

Dat is haar, dacht hij, naar de kleine gestalte kijkend. Hij voelde zich warm worden en wist dat hij iets moest doen. Weglopen was onmogelijk, hij wist zeker dat hij zijn voeten niet in de richting van zijn auto zou kunnen krijgen.

Wachten op Charlie?

Wachten was het beste. Wachten kon nooit kwaad. Het was duidelijk dat ze werd geslagen, maar dat zou ook zijn gebeurd als hij thuis was gebleven. Nu was er tenminste iemand die het zag, iemand die kon ingrijpen als het te gek werd.

Dat waren de trefwoorden besefte hij: ingrijpen en te gek.

Hij trok een grimas. Wanneer was het te gek? Hoe moest hij ingrijpen? Hij dacht aan de politie, aan een steen door de ruit, aan aanbellen, aan schreeuwen en weglopen. Hij deed niets, keek naar de schimmen en de niet ophoudende bewegingen.

Dat hij dichterbij was gelopen besefte hij pas toen een lamp aanging.

Hij stond in het volle licht en verstarde. Hij wist zeker dat hij iets had geschreeuwd voor hij achteruit sprong.

Trillend zag hij dat de kleine gestalte op de grote af sprong. Een ogenblik leek ze boven hem uit te torenen. Ze kwam neer, versmolt met de ander, kwam ophoog.

Hij zuchtte toen het licht uitging.

Tellen lang gebeurde er niets. De stilte was terug, de rust in de wijk was angstaanjagend. Niets was er gebeurd. Wat kon er ooit gebeuren?

De deur vloog open en iemand stormde naar buiten. Iemand die 'Help me' riep. 'Help me toch.'

Hij herkende de stem, stapte naar voren en knipperde met z'n ogen toen het buitenlicht opnieuw aanging. 'Hierheen.'

Hij spreidde zijn armen zoals hij vroeger deed als Maryam op hem af rende en zakte door de knieën. 'Kom maar, kom maar hier.'

Ze rende tegen hem aan en bijna vielen ze om. Hij greep haar beet en liet haar geschrokken los.

'Je bent...'

'Help me', zei ze. Snel nam hij haar op. Een klein, naakt, meisje.

Hij greep haar hand en trok haar mee. 'Kom maar.'

'Snel. Hij komt.'

'Ja ja', zei hij. Hij had het sussend bedoeld, maar wist niet of het ook zo klonk.

In de deur verscheen iemand die van achteren door een ganglamp werd belicht. De nacht van de schimmen, dacht hij. Hij hoorde een schreeuw en trok haar mee.

Het meisje kreunde. 'Niet... zo... h... hard. Ik heb pijn.'

Hij probeerde haar beet te pakken en op te tillen, maar durfde het niet. Zo bloot, zo buiten, hij kon het niet.

Bij het huis klonk iets wat leek op een knal.

Hij hoorde de adem van het meisje stokken. 'Hij... sch... schiet.'

Ja, dacht hij, hij schiet en waar is godverdegodverdomme mijn auto? 'Waar is het winkelcentrum?' vroeg hij, proberend niet paniekerig te klinken.

Ze hing bijna aan zijn arm. 'W... weet ik... n...niet.'

Hij ging een hoek om en trok haar mee. Was hij hier net ook geweest? Waarschijnlijk wel.

'Moe', zei het meisje ineens. 'Pijn.'

'Stil maar', suste hij en hij begon langzamer te lopen.

Ze drukte zich tegen hem aan en hij voelde zich warm worden. Waarom loop ik verdomme midden in de nacht met een naakt meisje door een wijk waar ik de weg niet weet? Wat doe ik als ik een voorbijganger tegenkom? Of de politie?

Achter hen klonk een geluid en hij hoorde dat ze haar adem inhield. 'Hij...' Ze duwde zich van hem af. 'Hij...'

Hij keek naar haar. Glans, dacht hij. Ik zie glans op haar billen. Waarom...

Hij greep haar vast toen hij zag dat ze weg wilde rennen.

'Au!'

'Sorry. We moeten naar het winkelcentrum.'

Ze liepen verder als joggers die weten dat ze aan de laatste honderd meter toe zijn.

Zowaar, dacht hij, dat is de zijkant van de supermarkt. Hij trok haar mee. 'Hiernaartoe, het is niet ver.'

'Au!'

'Bijna. We zijn er bijna.'

'Hij komt...' Ze kreunde. 'Ik v... voel het.'

'Daar de hoek om', zei hij. Zijn mond werd droog toen lampen aan de zijgevel van de supermarkt aansprongen en hij trok haar uit het licht. 'Die auto daar, die bruine.'

Hij duwde haar op de achterbank en plofte achter het stuur. Portier dicht. Veilig.

'Hij komt', zei het meisje. Haar stem was nu rustig, koel bijna, alsof ze iets onvermijdelijks vaststelde.

Hij zag hem komen voordat het meisje begon te gillen. In het licht van de koplampen stond een man. Hij leek meters groot, een wijdbeense reus met geheven handen. De man van Da Vinci, maar dan vele malen vergroot. Hij had een voorwerp in z'n hand dat leek op een staaf. Of een geweer.

'Hij gaat slaan!' gilde het meisje.

Nee, dacht hij berustend, schieten.

Hij deed iets met het contactsleuteltje, maar hoorde de motor niet aanslaan.

Achter hem maakte het meisje een gorgelend geluid. 'Daar...' Ze raakte zijn schouder toen ze haar arm strekte en hij voelde zijn spieren verkrampen. Er kwam een auto recht op hen af rijden. Hij meerderde vaart. De man liet z'n arm zakken. Hij werd zienderogen kleiner en tolde rond toen de auto hem raakte. Hij draaide over de motorkap en stuiterde op het asfalt.

De auto remde en een man stapte uit. 'Weg hier', zei Charlie.

'Ik...' zei hij.

Charlie rukte het portier open, maar hield zijn hoofd uit het zicht. 'Jij, godvergeten ridder op het witte paard, wegwezen, oplazeren.'

'Ik...' Hij zag een zwarte broek en een zwart jack. Hij is groter geworden, dacht hij. 'Waar...'

'Naar huis. Zorg dat niemand je ziet. Kleed je prinses aan en hou haar koest. Ik blijf hier om te zien of er nieuwe belagers voor

Lancelot komen. Je hoort van me.'

'Wanneer?'

'Als ik iets heb bedacht om uit deze rotzooi te komen.'

Welke rotzooi, dacht hij. Hij deed zijn mond open, maar Charlie was hem voor. 'Lazer je op of hoe zit het. Weg hier. Straks worden we nog gezien.' Hij boog zich voorover terwijl hij zijn rechterarm langs zijn hoofd hield. Met zijn linker knipte hij de koplampen uit. 'Rij maar een eindje op de tast.'

'En hij?' zei hij en hij wees naar de bal op het asfalt.

'Die? Die bestaat niet. Heeft ook nooit bestaan. Als je niet binnen drie tellen weg bent, ga ik ervandoor. Dan zoek je het zelf maar uit.' Charlie duwde het portier dicht en gaf een klap op het dak.

'Goed,' zei hij, 'we gaan.' Hij startte en draaide zich om naar de achterbank. 'Naar mijn huis', zei hij tegen haar.

Ze lag opgerold als een foetus en gaf geen antwoord.

20

Hij zat roerloos achter het stuur en voelde zich volslagen belachelijk. Dom, nutteloos, overbodig. Het enige wat ik wilde weten was waarom ze me belde, dacht hij, en haar naam, want een mens zonder naam is niemand, gewoon een naam, meer niet.

Hij keek de straat door. Honderd meter verder was zijn huis en hij durfde er niet naartoe. Niet in zijn eentje en al helemaal niet met een naakt meisje. Hij dook in elkaar toen hij een auto hoorde en zuchtte van opluchting toen hij zag dat de auto zijn straat kruiste.

'Ben je wakker?' vroeg hij. Ook zo'n vraag. Wie vraagt dat nou op zo'n moment.

Hij hoorde haar klappertanden. 'Heb je het koud?'

Hij verborg zijn hoofd in zijn handen. Heb je het koud. Bloot op de achterbank van een Sana in een kille nacht. Heb je het koud.

Hij keek naar zijn huis en verlangde naar zijn bed. Licht uit, deken over de oren, alleen in niemandsland.

'Koud', zei een dunne stem.

Hij ging met een ruk rechtop zitten. 'Wat?'

'Koud.'

'Ik haal een deken', zei hij snel. 'Of een lange jas. Blijf liggen, ik ben zo terug.'

Ze gaf geen antwoord en hij aarzelde. Als hij zijn jack uittrok en haar droeg? Hij schatte de afstand en stapte uit. 'Ik ben zo terug.'

Op zijn tenen liep hij naar zijn huis. Hij stak de sleutel drie keer naast het sleutelgat en kromp in elkaar toen de scharnieren van de voordeur knarsten. Hij zag zichzelf in de spiegel in de hal en huiverde. Snel greep hij een jas. Was een jas genoeg? Hij aarzelde, keek weer in de spiegel en draaide zich met een ruk om. Meer dan genoeg.

Hij liep terug, hoofd tussen de schouders, rug gebogen, en voelde zich pas veilig toen hij achter het stuur zat. Net een kind, dacht hij, veilig in je kamer, deur dicht, niemand kan bij je. Hij voelde het zweet over zijn gezicht stromen tegen de tijd dat hij besefte dat je iemand die niet meewerkt geen jas aan kunt trekken. Zeker niet als je in een Sana zit.

Hij vloekte, haalde een paar keer diep adem en stapte uit. Hij trok haar van de achterbank, wikkelde de jas om haar heen en legde haar over zijn schouder. Ze gleed weg en kwam op het wegdek terecht. Ze kreunden allebei.

Radeloos, dacht hij. Als ze me ooit vragen wanneer ik radeloos ben geweest...

Hij keek naar het slappe lichaam, pakte het bij schouders en knieën en droeg haar zoals hij vroeger Maryam had gedragen. Maar Maryam was lichter geweest en had kleren aangehad waardoor ze niet steeds van hem weggleed. Bovendien was Maryam van hem. Je eigen kind dragen werkt vertederend. Maar dit...

Hij hoorde een geluid en voelde z'n knieën knikken. Klotekat.

Toen ze binnen waren, legde hij haar op de vloer. Zijn benen werden slap en gleden onder hem vandaan. Zijn adem kwam met horten en stoten en hij voelde een zware druk op zijn borst.

'Koud', zei ze.

Lekker koel, dacht hij, met z'n handen over de plavuizen wrijvend. Zijn kracht kwam terug en hij droeg haar naar de bank. Eerst de gordijnen dicht, dan het licht aan.

Hij bekeek haar aandachtig, nieuwsgierig en beschaamd. Ze hield haar armen voor haar borsten geklemd en de jas tussen haar dijen.

Iets meer dan een meter zestig, dacht hij. Wanneer zou ze haar haren hebben gewassen? Hij keek naar haar gezicht, hals, magere ribben, haar buik. Geen striem te zien. Was ze alleen op haar rug geslagen? Waar was ze gesneden? Hij wist zeker dat ze het woord 'snijden' had gebruikt, maar kon zich niet herinneren wanneer. Aan de telefoon?

Hij wilde dat Carrol er was. Zij zou weten wat ze met zo'n meisje aan moest. In bad stoppen? In bed?

Allebei, dacht hij, ze zou eerst het ene doen en dan het andere, maar Charlie moet nog komen, en tot zolang...

Hij raakte haar schouder aan. 'Wil je naar bed?'

Ze keek hem aan. Ze had de grootste ogen die hij ooit had gezien. En donker als onpeilbare diepten.

Ze leek niet bang meer, eerder berustend. 'Weet niet.'

'Hoe oud ben je?' vroeg hij. Hij had honderd vragen. Wat is er nou eigenlijk aan de hand? Voor wie ben je bang? Wie probeerde op ons te schieten? Wat deed je in dat huis? Waarom belde je mij? Dat waren de vragen die belangrijk waren, niet: hoe oud ben je.

Toen ze een vinger in haar mond stak, herhaalde hij: 'Hoe oud ben je?'

'Vijenwintig', zei ze.

Zonder die vinger is dat vijfentwintig, dacht hij, naar haar lichaam kijkend. Misschien zien sommige vrouwen van vijfentwintig er zo uit, dacht hij.

'Echt waar?'

Ze trok de vinger uit haar mond, hikte en braakte.

'Shit', zei hij.

'Pijn...' kreunde ze tussen twee krampen door. Ze spuugde niet veel, wel lang. Hij rook de gal voor hij de gelige kleur zag.

Hij wachtte tot het over was en tilde haar op. 'Je moet in bad.'

Ze probeerde iets te zeggen, maar hij concentreerde zich op haar gewicht. Zo mager en toch zo zwaar, dacht hij, of kan ik niets meer aan tegenwoordig?

Hij zeulde haar de trap op en draaide de kranen van het bad open. Broeder Kcrams, dacht hij. Heel even wist hij zeker dat hij moest vluchten. Eerst naar Carrol, daarna naar een ver land. Drie weken lang op een strand, bruin terugkomen en dan zeker weten dat nergens in de wereld een stad bestaat waar straten Oikos worden genoemd.

Toen ze in het water lag, wilde hij zich omdraaien en weglopen, maar ze pakte zijn hand.

'Dank je', zei ze. Haar stem klonk vaster en hij zag dat haar lippen niet langer trilden.

'Vijfentwintig?' vroeg hij.

Ze knikte en liet haar rechterhand zien. 'Van Manny.'

Hij keek naar de ring. 'Ben je getrouwd?'

'Manny.'

'Slaat hij je?'

Ze knikte en hij zag haar rillen.

'Je zei iets over snijden. Snijdt hij je?'

Ze deed haar ogen dicht, legde een hand om haar linkerborst en drukte die tot net boven het water.

Een paar seconden lang keek hij naar een tepel die leek op een kurk die in de lengte was doorgesneden. Hij huiverde en was blij dat ze haar hand om de borst legde.

'Manny', zei ze.

Hij trok zijn hand los, mompelde: 'Ik kom terug', en liep snel de trap af.

Halverwege ging hij terug. Hij probeerde niet naar haar te kijken toen hij vroeg: 'Waarom belde je mij?'

'Jou?'

'Ja. Ik ken je niet. Ken je mij soms wel?'

Ze stak een vinger in haar mond, trok hem eruit en keek ernaar alsof ze hem voor het eerst zag. 'Ik kende het nummer.'

'Mijn nummer?'

Ze noemde zijn telefoonnummer. 'Twee keer mijn geboortedatum. Het stond op een papiertje dat in een la lag.' Het kwam bij stukjes en beetjes. Elke keer dat hij bemoedigend knikte, volgde er een zin. 'Hij zei een keer tegen me: ik kan alles doen. Als ik problemen krijg, bel ik dat nummer en dan komt alles goed. Ik vroeg: wat is dat dan voor nummer, en toen zei hij iets over een bureau. Een Alibi...' Haar stem brak. Ze trok met een vinger cirkels in het water en haalde een paar keer diep adem. 'Hij wilde er niet meer over zeggen en stopte het papiertje weg, maar ik had het nummer gezien. Twee keer mijn geboortedatum.'

Hij rekende het na. Het klopte dat ze vijfentwintig was. 'Wie bedoel je met "hij". Manny?'

Ze knikte en stak een vinger in haar mond.

In de kamer rook het naar braaksel en hij kokhalsde. Toen hij zich over de wc-pot had gebogen kwam hij niet verder dan boeren, harde, indringende geluiden die recht uit zijn maag leken te komen. Voor het eerst die dag voelde hij de plek waar de jogger hem had geslagen.

Hij richtte zich op toen hij zeker wist dat hij niet zou overgeven en ging naar de kamer. Veel braaksel was er niet, alles was op de jas terechtgekomen. Hij vouwde hem in elkaar, propte hem in de wasmachine en deed er zeeppoeder bij. Toen de machine draaide, kleedde hij zich uit in de keuken en waste zich bij de kraan. Onder het afdrogen schoot hem iets te binnen wat Carrol had gezegd. Als je morst moet je zout strooien. Zou het uitmaken wat je morst? Hij haalde een pak zout uit een kastje en strooide het uit over de bank en de vloer waar de jas had gelegen. Je wist maar nooit.

Hij knoopte de natte keukenhanddoek om zijn middel en liep naar zijn slaapkamer. Hij verstijfde toen hij vlak bij het bed was. Ze lag in het midden, vochtig van het bad, heel roze en heel wijdbeens.

'Kom maar', zei ze.

Hij bleef staan waar hij stond en probeerde de handdoek op zijn plaats te houden.

'Koud', zei ze. 'Kom. Ik wil warm worden.'

Ze rilde en hij eveneens. Ogen dicht, wegwezen en niet terugkomen, zei z'n verstand.

Hij keek naar haar ogen die nog groter waren dan op de bank

en in het bad, naar haar borsten met een gewone en een halve tepel, naar haar buik. Hij voelde zich groeien en wist dat ze het zag.

Het geluid dat ze maakte hield het midden tussen een giechel en een verlokking. 'Kom. Eventjes maar.'

Ze rolde zich op haar zij en zag kans een been achter zijn kuit te haken. Met haar ogen zei ze meer dan hij aankon: het geeft niet, we zijn allebei volwassen, we doen niks, alleen warm worden.

Hij lag erin voor hij het besefte, stijf als een plank, terwijl zijn verstand maar doorzeurde.

Ze legde een arm over zijn borst en maakte een geluid dat iets van spinnen had. Uit zijn ooghoeken zag hij dat ze weer een vinger in haar mond had. Een vrouw met een vinger in haar mond, dat is pas onschuld, dacht hij en hij wenste dat hij de handdoek bij zich had gehouden. Haar hand zakte naar zijn buik en hij duwde haar terug.

'Slapen', zei hij en hij hoopte dat het vaderlijk klonk. 'Eerst slapen.'

'Eewst?'

Hij legde zijn handen over zijn penis en schoof iets van haar af. Hoe kun je je nou hitsig voelen als je naast een vrouw ligt die op een vinger zuigt, vroeg hij zich af.

Tien minuten later wist hij nog steeds niet hoe het kon en waarom het maar niet afnam, maar hij was blij toen haar hand weggleed en ze in slaap viel.

De telefoon ging en hij probeerde snel te zijn en geluidloos. Hij nam een te grote stap en miste bijna een tree. Godver.

'Ja.'

'Auto', zei Charlie.

'Ja.'

Hij liep op zijn tenen naar boven en trok lukraak kleren uit de kast, terwijl hij naar haar keek. Ze maakte geen geluid en bleef liggen zoals ze al een kwartier lag, in elkaar gekruld met een vinger in haar mond. Rond haar hoofd was het kussen vochtig.

Hij liep de trap af en worstelde zich in zijn kleren.

Charlie zat op de achterbank. 'Waarom duurde het zo lang?'

Hij maakte een knoop van zijn overhemd dicht en zag Charlie kijken. 'Het is niet wat je...'

Charlie zuchtte. 'Dat zal niet. Heb jij enig idee waar je mee bezig bent?'

'Nee', zei hij eerlijk. 'Ik ben blij dat ik je zie.'

'Ja', zei Charlie. 'Ben je aan deze auto gehecht?'

'Hoezo?'

'Omdat hij over een uur door de schrootmachine gaat. Ik heb het al geregeld.'

Hij probeerde zich om te draaien en tegelijk zijn gulp te controleren. 'Uitstappen', zei Charlie. 'Je beweegt je als een oude man. Als iemand uit het raam kijkt en de auto ziet, dan worden we opgepakt omdat we aanstoot geven.' Hij stapte uit. 'Schiet op en zorg dat je niet over je veters struikelt.'

Ze liepen tot aan de speeltuin drie straten verderop. 'De vrijers zijn al naar huis', zei Charlie. 'Het is te koud vroeg in de ochtend. Ga me nu maar bedanken.'

Hij drukte zijn armen tegen zijn borst. 'Waarvoor?'

'Voor niks eigenlijk. Alleen voor het feit dat ik je leven heb gered. Er stond een vent voor je auto die een revolver op je richtte.'

'Eerst dacht ik dat het een staaf was.' Hij dacht na. Hoe kwam hij bij een staaf? Hij herinnerde zich de stem van de achterbank. 'Lottie zei dat het een staaf was, geloof ik. Hij gaat slaan, zei ze.'

'Het was een revolver. Eentje met een lange loop, een echte stoere. Denk je dat ik anders op hem in zou zijn gereden?'

'Weet je wie hij was?'

'Nee,' zei Charlie, 'en het kan me ook geen donder schelen wie hij was.'

'Misschien is hij dood.'

'Dan is hij het eerste kreunende lijk dat ik ken. Maak je over hem maar geen zorgen. Pieker maar over de vraag waar hij vandaan kwam.'

'We zijn gevolgd', zei hij. 'Ik stond naar het huis te kijken en zag een man die haar sloeg. Die Lottie sloeg, zo heet ze. Het leek net een poppenspel, maar dan met schimmen, je weet wel. Ik kwam te dichtbij, geloof ik, en er ging een lamp aan. Meer een schijnwerper. Ik stond midden in het licht en ik geloof dat ik iets heb geschreeuwd. Vlak daarna kwam ze naar buiten. Er zat iemand achter haar aan. Ik hoorde iets wat leek op een schot. We zijn weggerend. Toen we in de auto zaten had hij ons ingehaald. Daarna kwam jij.'

'Weet je wie er achter jullie aan liep?'

'Haar man, denk ik. Ze is getrouwd. Met Manny.'

'Manny, van Mannetje?'

Hij rilde. 'Koud. Ik zweet me gek of ik sterf van de kou. Hoezo, mannetje?'

'Noemt ze hem Manny omdat hij zo heet of omdat het haar koosnaam voor hem is?'

Hij keek verbaasd. 'Ik zou het niet weten. Niet aan gedacht.'

'Heb je wel gevraagd hoe het komt dat Mannetje eerst achter jullie aan liep en daarna voor de auto opdook?'

'Nee', zei hij. 'Ik verdwaalde in die rotwijk. Ik denk dat we een omweg hebben gemaakt. Ik heb geen idee.'

Charlie stak een sigaret op. 'Maak je niet druk, ik gooi de peuk niet op de grond en zal niet in je gezicht blazen. Het is een lange nacht geweest. Ik zal je iets grappigs vertellen. Het duurde een poosje voor Neus me te pakken had en daarna moest ik nog wennen aan de auto die ik klaar had staan. Ik kwam bij dat winkelcentrum en zag die Sana van je. Ik zag jou niet en dacht: die is in zijn eentje op pad, de stomme zak. Omdat ik je ken bleef ik in de buurt van jouw auto. Wie liep daar rond? Manny. Of in elk geval een vent die je auto in de gaten hield. Toen jullie eraan kwamen wachtte hij keurig tot jullie zaten en pas daarna pakte hij de revolver en maakte hij zijn entree.'

'Entree?'

'En niet zo'n beetje ook. Hij had je op zijn gemak neer kunnen schieten toen jullie naar de auto liepen. Hij had ook alleen jou neer kunnen schieten. Hij had je met één vinger neer kunnen leggen. Dat bedacht ik helaas pas achteraf. Ik was in mijn auto gaan zitten en toen die vent aan zijn act begon schrok ik me een ongeluk. Ik zal het eerlijk zeggen: ik was een beetje in paniek. Ik zag hem, ik zag jullie, ik gaf gas. Boem. Einde van de voorstelling. Noem het maar een opwelling, een verkeerde.'

'Die vent had een revolver. Je hebt mijn leven gered, wat is daar verkeerd aan?'

Charlie zuchtte, blies een rookwolk uit en luisterde naar het gekuch. 'Niet aanstellen, zo erg is die rook niet. Je begrijpt het niet. Het was een opzetje. Misschien was het een valstrik, maar dan eentje van het soort dat te ingewikkeld voor me is. Hoe langer ik erover nadenk hoe zekerder ik weet dat Manny of hoe hij mag heten jullie alleen maar schrik wilde aanjagen. Hij had je kunnen pakken op elk moment dat hij wilde.'

'Tot jij kwam.'

'Precies. Wat ik had moeten doen, is hem op de schouder tikken en zeggen dat hij zich niet zo moest aanstellen!'

'Is dat het woord? Aanstellen? En die revolver dan? Zat daar misschien spek in?'

'Zou best kunnen', zei Charlie. 'Het lijkt me zelfs heel waarschijnlijk.'

'Maar je hebt niet gekeken.'

'Jawel hoor. Ik heb de revolver onderzocht, en de patroonhouder en daarna heb ik mijn visitekaartje in zijn borstzak gestopt. Nee, ik heb niet gekeken. Ik heb gewacht tot je weg was en ben er als de donder vandoor gegaan. Lopend.'

Hij wuifde met een hand de rook weg, maar zei niets. Hij had de draad nog steeds niet helemaal te pakken.

'Lopend', herhaalde Charlie. 'Het is een roteind sjouwen van die wijk naar het centrum.'

'En je auto?'

'De auto van de nachtportier van Het Station zul je bedoelen. Je hebt me een paar dagen geleden op een idee gebracht met je colablikje. Toen ik op Lip zat te wachten kwam de nieuwe portier. We hadden een verschil van mening. Ik dacht: wat Kcrams kan met een blikje, kan ik met een auto. Ik had al een kraker gewaarschuwd, zelf ben ik niet goed in dat werk. Ik kan het wel, maar het wordt gauw een knoeiboel.'

'Ken ik hem?'

'Ik zou het niet weten. Tien minuten nadat ik van Neus hoorde dat Carrol had gebeld, had ik de auto. Ik heb hem naast jouw Manny laten staan.'

'Ik zou voorlopig maar niet in Het Station komen.'

'Juist wel. Dat is nou precies het soort fouten dat iemand als jij maakt. Wegblijven. Als ze me niet zien, dan denken ze ook niet aan me. Morgen ben ik in Het Station en als ik de portier over zijn auto hoor praten, dan zeg ik: tuttut, het is me wat. Vertel me nu maar wat je met die meid hebt uitgespookt.'

'Vrouw', zei hij. 'Lottie is vijfentwintig.'

'Geloof je dat echt?'

'Jij niet?'

Charlie haalde zijn schouders op. 'Ik heb haar maar even gezien, toen ze naar de auto rende en op de achterbank lag. Ik gok op zestien.'

'Vijfentwintig.'

'Goed, vijfentwintig. En heet als de pest.'

Hij bewoog zich ongemakkelijk en voelde zijn mond droog worden. Charlie grinnikte. 'Wedden dat je rood staat te worden? Hoe was ze?'

'Niks gebeurd', zei hij. 'Ze moest overgeven. Ik heb haar in bad gestopt en toen ik later boven kwam lag ze in bed.'

'Moest ze je overhalen of sprong je erop als een vijftienjarige met hoge nood?'

'Ze zei dat ze het koud had. Ik heb haar hand vastgehouden. Ze draaide zich op een zij, stak een vinger in haar mond en viel in slaap.'

'Zou je dit kunnen herhalen als je aan een leugendetector vastzit?' vroeg Charlie.

Hij dacht na. 'Ja,' zei hij, 'dat denk ik wel.'

Charlie stak een nieuwe sigaret op. 'Hoop maar dat het niet zover komt. Heb je ook gevraagd waarom ze je belde of ben je daar niet aan toegekomen?'

Hij zweeg en keek naar beneden.

'Juist', zei Charlie. 'Weet je al of ze familie heeft, of ze daar lang woonde? En hoe ze aan een telefoon kwam waarmee ze wel jou kon bellen, maar blijkbaar niet de politie?'

Hij was blij dat hij tenminste een antwoord had. 'Ze was te bang om de politie te bellen. Bang voor de gevolgen. Hij sneed haar.' Hij aarzelde. 'Ze liet een tepel zien, een halve.'

'Afgesneden? Echt?'

'Ik zou het ook niet hebben geloofd als ik het niet had gezien. Ik moest aan een kurk denken. Een klein schijfje kurk dat doormidden was gesneden.'

'Ze was bang dat de andere helft er ook aan zou gaan als ze de politie belde, dus daarom dacht ze: kom ik bel de goede oude Suz Kcrams. Geen vriendin, buurman, kennis of verre tante, maar Kcrams. Hoe kwam ze aan je nummer? Weet je dat wel of had je het daar te druk voor?'

'Ze zei dat ze het in een la had gevonden. Ze had het onthouden omdat het twee keer haar geboortedatum is. Manny had haar verteld dat hij het nummer belde als hij hulp nodig had. Zo zei ze het niet precies, ze zei iets van bureau en alibi.'

'Fijn, zo'n Alibibureau', zei Charlie en hij drukte de sigaret uit tegen z'n schoenzool. 'Ik heb het bandje met het eerste gesprek afgeluisterd. Minstens zes keer. Kun je me uitleggen waarom er verder alleen gesprekken voor SuzCo op staan?'

Zwart, dacht hij. Waarom is opeens alles zwart? Hij voelde pijn in zijn borst. Zijn maag verkrampte.

'Rustig maar', zei Charlie. 'Een hartaanval helpt je niet verder. Niet bewegen. Inademen, uitademen, weet ik veel wat je moet doen, ik ben de dokter niet. Ga zitten, ik kan je niet houden.'

Hij wilde gaan zitten, maar voelde dat zijn hoofd helderder werd. De krampen namen af en de druk op zijn borst verdween.

'Ik zal je iets vertellen', zei Charlie. 'Je zit in de problemen en daar kunnen we beter iets aan doen. Weet die griet dat je weg bent?'

'Lottie?'

'Geen mens heet Lottie vandaag de dag en als ze zo heten, dan noemen ze zich anders. Weet ze dat ik je heb gebeld?'

'Ze sliep', zei hij. 'Ik geloof dat ze sliep.'

Charlie haalde zijn neus op. 'Het zou me verbazen. Het is nog steeds zaterdagnacht. Wat doe jij meestal in het weekend?'

'Dan ben ik thuis, soms bij Carrol.'

'Niet naar een café? Dancing, theater, bioscoop, bordeel?'

'Soms een bioscoop.'

'Met Carrol.'

'Wie anders.'

'Wie anders', herhaalde Charlie. 'Komt Carrol bij jou of ga jij naar haar huis?'

'Meestal ga ik naar haar.'

'Blijf je daar?'

Hij was het spoor helemaal bijster. 'Hoezo, blijf ik daar?'

'Slaap je daar, verblijf je daar, ga je haar daar liggen verwarmen. Kennen de buren je, zien ze je vaak in de weekeinden. Probeer eens een antwoord te formuleren, gewoon, om het gesprek gaande te houden.'

'Ja', zei hij.

'Ja op wat?'

'Ja op alles.'

Charlie gaf hem een duwtje tegen zijn schouder. 'Het lijkt me niet verstandig om Carrol naar jouw huis te laten komen. Geef me je autosleutel.'

Hij voelde in zijn broekzakken. 'Ligt in de keuken, ik heb me daar gewassen. O, nee, zit nog in de auto, geloof ik.'

Charlie gromde iets instemmends. 'Klopt. Ik had al gekeken. Ik vroeg het omdat ik wilde weten of je nog een beetje logisch kunt denken. Ik zet jou af bij Carrol. Jij gaat zacht naar binnen en je zorgt dat niemand je in de hal of op de gang ziet. Ik neem je Sana mee. Hij moet naar de schrootmachine, maar voor het zover is kunnen we er iets nuttigs mee doen. Waarschijnlijk schamp ik langs een paar auto's om de buurt wakker te maken. Jij doet morgenochtend aangifte van diefstal van je Sana. Als ze weten om wat voor auto het gaat, dan zullen ze je niet geloven, maar je houdt gewoon vol, op den duur moeten ze wel. Als de politie vraagt hoe laat je bij Carrol was, dan zeg jij, dan zeggen jullie: vanaf een uur of twaalf, meneer de agent, misschien iets later, ik heb er niet zo op gelet. Hou dat vol, je weet hoe het gaat. Carrol is je alibi. Wat jij gaat ervaren is of de theorie van je bureau aansluit bij de harde praktijk van liegen tegen de politie.'

Kcrams aarzelde. 'Wat doen we met Lottie?'

'Geen bliksem', zei Charlie. 'We laten haar lekker slapen. Als het ons meezit kunnen we haar nog altijd van inbraak beschuldigen. Als ik tijd heb zal ik straks kijken of ze er nog is en een ruitje aan de achterkant inslaan. Laat de bedankjes maar zitten. Nergens voor nodig. Als je energie wilt verspillen, dan doe je dat maar via een schuldgevoel. Door dat gekloot van jou heb ik een vent het ziekenhuis in gereden. Het grootste deel van de nacht ben ik voor jou in touw geweest en nu ga ik aan mijn eigen veiligheid werken als je het niet erg vindt. Schiet op, straks wordt de stad wakker.'

TWEE

De alibiman

I

'Zeg maar even niets', zei Carrol. 'Ga zitten, dan zet ik koffie, je ziet eruit als een lijk.'

Hij trok zijn jack uit en liet zich op de bank vallen.

Carrol pakte het jack, bekeek hem van top tot teen, en liep zuchtend naar de keuken. 'Drink op', zei ze. 'Het is nog heet, neem maar kleine slokjes.'

Hij rook aan de koffie en blies erover. 'Hoor ik iets? Het is net of er iemand in je slaapkamer is.'

Carrol keek trots. 'Dat komt straks wel. Hoe ben je hier gekomen, alleen?'

'Charlie heeft me gebracht.'

Ze keek langs het gordijn naar beneden. 'In jouw auto daarginds?'

Hij slurpte en knikte tegelijk. 'Gadver, mijn tong. Ja.'

'Waarom rijdt hij dan niet weg?'

'Hij heeft een plan.'

'Juist', zei ze. 'Charlie heeft een plan. Jij hebt een plan. Ik heb er een. Veel plannen vannacht. Ik heb me ongerust gemaakt. Je bleef wel erg lang weg.'

Hij knikte.

'Oké', zei ze. 'Vertel maar tussen het slurpen door. Begin bij de sokken.'

Hij keek naar zijn voeten en bewoog zich ongemakkelijk.

'Bij het meer vanmiddag had je blauwe aan', zei Carrol, 'en in het restaurant en op kantoor ook. Nu draag je een zwarte en een bruine.'

'Dus als ik het goed begrijp, dan is er een vrouw van vijfentwintig jaar in jouw huis, ben jij hier en rijdt Charlie straks jouw auto naar de schroot.'

Hij keek naar haar ogen en de lijnen bij haar neus en was blij dat hij enkele kleinigheden had weggelaten. De kleding was niet ter sprake geweest, evenmin als het bad en het bed. 'Charlie is ervan overtuigd dat iemand ons bij het winkelcentrum stond op te wachten. Hij had het over een valstrik. Ik geloof dat hij complot zei, of opzetje.'

'Ik heb Charlie eventjes gesproken', zei Carrol. 'Hij kwam mijn gsm halen en toen moest ik wel. Ik wilde hem eigenlijk uitschelden, maar het lukte niet. Hij kwam, keek me aan en zei: "Hoe eerder ik bij hem ben hoe beter." Toen ik vroeg waarom, zei hij: "omdat-ie zijn nieuwsgierigheid niet kan bedwingen, maar niet weet hoe je 's nachts door een stad moet lopen, daarom." Ik wist meteen wat hij bedoelde. Hij zei ook: als je binnen een uur niets van ons hoort, dan moet je maar eens goed gaan nadenken over de vraag waar jullie vannacht zijn geweest. Hij zei jullie, alsof we bij elkaar horen.' Ze hief een hand. 'Wat is dat voor herrie?'

'Mijn Sana 1.3', zei hij.

Haar ogen werden groot. 'Wat is hij ermee aan het doen?'

Ze luisterden naar het razen van een automotor, het schuren van metalen voorwerpen, iets wat rinkelend wegrolde. 'Is die gek auto's aan het rammen?' Ze liep naar het raam. 'Het was een lantaarnpaal zo te zien, en misschien dat muurtje daar.'

'Hij zei dat hij iets van plan was. Hij heeft me de tijd gegeven in alle rust binnen te komen en steelt nu mijn auto. Hij wilde het laten opvallen, zodat iedereen zich het tijdstip zou herinneren. Hij stelde voor dat ik zou doen of ik de hele nacht bij je was geweest. Ik had dat meteen moeten zeggen, maar…' Hij wreef over zijn gezicht.

'Sta niet te schutteren', zei ze. 'Drink je koffie op. Ja! Wat!'

'Niks', zei de vrouw die haar hoofd om de hoek van de slaapkamerdeur had gestoken. 'We hoorden iets.'

'Doe dan wat', snauwde Carrol. 'Gil. Schreeuw. Zorg dat de benedenburen horen dat je overstuur bent.'

'Echt?'

'Schiet op.'

'Goed', zei de vrouw. Ze deed de deur dicht en gilde. Iemand gilde mee. Een mannenstem bromde ertussendoor.

Hij stond verstijfd van schrik. 'Wat ís dit?'

'Straks', zei Carrol. 'Trek je schoenen uit en je bovenkleren.' Ze ging achter hem staan en wreef met haar handen door zijn haren. 'We lopen de gang op en vragen wat er is. Denk erom, we weten niets van jouw auto. We zijn alleen geschrokken.'

'Waarom?'

'Omdat ik het zeg.'

'O, natuurlijk.'

Ze liepen de gang in en keken door het trapgat naar beneden.

'Wat was dat?' riep iemand.

'Een aanrijding', riep een vrouw boven hen.

'Dat is die van de hoogste verdieping', fluisterde Carrol. 'Zij slaapt nooit. Dat zegt ze altijd.'

'Ik zag een auto', riep de vrouw boven hen.

'Een aanrijding?' vroeg een man die in zijn onderbroek de trap af liep.

Carrol gaf een duw. 'Zeg iets, laat horen dat je er bent.'

'En dronken bestuurder of zo', riep hij.

'Ik schrok me rot', zei de man gapend. 'Heeft er iemand de politie gebeld?'

Niemand gaf antwoord. 'Nou,' zei de man, 'zolang mijn auto heel is, vind ik het ook best.'

Een vrouwenhoofd verscheen over de rand van de trapleuning. 'Dat gegil, was dat bij u, buurvrouw?'

'Dat is die van hieronder', fluisterde Carrol. 'We hebben een feestje', zei ze. 'We schrokken ons rot.'

'Lekker feestje', zei de vrouw. 'Eerst die grieten op de trap. Hoe laat was dat?'

'Kort na middernacht', zei Carrol. 'Mag het misschien?'

'Om twaalf uur zijn bij ons de feesten voorbij', zei de vrouw.

Het hoofd verdween en de laatste vragen rolden door het

trappenhuis. Niemand wist de antwoorden en de opwinding ebde weg.

'Ziezo', zei Carrol. 'Dat was dat.'

Hij knikte. 'Wie zitten er in godsnaam in jouw kamer?'

'Hulp, jochie. Toen jij naar die wijk Dessa was gegaan, heb ik Neus gebeld. Hij vroeg of er iets bijzonders was. Ik zei dat ik geen idee had en hij zei dat lui die geen idee hebben de ergsten zijn. Het duurde een poosje voor Charlie belde en in die tijd heb ik zitten nadenken. Toen Charlie die opmerking maakte over waar wij vannacht waren geweest, kreeg ik een idee.' Ze keek als een kind dat een geheim gaat vertellen maar nog even tijd rekt.

'Ik stelde me voor dat we zouden zeggen dat we hier waren geweest, bij mij dus. Ik zag het voor me. Daar zit een agent. Hij vraagt: "Kunt u dat bewijzen, mevrouw?" Ik zit tegenover hem. "Bewijzen? Hoezo?" "U bent toch zijn secretaresse?" "Ja, meneer de agent." "En ook zijn vriendin misschien? Waarom brengt hij anders de nacht bij u door?" "Ook zijn vriendin, agent, al heel lang." "Dan is uw verhaal niet zo heel veel waard, mevrouw."' Carrol keek hem aan met ogen die licht leken te geven. 'Honderden keren heb ik klanten verteld dat een alibi via een goede kennis minder sterk is dan een alibi dankzij een onbekende. Daar dacht ik aan. En toen dacht ik nog iets. Weet je wat de klanten vaak zeggen als ze het bureau bellen? Dan zeggen ze: ik wil de alibiman spreken. Tegen mij zeggen ze nooit alibivrouw, maar dat is niet erg, ik heb er veel van geleerd.' Ze duwde hem naar de bank. 'Even wachten, ik ben zo terug.' Ze liep naar de slaapkamer en hij luisterde naar haar stem, gevolgd door protesten. Haar stem werd feller, de protesten verstomden. Stommelende geluiden, onderdrukt gelach, hard gefluister.

Carrol kwam terug, duwde de deur van de slaapkamer open en zei: 'Nog gefeliciteerd met je verjaardag.'

De vrouw van wie hij het hoofd had gezien en een meisje met enorm grote borsten stonden naast elkaar met de kuiten tegen de rand van het bed. Ze droegen een sjerp waarop 'gefeliciteerd' stond, een zilverkleurig hoedje met gouden sterretjes en naaldhakken die zo hoog waren dat ze wankelden.

Ze zongen 'Lang zal die leven', maar zo zacht dat hij het nauwelijks kon verstaan.

'De felicitatiedienst', zei Carrol. 'Een aardigheidje, dankzij Andonis.' Ze wees naar een man die eruitzag als een zestigjarige zwerver die met geweld in een strak pak is gehesen.

'Adonis?'

'Met een n', zei de man. 'Ik ben een vriend van Carrol.'

'Oude vriend', zei Carrol met nadruk. 'Een heel oude vriend. Van vroeger. Uit een ander leven, dat gaan we niet vergeten.'

'Nog steeds een vriend', zei de man. 'Hoe lang zijn we hier al, meiden?'

'Uren', zeiden ze allebei.

'Zo mag ik het horen', zei de man. 'Dat is Angel en die daar met de siliconen is Moon. Ik wed dat je dat kunt onthouden. Carrol vroeg ons hier kort na middernacht te zijn en dat waren we.' Hij wees naar het duo dat rechtop probeerde te staan. 'Hoe laat hebben jullie hem toegezongen, meiden?'

'Uurtje of één', zeiden ze.

'Wat hebben we daarna gedaan?'

'Lekker op bed', zei Moon.

'Hem verwend', zei Angel.

De man keek naar Carrol. 'Goed zo?'

'Houden ze dat vol?'

'Als ze je voordeur halen wel. Morgen gaan ze op vakantie. Ze hebben een lekker lange cruise van me te goed. Waar gaan we naartoe, meiden?'

'Cruise', zei Moon en hij durfde te zweren dat ze deinde. Of hij deinde. Of alles deinde.

Angel knikte. Ze keek niet blij. Of ze hield niet van cruises, of ze zag een andere toekomst voor zich.

Carrol knikte tevreden. 'Trek die belachelijke schoenen uit', zei ze, 'en ga op bed zitten.' Ze wierp hem een kushandje toe. 'Omdat het jouw feestje is blijven ze nog een kwartiertje. Kunnen jullie meteen aan elkaar wennen. Geneer je niet. Doe maar alsof je ze morgen moet beschrijven.'

Ze liep naar de deur en bleef in de opening staan kijken naar Angel die haar schoenen uitschopte en zich op bed liet vallen en naar Moon die ook haar sjerp afdeed. 'Hou de hoedjes maar op', zei ze. 'Zijn jullie toch gekleed.'

Ze glimlachte. 'Sterkte.'

Hij deinde nog steeds en voelde zich volslagen belachelijk in zijn ondergoed.

Wordt er iets van mij verwacht? vroeg hij zich af. Moet ik iets doen? Wat doe je als er twee verjaardagscadeaus voor je neus liggen, gekleed in een feesthoed en je weet dat je secretaresse je in de gaten houdt?

Hij moest glimlachen. Was dit ergernis?

'Hij lacht', zei Moon. 'Dat zie je niet vaak, een vent in zijn onderbroek die staat te lachen. Meestal hijgen ze.'

Angel spreidde haar benen. 'Zullen we hem een beetje...'

'Ja', zei Moon. 'Moet je kijken hoe lenig we zijn.'

Ergeren, dacht hij. Dit is de ergernis voorbij, noem het maar kwelling. Hij zuchtte opgelucht toen Andonis in zijn handen klapte. 'Aankleden.'

'Gelukkig', zei Angel.

'Over drie kwartier lig ik in mijn nest', zei Moon.

'Welk nest?' vroeg Angel.

'Kreng', siste Moon.

'Bekken dicht', zei Andonis.

Godzijdank, dacht hij. Hij draaide zich heel langzaam om. Pas toen er niemand meer te zien was, liep hij de kamer in.

Een paar minuten later liet Carrol de bezoekers uit. 'Lachen', zei ze. 'Wees vrolijk.'

Ze stommelden de trappen af.

'Wanneer kan ik eindelijk slapen', riep de bovenbuurvrouw.

Op de benedenste verdieping vloekte iemand lang en hartgrondig. 'Dat', zei Carrol toen ze de voordeur op slot had gedaan, 'was dat. Heb je toch nog iets van me gehad voor je verjaardag en wie weet waar het goed voor is.' Ze gooide hem zijn shirt toe. 'Trek aan, je staat te bibberen. Doe de knoopjes dit keer recht dicht en niet scheef zoals daarnet. Nog koffie?'

'Nee,' zei hij. 'Ik ben moe.'

'Ik ook', zei Carrol. 'Moe maar tevreden. We halen straks eerst het bed af en leggen er schone lakens op. Daarna vertel je me nog een keer over vanavond. Vanaf het begin. Sla niks over. Ik wil ook weten hoe dat overhemd scheef dichtgeknoopt kwam en waarom je rondloopt met sokken in verschillende kleuren. Geneer je niet. Ik zal de meeste lampen uitdoen. Dat vertelt makkelijker. Als je klaar bent, dan gaan we naar bed.'

Hij vertelde en sloeg niets over.

Daarna gingen ze slapen. Carrol in bed, hij op de bank.

2

Zweven tussen slapen en waken is het fijnste, dacht hij. Niks hoeven en weten dat het een halfuur later is elke keer dat je geluiden hoort. Maar waarom kan ik mijn benen niet recht krijgen, waarom heb ik pijn in mijn rug, waarom ruikt het kussen niet naar mijn kussen?

Hij probeerde zich om te draaien, voelde een scheut net boven z'n billen en hoorde een stem. Wakker. Het echte wakker van niet meer kunnen slapen.

Hij ging voorzichtig op zijn rug liggen en luisterde naar de stem van Carrol. 'Die slaapt… Hier, ja. Met wie spreek ik nu precies… O, en wat onderzoekt u?… Kom nou, laat me niet lachen, wie steelt er nu een Sana. Hebt u weleens in zo'n wagen gezeten? Je bent blij als-ie weg is, geloof me… Vannacht. Midden in de nacht, mag ik wel zeggen… Weet ik niet. Iemand riep iets over een aanrijding, geloof ik. De flat was even in rep en roer. Ik heb naar buiten gekeken, maar zag niets bijzonders. Alleen een scheve lantaarnpaal… Denkt u echt dat ik midden in de nacht de politie ga bellen omdat er een lantaarnpaal scheef staat? Komt u 'm dan rechtzetten, misschien… Nou dan… Hoezo, van meneer Kcrams? Waarom zou het de auto van meneer Kcrams zijn… O, die, ja, die ziet en weet alles. Nou, we zullen straks even kijken en dan bellen we wel terug. Hoe zei u dat u heette?… Agente Maalkes… Hoofdagente Maalkes, neem me niet kwalijk. We zullen kijken. Ik kan me niet voorstellen dat iemand ervandoor gaat met een Sana, maar je weet het nooit… Precies, dronken waarschijnlijk… Dat zei ik toch al? Die is hier… De hele nacht, ja… Lawaai, zegt u? Dan weet ik nu precies wie u hebt gebeld. Een wonder dat ze zo lang heeft gewacht… Dat gaat u helemaal niets aan, zou ik zeggen... Feestje, ja, houdt u het daar maar op... Dag, hoofdagente Maalkes, het was me een genoegen door u wakker gemaakt te worden... Nee, het is niet laat. Het is zondag en alles voor twaalf uur is dan vroeg. Bedankt voor uw telefoontje.'

'Het ging over de auto', zei ze. 'Doe niet of je slaapt, ik heb naar je staan kijken.'

'Pijn in mijn rug.'

'Sta dan maar gauw op. Je auto is gestolen, schijnt het.' Ze wees naar boven. 'Dat mens van boven heeft de politie gebeld, daar durf ik om te wedden. Ze noemde jouw naam en ook het merk van je auto. Hoe weet zo'n mens wat voor auto jij hebt? Nog een geluk dat ze heeft gewacht tot het licht was. Ga je wassen en aankleden. Er wordt wel van je verwacht dat je straks verontwaardigd naar de plek wijst waar je auto stond. Weet je nog waar het was?'

Hij keek haar aan tot ze een kalmerende handbeweging maakte. 'Rustig, ik vraag het alleen maar.'

3

‘Dat werd verdomme tijd ook’, zei Charlie. ‘Weet je hoe lang ik hier al sta?’

Hij keek naar de struiken bij de ingang en zag niemand. ‘Waarom heb je niet gebeld?’

‘Dat begrijp je straks wel. Die griet is verdwenen.’

‘Welke griet?’

‘Die van vannacht. Hoe noemde je haar?’

‘Lottie, zo noemt ze zichzelf.’

‘Lottie. Nou, ze is weg.’

Hij schudde niet-begrijpend zijn hoofd. ‘Weg? Mijn auto is weg. De politie belde. Ik moet kijken bij de plaats waar-ie stond.’ Hij wees naar boven. ‘Voor de show.’

‘Niet wijzen en ga straks niet naar me staan roepen. Loop even een stukje naar me toe, ga maar op het geluid af. Niemand kan me vanuit de flat zien, maar ze kunnen jou beter niet zien schutteren. Zo ben je ver genoeg.’

Hij keek en zag de kleine gestalte van Charlie. Hij lijkt wel groen, dacht hij. Zwart in het donker, groen tussen de struiken. Hoe zou hij dat doen? ‘Hoezo, ze is weg?’

‘Weg uit je huis. Je bed was leeg toen ik kwam. Ga straks kijken en wees verontwaardigd. Volgens mij is er ingebroken.’

‘Heb jij…’

‘Ik heb niks en jij weet niks. Jij bent op je best als je nergens van weet. Zorg dat je ook niets van Lottie weet als je de politie belt. Je hebt haar niet gezien. Je hebt nooit van haar gehoord.’

‘Nee’, zei hij. ‘Ja, inderdaad. Ik weet wat je bedoelt.’

‘Vast wel’, zei Charlie. Hij aarzelde. ‘Kun je die kamer van me terugvinden waar we na het gesprek met Leisens waren?’

'Van de belasting?'

Charlie zuchtte. 'Van de belasting, wat is een snel werkend geheugen toch een zegen. Ik wacht daar op je. Heb je je gsm bij je?'

Hij was het spoor nu volslagen bijster. 'In mijn zak.'

'Geef op. Steek hem maar uit in mijn richting.'

'Zo goed?'

'Pak aan. Hier heb je een nieuwe. Zeg maar tegen Carrol dat ze er ook een krijgt. De oude gooi ik weg.'

'Waarom...'

'Vergeet die griet', zei Charlie. 'Je auto is definitief weg. Tot straks.'

4

'Erg overtuigend was je niet', zei Carrol. 'Er is geen toekomst voor je bij het toneel.'

'Charlie was er', zei hij.

'Waar?'

'Bij de uitgang. Hij had staan wachten. Hij wilde niet bellen.' Hij liet zijn telefoon zien. 'Dit is een nieuwe. Charlie wilde mijn oude hebben. Die van jou heeft hij weggegooid. Waarom is dat?'

'Hij zal zijn reden hebben', zei Carrol. 'Leer je wel het nummer uit je hoofd? Het staat slordig als je je eigen telefoonnummer niet kent. Wat zei hij?'

'Charlie?'

'Koffie', zei Carrol. 'Een pot vol. Lange nacht geweest, slecht geslapen, te veel opwinding. Zonder koffie krijg jij vandaag geen twee gedachten recht op een rij.'

Ze liep naar de keuken en bleef daar tot de koffie klaar was.

'Charlie', zei ze.

Hij was zijn verwarring te boven. 'Lottie is weg.'

'Uit jouw huis, bedoel je.'

'Charlie zei vannacht al dat hij zou gaan kijken. Ze was weg, zei hij. Hij zei ook iets over een inbraak.'

'Je moet de politie bellen.'

'Daarmee?' zei hij, naar de gsm kijkend.

'Je moet de politie bellen', herhaalde Carrol. 'Over de diefstal van je auto. Dat moeten we eerst afwerken. Neem de gewone telefoon maar. Geen woord over Lottie en jouw huis. We zijn de hele nacht hier geweest, weet je nog wel?'

Hij nam een slok koffie. Dit is pas ergernis, dacht hij. Je alles voor moeten laten kauwen omdat je te kort hebt geslapen. Ik zou mezelf moeten schoppen of slaan. Of me uitrekken zodat mijn rug voor straf weer pijn doet. Hij rekte zich uit. 'Verdomme.'

'Je moet niet zo wild doen.'

Hij ging langzaam rechtop zitten en probeerde niet te slurpen. Carrol zag de verandering. 'Ga je eindelijk een vent worden?'

'Ja', zei hij. 'Het wordt tijd, geloof ik.'

Carrol knikte. 'Koffie, bellen over je Sana, bij je huis kijken. Ik zal een verhuurbedrijf bellen voor een auto. Een grote. Eentje waar de directeur van een handelsonderneming mee voor de dag kan komen.'

'Nog even en ik zeg tegen de politie dat jij mijn auto hebt gestolen omdat je vond dat hij beneden mijn waardigheid was.'

Carrol glimlachte. 'Zo ken ik je weer.'

'Hoofdagente Maalkes', zei hij. 'Ze heeft een halfuur geleden gebeld over de diefstal van mijn auto.'

'Ik verbind u door.'

'Maalkes.'

Kortaf, dacht hij. Jong en nu al kortaf, waar is de vrolijkheid van de jeugd gebleven? 'Met Kcrams. U belde over mijn auto. Het klopt, hij is gestolen.'

'Vannacht', zei Maalkes.

Een constatering, dacht hij, geen vraag. 'Absoluut vannacht.'

'Hoe laat?'

'Ik denk ergens tussen drie en vier.'

'Dat denkt u.'

'Dat denk ik. We hoorden een auto met een hoop kabaal wegrijden.'

'Maar u herkende het geluid van uw eigen auto niet.'

'Nee, we hadden een feestje.'

'Pittig feestje, heb ik begrepen.'

'Leuk feestje.'

‘Vast’, zei ze. ‘Nou, meneer Kcrams, ik stel voor dat u vandaag bij het bureau langs komt om officieel van diefstal aangifte te doen.’

‘En wat doet u in de tussentijd?’

‘Hoe bedoelt u, meneer Kcrams?’

‘Gaat u alvast op zoek? Hij is bruin.’

Hij kon raden welk gebaar ze maakte. ‘O, ja, meneer Kcrams. We gaan meteen op pad. Op zondag zoeken we graag naar de auto van iemand die een feestje had, die lawaai hoorde, maar het niet de moeite waard vond om te gaan kijken.’

‘Ik heb gekeken.’

‘Tjonge’, zei hoofdagente Maalkes. ‘U hebt gekeken en toch uw auto niet gemist. Een Sana moet wel heel onopvallend zijn.’

‘Hoe deed ik het?’

‘Beter dan ik een halfuur geleden had durven denken. Het wordt nog wel wat vandaag. Over een halfuur rijden ze een auto voor.’

‘Wat voor een?’

‘Zul je wel zien. Een grote. Ik heb gezegd dat ze maar een flinkerd moesten brengen.’

Ze zaten in de woonkamer tegenover elkaar koffie te drinken en brood te eten.

‘Dat halve uur duurt nu al bijna vijf kwartier’, zei hij.

‘Wees dan maar blij dat je geen haast hebt.’

‘Ja,’ zei hij. ‘Wie is Adonis?’

‘Andonis,’ zei ze, ‘met een n. Ik dacht al: komt het nog? Ik ken hem van vroeger.’

‘Van toen?’

‘Van toen’, zei ze vlak. ‘Hij was me nog iets schuldig.’

‘Omdat je iets voor hem hebt gedaan.’

Ze knikte. ‘Ik heb iets voor hem gedaan en ik zal je meteen vertellen wat: ik heb mijn mond gehouden.’

Hij keek naar haar strakke gezicht. Het was tijd om rustig aan te doen. 'Je wist iets van hem.'

'En hij wist dat ik het wist.'

'Iets waardoor hij voor een alibi zorgt.'

Ze glimlachte even. 'Als dat nodig is, misschien is het helemaal niet nodig. Maar als het nodig is, dan doet hij wat hij doen moet, wees daar maar niet bang voor. Hij kent zijn rol, ik weet langzamerhand wel iets van alibi's. Andonis heb ik al jaren achter de hand.'

'Wil je erover praten?'

Ze aarzelde. 'Liever niet. Het heeft niets met seks te maken of zo. Ook niets met mij. Ik weet dingen over hem van jaren geleden, dingen die niet gauw hun kracht verliezen. Als het nodig is zal ik het je wel vertellen, maar nu doet het er niet toe. Ik dacht vannacht: misschien is het nuttig dat iemand gezien heeft dat we kort na middernacht thuis waren.'

'Waarom na middernacht? Waarom niet na kantoor?'

'Wie gaat er nu op zaterdagavond met zijn secretaresse een dik uur in zijn kantoor zitten als hij een huis heeft en zij een appartement?'

Een flat, dacht hij, het is een flat. 'Hoe kreeg je Andonis zo snel in de benen?'

'Omdat ik zei dat het nodig was. Jaren geleden heb ik met hem afgesproken dat ik mijn mond zou houden over wat ik van hem wist. In ruil zou hij me helpen als ik erom zou vragen. En vannacht zei ik: An, hoe zit het ermee.'

'An?'

'An. Breek er je hoofd maar niet over. Ik zei: hoe zit het ermee. Hij zei: "Is het zover?" Ik zei: waar blijf je nou verdomme met die twee meiden, het gaat om een verjaardag. Hij is nogal snel van begrip, Andonis, en hij vroeg hoe laat ze ook weer verwacht werden. Ik zei: twaalf uur, dat weet je toch? Precies middernacht, compleet met hoedjes, sjerp en hakken. Hij zei: "Ze komen eraan, je hebt het ook over ballons gehad, maar die waren op.

Ze zijn onderweg, dus lang kan het niet duren. Ik kom straks ook nog even."'

Ze zweeg. 'Ik had geen gsm en belde met de gewone telefoon. Ik wist niet of iemand An in de gaten hield. De politie had vroeger nogal belangstelling voor hem. Ik wilde niet naar buiten, want dan zou ik een andere bewoner tegen kunnen komen. Ik dacht: als An maar niet vraagt wat er in godsnaam aan de hand is. Dat deed hij niet, daar is hij te slim voor. Hij zei nog wel: "Ik heb niet de mooiste gestuurd. Er was een vaste klant die er vijf nodig had, je kent dat wel, voor een vrijgezellennacht." Ik zei: dat treft, want die heel mooie meiden wil ik niet over de vloer, dan is hij niet meer te houden. Vijftig jaar, weet je wel? "Dat zijn de linke broeders", zei hij lachend.'

Ze keek naar hem met die blik waarvan hij wist dat hij er niet op moest reageren.

'Ze waren er snel, Angel en Moon. Andonis heeft me verteld hoe ze echt heten, je gelooft het niet. Ze kwamen boven zonder iets te zeggen en An kwam erachteraan. Binnen hebben ze hard gezongen en daarna hebben die meiden twee glaasjes likeur gedronken. Twee glaasjes. Ze hadden elk wel een fles aangekund, maar An is hard in die dingen. Toen hij wist wat er van hem verlangd werd, liet hij ze oefenen. Hoe laat zijn jullie gekomen? Dan en dan, An. Wie waren er in huis? Een man en een vrouw, An. De man was jarig. Wat hebben jullie gedaan? Hem verwend, An, dat mocht van de vrouw. Een beetje verwennen, zei ze. In werkelijkheid hebben ze een tijdje liggen slapen. Moon snurkte. Dat komt door die tieten, zei Andonis. Volgens hem hebben siliconen hetzelfde effect op de slaap als een verstopte neus. Vraag me niet hoe hij eraan komt, hij wist het zeker. Hij vertelde dat hij ze voor alle zekerheid een paar weken de stad uit zou sturen.'

Hij kneep zijn ogen tot spleetjes. 'Die vriendendienst zal hem flink wat geld gaan kosten.'

Carrol keek dreigend. 'Niet gaan vissen of zuigen. Ik vertel wat ik van hem weet wanneer de tijd er rijp voor is zoals ik al zei. Geld is het punt niet bij Andonis. Zijn vrijheid, daar draait het om. Hij houdt zijn mond wel en die meiden zijn ongetwijfeld al een eind uit de buurt. Vergeet ze voorlopig. Concentreer je op je huis en wat je gaat zeggen als er is ingebroken. Ik heb het gevoel dat concentratie hard nodig is.'

5

'Met groot bedoelde ik niet een sportwagen waarmee je binnen anderhalve seconde honderd rijdt', zei Carrol.

'Ik hoef m'n voet maar op het gaspedaal te leggen of dat rotkreng schiet er al vandoor', mopperde hij. 'Wat zeiden ze dat dit is?'

'Een NS en nog wat. X geloof ik. Wat maakt het uit.'

'Hoe denk je dat ik zo'n auto kan parkeren in een stad als deze?'

'Het is maar voor één dag', zei ze troostend. 'Morgen kun je hem inruilen voor een die je de baas kunt.'

Zijn trots was gekwetst. 'Shit,' zei hij, 'het is heus niet dat ik hem niet in de hand heb.'

Hij haalde opgelucht adem toen hij de Honda precies voor zijn garagedeur tot stilstand wist te krijgen.

In het halletje bleef hij kijken naar de jassen op de grond. 'Godallemachtig...' zei hij toonloos.

Carrol duwde hem vooruit. 'Laten we eerst maar eens kijken hoe de rest van het huis eruitziet.'

'Ik ruik hoe het eruitziet', zei hij.

Ze werd ongeduldig. 'Ja ja, blijf jij hier maar staan, ik ga wel alleen.'

'Ik wéét hoe het eruitziet', zei hij. 'Het ziet eruit als een kolerebende.'

Ze deed de deur naar de huiskamer open en knikte. 'Het is inderdaad iets meer dan een rommeltje. Wat ruik ik toch?'

Hij keek naar haar beheerste bewegingen en liep achter haar aan. 'Ammoniak,dat ruik je.'

'Had jij ammoniak? Waarvoor? Ik kan me niet herinneren dat

je ooit het houtwerk hebt schoongemaakt.'

'Daarom was het er ook nog. Het zal wel in de keukenkast hebben gestaan. Grote god...' Hij keek naar de boeken die op de vloer lagen, de kast die van de wand was gerukt. 'Kan zij dat hebben gedaan?'

'Zag ze er sterk uit?' vroeg Carrol.

'Lottie? Vel over been, je kon de ribben tellen.'

'Dat je daaraan bent toegekomen', mompelde Carrol. 'Die lucht komt uit de keuken. Wees maar blij dat ze de ammoniak niet over je boeken heeft gegooid.'

'Wees maar blij dat je de aanrijding hebt overleefd, wees maar blij dat je niet op kantoor was toen er brand uitbrak, wees maar blij dat je niet in de kerk zat toen de toren naar beneden lazerde, wees maar blij dat je linkernier wel functioneert. Waarom zou ik verdomme blij moeten zijn als ik mijn huis verruïneerd aantref?'

'Het valt wel mee', zei ze sussend. 'Raak niet meer aan dan nodig is. Kijk, dat ruitje is kapot.'

Ze liepen naar de keuken en staarden naar de glasscherven.

'Heeft zij dat gedaan?'

'Waarom zou ze? Ik denk dat Charlie een idee heeft gehad. Met een kapotte ruit heet het inbreken, zonder scherven is het insluipen, of gelegenheid geven, of weet ik veel.'

Carrol liep naar de hoek bij het aanrecht en bukte zich. 'Hier ligt een ammoniakfles.'

'Fijn dat we dat weten. Waar is de ammoniak?'

'Op het aanrecht en de kastjes', zei ze. 'Als je wilt gaan verven kun je meteen je gang gaan, de vette aanslag is al weg.'

Hij vloekte en liep naar de trap. 'Ik ga boven kijken.'

De badkamer zag eruit zoals hij verwachtte. Handdoek op de grond, zeep op de bodem van het bad, veel haren.

'Vergeten het bad schoon te maken?' vroeg Carrol.

Cynisch dacht hij, de toon is cynisch. 'Het lijkt me beter als ik hier even iets aan doe', zei hij.

'Lijkt me ook. Het schijnt niet vaak voor te komen dat inbrekers in bad gaan tijdens het inbreken.' Ze liep naar de slaapkamer en keek naar de keukenhanddoek, het kussen en het laken.

'Hoe komt die handdoek hier?'

'Daar heb ik me in de keuken mee afgedroogd en toen heb ik hem om mijn middel geknoopt.'

Ze keek naar zijn buik. 'Hoe heb je dat ding om gekregen? Buik ingetrokken tot je naar adem hapte?' Ze pakte het kussen, schudde het op en legde het andersom neer. 'Help even het bed rechttrekken. Niet opmaken, mannen maken niet op, mannen trekken recht.'

Er schoot hem iets te binnen. 'Heb je mijn kleren van vannacht gezien?'

Ze keek hem aan. 'Is dit een grapje?'

'Ik heb ze in de keuken uitgetrokken voor ik me ging wassen. Lagen er kleren op de grond?'

'Nee', zei ze. 'Glasscherven en die ammoniakfles, geen kleren, dat weet ik zeker.'

'Zou ze die hebben meegenomen?'

'Wat moet ze met jouw kleren?'

Hij schudde zijn hoofd en liep naar de keuken. 'Jas', zei hij. 'In de wasmachine.'

De jas zat er nog in. 'Er zat braaksel op', zei hij. 'Ik heb je toch verteld dat ze had gespuugd? Ik heb de jas in de machine gedaan. De kleren niet, daar ben ik niet aan toegekomen.'

Ze keek naar de jas. 'Die moesten we maar ergens weggooien.'

'Waarom?'

'En we moeten naar het kantoor.'

Hij vroeg niets meer, maar bleef staan tot ze toe was aan een toelichting. 'Misschien heeft Charlie de rotzooi in huis gemaakt om de inbraak echt te laten lijken, maar een gekreukelde natte jas past in geen enkel patroon. Weg met dat ding. En iets zegt me dat we beter de bandjes kunnen wissen waar Lotties stem op staat.'

'Iets. Een gevoel.'

'Ja', zei ze. 'Een gevoel. Met een beetje meer dramatiek zou je het vrouwelijke intuïtie kunnen noemen. We moesten er maar voor zorgen dat dit huis Lottie-vrij wordt.'

Hij dacht over haar woorden na en knikte. 'Maar niet alle vingerafdrukken wegpoetsen', zei hij. 'Misschien is Lottie wel een inbreekster.'

'Dat maak je aannemelijker als de politie niet binnen vijf minuten kan aantonen dat je haar lekker hebt liggen opwarmen', zei Carrol. 'Laten we nog maar even goed naar het bed en de badkamer kijken voor jij je inbraak gaat melden.'

6

‘Hebben we iets aangeraakt, meneer?’ vroeg de jongste agent.

‘Ja, natuurlijk’, zei hij. ‘De buitendeur, de deurkrukken, ik heb boven gekeken, natuurlijk heb ik iets aangeraakt.’

De oudste agent ging tussen hen in staan. ‘Ik ben Vander.’

‘Vander wat?’

‘Vander niks, meneer. Mijn vader vond Vander genoeg. Mag ik vragen wie mevrouw is? Uw echtgenote?’

‘Secretaresse’, zei hij. ‘Ze was bij me toen ik thuiskwam.’

‘Bij me in de geest van: we kwamen samen thuis?’

Hij keek verbaasd. ‘Is er een ander soort van bij me?’

‘U moest eens weten’, zei Vander. ‘Zullen we een rondje maken?’ Achterelkaar liepen ze door het huis.

‘Beneden een troep, boven netjes’, stelde de jongste agent vast. ‘Dat zien we weleens anders.’

Vander zuchtte. ‘Hij spreekt altijd in meervoud, meneer, hij had verpleger willen worden.’ Hij stak een hand op. ‘Rustig, alsjeblieft, het is zondag, kalm aan maar.’ Hij ging aan de keukentafel zitten. ‘Denkt u dat er iets weg is?’

Hij keek naar Carrol.

‘Niet veel’, zei ze. ‘Wat kleren, geloof ik, misschien boeken.’

Vander keek verbaasd naar Kcrams. ‘Is het uw huis of het hare?’

‘Van mij’, zei hij.

‘En uw secretaresse moet weten wat er weg is? Kent u uw eigen huis niet goed misschien?’

‘Niet meer’, zei hij. ‘Ik ben me rotgeschrokken.’

Vander wees naar het raam. ‘Inbraak, dat is duidelijk. Als er veel was vernield, zou ik zeggen: we moeten sporenonderzoek doen, vingerafdrukken en zo, maar nu…’ Hij zuchtte. ‘Het valt wel mee, lijkt me, de schrik is het ergste. En de rommel natuurlijk.'

Carrol ging naast hem staan. 'Vanmiddag ruimen we wel op', zei ze. 'Hebt u er bezwaar tegen als ik wegga?'

Vander keek verbaasd. 'Waarom zou ik? Meneer zal ongetwijfeld uw naam en adres weten. U mag doen wat u wilt.'

'Een vrij land', zei Carrol.

'Als u dat maar weet. Hoe laat zei u dat u beiden thuiskwam?' Vander keek naar Carrol.

'Uur geleden ongeveer', zei ze.

'En u kwam vanwaar ook weer?'

Carrol glimlachte. 'Vandaar', zei ze en ze wees naar buiten. 'Het is een vrij land, weet u wel.'

Vander glimlachte terug. 'Dag, mevrouw.'

'Dag', zei Carrol. Ze knikte naar de jonge agent en liep het huis uit.

'Zo,' zei Vander, 'jongens onder elkaar. U woont hier alleen?'

Hij knikte.

'Weet u hoe lang u bent weggeweest?'

'De hele nacht. Gistermiddag waren we bij het meer, daarna hebben we gegeten. Ik denk dat ik vierentwintig uur...' Hij zweeg en luisterde naar het geluid van een telefoon. Een ogenblik dacht hij dat het zijn nieuwe gsm was.

'Van mij', zei de jongste agent trots.

Vander zuchtte. 'Zo gaat dat tegenwoordig. Vroeger had je wapenstok en boeien. Tegenwoordig wapenstok, boeien, pepperspray en gsm. Maar wel rotopmerkingen in de krant als we iemand achtervolgen en hem kwijtraken omdat we geen snelheid kunnen maken. Ga je dat gesprek even in de kamer voeren?'

De jongste agent liep de keuken uit.

'U zei, meneer. Hoe lang bent u niet thuis geweest? Vierentwintig uur?'

'Zoiets', zei hij. 'Eerder meer dan minder.'

'Kan er nog iemand anders in huis zijn geweest? Iemand die u kent, bedoel ik?'

'Alleen mijn secretaresse heeft een sleutel.' Hij dacht na. 'Er is ook een werkster, maar die laat ik zelf binnen of ik laat haar weten waar ze de sleutel kan vinden. Ze komt nooit in het weekend.'

'Uw secretaresse was niet in uw huis omdat u bij haar was, heb ik dat goed begrepen?'

Hij knikte en Vander knikte. De knik van: wij begrijpen elkaar, ouwe jongen, en gelijk heb je.

'Kwajongens', zei Vander. 'Ruitje intikken, rotzooitje maken. Ik zou mijn koelkast maar eens controleren als ik u was. Verrek. Hij snoof. 'Waarom ruik ik dat nu pas? Ammoniak of zoiets. Hebt u geschilderd?'

Hij wees naar de afvalbak. 'Daar ligt de fles. Iemand heeft ammoniak tegen de kastjes en op het aanrecht gegooid. Ook een beetje op de vloer. Carrol heeft het opgedweild. Anders bijt je verf weg, zei ze. Ik weet niet of dat zo is, maar het stonk wel.'

'U had beter even kunnen wachten... Ja, wat nou weer.'

'Luisteren', zei de jongste agent en hij reikte zijn telefoon aan.

'Ja', zei Vander. 'Ja... is dat zo... Tja... Dat lijkt me het beste, ja.' Hij keek naar zijn collega. 'Hoe zet je zo'n ding uit?'

'Kijk', zei de jongste agent. 'Je drukt hierop en...'

Vander wuifde hem weg. Zijn gezicht stond bedachtzaam, zijn ogen waren helder. 'Is uw auto vannacht gestolen, meneer?'

'Ja', zei hij.

Vander tikte met een vinger op z'n knie. 'Kunt u me zeggen waarom u ons dat niet hebt verteld?'

'Omdat ik er niet aan heb gedacht. Ik heb aangifte gedaan, heb een verhuurbedrijf gebeld en ben naar huis gereden.'

'In die sportwagen?'

'NS-X', zei de jongste agent snel.

'Dank je', zei Vander. 'U bent naar huis gereden en was zo overstuur van de inbraak dat u niet meer aan de diefstal hebt gedacht.'

Hij vond dat het tijd werd om nijdig te worden. 'Hoe lang zijn jullie verdomme al hier? Kwartier? Twintig minuten? Ik heb gebeld over mijn auto. Denk je dat ik stilsta bij de vraag of jullie op het bureau gegevens uitwisselen?'

'Autodiefstal is voor Verkeer, meneer. Dat regelt het hoofdbureau. Wij zijn van de wijk. Maar we hebben computers. Alle mutaties worden ingetikt, al kan het soms even duren. Auto gestolen van meneer Kcrams. Inbraak bij meneer Kcrams. Hé, wat een toeval.' Hij keek naar de glasscherven. 'Ik denk dat we toch maar een paar technische jongens moeten laten komen. Zou u het erg vinden om even mee te gaan, meneer?'

'Ja', zei hij. 'Ik wil me scheren. Ik heb trek in koffie. Ik...'

Vander stond op. 'U moest eens weten hoeveel koffie ze op het hoofdbureau hebben. En door uw stoppels kijken we wel heen. Inbraak is inbraak, maar ook nog een autodiefstal, dat is raar. Dat is wat wij noemen een...' Hij keek naar zijn collega.

'Complicerende factor', zei de jongste agent.

'Ja,' zei Vander, 'een complicerende factor. Daar hou ik niet van, zeker niet op zondag. Even doorzetten, meneer Kcrams. We nemen u mee en brengen u netjes terug. Daar gaan we tenminste van uit.'

De jongste agent lachte. 'Mijn collega wel', zei hij.

7

Het hoofdbureau droeg de sporen van verbouwingen. In het midden was nog iets te zien van het oorspronkelijke gebouw dat door de inwoners van de stad Kasteel was genoemd en als gevolg daarvan door de eigenaar Chateau. Niet Château, de eigenaar hield niet van Frans. Toen het gebouw was omgeven door kantoorflats die vele meters hoger waren dan het Chateau verkocht de eigenaar het aan de gemeente die het doorverkocht aan de provincie die het overdeed aan het rijk. Tegen de tijd dat iedereen spijt had van de verkoop was de tuin volgebouwd met barakken en was het Chateau onderdeel van de legerplaats enkele kilometers verderop, waar voldoende ruimte was voor soldaten, maar waar de officieren niet genoeg armslag hadden. 'Onvoldoende mogelijkheden tot ontplooiing', vonden ze zelf. Ze namen het Chateau in gebruik, brachten onderofficieren en burgerpersoneel onder in de barakken en bleven tot ze werden verdreven door een bezuinigingsronde en de behoefte aan centralisatie.

Het Chateau werd politiebureau. De barakken werden vervangen door 'een multifunctioneel gebouwencomplex waarin ook de gewone burger zich thuis voelt' en het groen dat was overgebleven werd ingeruild voor parkeervakken en ruimte voor afvalcontainers. Niemand wist waar al die containers voor nodig waren, maar ze waren altijd vol en tot in het hoofdgebouw kon je ruiken dat er op het bureau meer werd genuttigd dan koffie.

Hij kende het gebouw van de buitenkant en zag nu dat hij aan de binnenkant niets had gemist. Het Chateau was ruim een eeuw oud, maar de kamers zagen eruit alsof ze al vijftig jaar in gebruik waren voordat de buitenmuren werden opgetrokken.

De kelderverdieping was het ergst. Muf was te zwak uitgedrukt. Drie generaties sigarenas, zweet en winden, dat kwam in de richting.

Vander duwde een deur open. 'Wacht u daar maar even, meneer, ze komen zo bij u.'

Hij zag een hok waarin een tafel en twee stoelen stonden. 'Waar is dit goed voor? Je gaat me verdomme toch zeker niet opsluiten?'

'We laten de deur op een kier', zei de jonge agent grijnzend. 'Zolang we niet aan de wandel gaan, gebeurt ons niets.'

Hij ging zitten, liep heen en weer, ging zitten, bekeek de opschriften op de muren, ging zitten, riep om koffie.

De tijd ging langzaam, vond hij.

'Ik ben Weins', zei de man die als eerste binnenkwam. Hij was even lang als Krams, had een buikje, en leek een jaar of vijftig.

'U had mijn broertje kunnen zijn', zei hij.

'Dat dacht ik ook toen ik u daarnet zag.'

'Waarnet?'

Weins wees naar het luikje in de deur. 'Daar keek ik door toen u de opschriften aan het lezen was. Boeiend, die teksten. Met van die verfijnde tekeningen erbij. Wat zullen ze over drie eeuwen zeggen als ze een stuk van deze muur opgraven? Primitieve kunst uit de twintigste eeuw? Ik hoop dat ze er een museum omheen bouwen en er groepen langs leiden die met open mond kijken naar hoe wij tieten weergaven. O, dat is hoofdagent Vander, maar die kent u. Achter hem staat hoofdagente Maalkes. Blijft u maar zitten. U hoeft niet met uw rug voor de tekeningen te gaan staan, ze kan ertegen.'

Maalkes zag er jaren ouder uit dan haar stem had geleken, maar dat kon komen door het haar op haar bovenlip en de littekens op de zijkant van haar gezicht. 'Brandwonden', legde Weins uit. 'Een junk had zoutzuur bij zich. Geen prettig spul.' Hij maakte een gebaar. 'Kan iemand stoelen halen?'

Hoofdagente Maalkes vertrok geen spier. Vander zuchtte en ging weg. 'Daar zitten we dan', zei Weins toen ze zaten.

Hij knikte. 'Vander ken ik, Maalkes heb ik gesproken. Twee hoofdagenten. U bent...'

'Nieuwsgierig', zei Weins. 'Negeer me maar even. Doe of ik er niet ben.

Maalkes boog zich naar voren. 'Meneer Kcrams?'

Haar stem klonk even jong als hij het zich herinnerde, maar hij schrok toch. Er zat een generatie tussen stem en gezicht. 'Ja', zei hij. 'Kan iemand me zeggen waarom ik het gevoel heb dat ik een arrestant ben?'

Maalkes keek hem strak aan. 'Slecht geweten?'

'Moe', zei hij. 'Kort geslapen.'

'U had een feest', zei Maalkes. 'Wilt u daar iets over vertellen?'

'Is dat nodig?'

'Het is wenselijk', zei Maalkes. 'Wij zitten met wat we noemen...' Ze keek om zich heen.

'Complicerende factor', zei hij. 'Ja, ik weet het.'

Maalkes keek schuin naar Vander die deed alsof hij niets had gehoord. 'Juist', zei ze. 'Een autodiefstal en een inbraak. Toeval bestaat, maar bij de politie ontkennen we dat liever. U hoeft niet te vertellen wat u precies hebt gedaan, maar we zouden het op prijs stellen als u het wel deed. Wij helpen u als u ons helpt, zoiets. U helpt ons door duidelijk te maken dat u niet bezig bent uw verzekering te verrassen met een stel claims en wij helpen u door de autodief en de inbreker op te sporen.'

'Proberen op te sporen.'

Ze knikte. 'Kent u die spreuk van hoe schoon het streven? Wij streven. Wat voor feest, meneer Kcrams?'

'Verjaardagsfeest. Ik was een paar dagen geleden jarig. Mijn dochter zou komen, maar kwam niet. Mijn vrouw belde om te zeggen dat ze wegbleef. Het was geen leuke dag.'

'Wat deed u toen?'

Hij glimlachte. 'Ik heb mezelf twee cadeaus beloofd. Ik mocht alle boeken wegdoen die dikker waren dan driehonderd bladzijden en ik zou me niet meer ergeren.'

Het werd stil in het hok. Op de gang klonken voetstappen. Een deur sloeg dicht. Iemand liet wat vallen en riep iets wat van muur tot muur kaatste.

Weins krabde over zijn buik. 'Niet meer ergeren. Ik wou dat ik dat had bedacht. Wedden dat het niet is gelukt?'

'Nee', zei hij. 'Het lukt van geen kant.'

'Dus dat was wat ik zo vreemd vond', zei Vander. 'Ik zag de boeken op de grond en ik dacht: er is iets. Nu weet ik het. Er waren veel te weinig boeken om al die planken te kunnen vullen. Wat hebt u gedaan met de dikke boeken?'

'In dozen gestopt. In de garage. Alles behalve de bijbel en het Verzameld Werk van Boris Vian.'

'Een wondere combinatie', zei Weins.

Hij taxeerde hem. 'U kent Vian?'

'Beter dan de bijbel. *Het schuim der dagen.* Die titel is me bijgebleven. We zien het schuim der dagen alle dagen.' Hij maakte een gebaar. 'U was aan het vertellen over het feest.'

'Het was bij Carrol', zei hij. 'Mijn secretaresse. We waren bij het Binnenmeer geweest. Daarna hebben we gegeten.'

Maalkes nam het over. 'Waar?'

'Bij die zaak even buiten het centrum waar ze die belachelijk grote pollepel hebben hangen.'

Maalkes knikte. 'Ga door. Hoe laat was u bij uw secretaresse?'

'We zijn samen naar haar huis gegaan', zei hij. 'Iets na middernacht, halfeen, geen idee. Er had een verrassing moeten zijn, maar die was er nog niet. Carrol heeft gebeld en de verrassing kwam later.'

'Hoe laat?'

'Eén uur. Kan iets later zijn geweest.'

'Maar voor twee uur?'

Er hangt iets in de lucht, dacht hij, ze bouwen iets op. Hij voelde een knoop in zijn maag en zijn rug deed pijn toen hij zich bewoog. 'Het was beslist voor twee uur', zei hij, trots op zijn stalen gezicht. Er komt meer, dacht hij, er komt iets onaangenaams. 'De verrassing bestond uit Angel en Moon.'

Hij wachtte tot Maalkes aanmoedigend knikte. 'Ik heb een vermoeden wat er gaat komen, maar zegt u het maar.'

'Felicitatiedienst. Ze zongen "Lang zal hij leven".'

'Waar kwamen ze vandaan, meneer Kcrams?'

Hij nam de tijd voor het antwoord. Zijn nek voelde stijf aan. 'Geen idee. Carrol had het geregeld. Een aardigheidje.'

'Lieve secretaresse hebt u. Hebt u het warm?'

'Ik zit hier al een tijdje, ik krijg gebrek aan zuurstof.'

'Dat herkennen we, het went wel. Lieve secretaresse, zei ik.'

'Aardige secretaresse, bedoelt u. Om misverstanden te voorkomen: ze bleef er wel bij. Het was bedoeld als kijken, niet als aankomen.'

'Bleven ze lang?'

'Tot na het gedoe buiten.'

Weer een hoofdknik van Maalkes. Met haar gehavende hoofd kon ze veel uitdrukken.

Hij voelde de neiging zich te ontspannen, maar wist dat het fout was. Concentreren, dacht hij, het is drie tegen een. 'We hoorden geluiden. Het leek op een aanrijding, maar toen we naar buiten keken zagen we niet één auto. We zijn de gang op gelopen. Daar waren andere bewoners. Niemand wist wat er aan de hand was. Iemand had het over de politie bellen en wij dachten, als er eentje belt is het genoeg. We zijn naar binnen gegaan.'

'U hebt uw auto niet gemist?'

'Niet tot vanmorgen. Hij stond een eindje verderop. Bovendien, wie denkt er nou aan dat iemand een Sana wil stelen.'

'Waar kwamen Moon en Angel vandaan?' vroeg Weins.

Hij keek hem verbaasd aan. 'Uit de stad, neem ik aan.'

'Bij wie waren ze in dienst?'

Hij spreidde zijn handen. 'Weet ik niet, Carrol had het geregeld. Ze werden gehaald door iemand die Adonis heet of zoiets. Ik weet niet of hij hun chauffeur was of hun baas.'

'En Lottie?'

Weins had zich niet bewogen. Maalkes en Vander keken volkomen uitdrukkingsloos.

Dat is het dus, dacht hij. Nu gaat het komen. Zelf vond hij dat hij niet langer wachtte dan normaal, maar zeker wist hij het niet. 'Lottie?'

'Lottie', zei Weins.

'Niemand heet Lottie', zei hij. 'Zelfs niet in meisjesboeken. Lottie. Heette een van die felicitatiemeisjes zo?'

'Ik zou het niet weten', zei Weins. Hij keek naar Vander. 'Wordt er iets aan de inbraak gedaan?'

'Meneer heeft toestemming gegeven om sporenonderzoek te doen', zei Vander. Zijn stem was neutraal, maar het vriendelijke was uit zijn blik verdwenen.

Weins keek naar Maalkes. 'Hoe zit het met de auto?'

'We zijn aan het zoeken. Die wagen zal niet ver zijn gekomen. De bestuurder raakte een lantaarnpaal en pikte een stuk muur mee. Er zijn bruine lakssporen, de kleur van de Sana van meneer. We kijken op de bekende plaatsen.' Ze haalde haar schouders op. 'Ik denk niet dat we hem vinden.'

Weins gooide een foto op tafel. 'Kent u dit meisje?'

Rustig, niet grijpen, niet om je heen kijken. Hij probeerde zich een film te herinneren waarin een gevangene het opnam tegen zijn ondervragers. Cool, dacht hij. In alle films zeggen ze: cool. Het kostte hem moeite niet te glimlachen.

'Pak hem maar', zei Weins. 'Neem er de tijd voor.'

Hij pakte de foto en was er trots op dat zijn vingers niet trilden. Rotsvast, koel als een kikker. Was dat de uitdrukking? Koel als een... Hij keek naar de foto. Lottie, opgemaakt, met gekamd haar en een ontspannen blik. Ze leek vijftien.

'Nee', zei hij.

'Nooit gezien?'

'Nooit... nooit... hoe moet ik dat weten. Op straat zie je er honderden zoals zij. Ik heb haar nooit bewust gezien. Wie is ze?'

'Lottie', zei Weins. 'Ze heet Gila, maar ze zegt dat jij haar Lottie noemde. Ze zat vanmorgen hierboven, tweede verdieping. Zeden, noemen we het daar. Ik ben een rechercheur van Zeden. Ze was overstuur en ik mocht het allemaal horen. Ze zag er anders uit dan op de foto.' Zijn handen werden vuisten. Hij slikte. 'Ze is zestien, verdomme. Ze had problemen en ze had een paar keer om hulp gebeld. Met een meneer die haar daarna opzocht, ontvoerde, tegen haar wil vasthield en verkrachtte. De meneer heet Kcrams. Jij heet Kcrams. Ze beschreef je grondig. Nou jij weer, hufter, kom maar op met je verhaal.'

8

'We doen het nog een keer, meneer Kcrams', zei Weins. 'Nieuwe ronde, nieuwe kansen. Vanaf het begin, graag.'

'Alleen als u uw sigaar uitdoet', zei hij. Hij keek naar de koffiebekers op de tafel, de volle asbak, de papieren waar Weins af en toe een aantekening op maakte. Hij zag geen bandrecorder. Zou het gesprek elders worden opgenomen? Werd hij gefilmd? 'Alleen als er niet meer wordt gerookt. Het is hier benauwd en het stinkt.'

Weins keek van Vander en Maalkes die zich niet bewogen naar zijn sigaar. 'Als ik niet rook ruik ik jouw zweet.'

Hij klemde zijn kaken op elkaar. Geen woord, dacht hij.

Na bijna een minuut gooide Weins zijn sigaar naar de asbak, vonken rolden over het tafelblad. 'Is pruimen toegestaan?'

'Als je maar niet naast de afvalbak spuugt.'

Weins knikte, stond langzaam op en gaf een klap op de tafel. 'En nou is het verdomme afgelopen. Opnieuw, vanaf het begin.'

Hij keek naar de sigaar die op de vloer rolde en schoof zijn stoel een stukje naar achteren. Hij voelde zich beter dan een uur daarvoor. Zijn onzekerheid was verdwenen. Hij was helemaal de directeur die wist hoe hij de vergadering moest sturen.

'De dag begon bij het meer. Daar hebben we gezeten, mijn secretaresse en ik, de hele middag.'

'Getuigen?'

'Een paar duizend. We hebben gesproken met vier jongens en meisjes die ijs verkochten en cola en...' Hij nam er de tijd voor en deed alsof hem iets inviel. 'Warme bollen, we hebben warme bollen gegeten. En een sandwich. Ze hebben rare prijzen daar, zoiets als 6,65 voor twee broodjes in de hoop dat je afrondt op zeven.'

Weins knikte. 'Ik ken het daar. Je mag wel ietsje sneller. Sla af en toe maar een wapenfeit over tot het spannend wordt.'

'Wandeling langs het meer', zei hij. 'Eten in een restaurant. Dat ding met die pollepel. Ik wist net de naam niet en die weet ik nog steeds niet.' Hij wees naar Maalkes. 'Zij weet welk restaurant ik bedoel.'

Maalkes knikte, maar zei niets.

'Wat heb je gegeten?' vroeg Weins.

Hij keek verbaasd. 'Hoezo? Wat eet je in een restaurant. Voedsel natuurlijk.'

'Wat voor voedsel. Zwezerik, gebakken banaan, koeienuier met ketchup, wat?'

'Geen idee.' Hij keek naar Maalkes. 'Ze hebben daar een kaart waar je geen touw aan kunt vastknopen. Doe me een lol, zei ik tegen Carrol. Zij heeft gekozen. Ik heb gegeten.'

Hij zag dat Maalkes flauw glimlachte. Een overwinning, dacht hij. Zorg dat je publiek geboeid blijft.

Weins raadde zijn gedachten en werd rood. 'Is het nou verdomme afgelopen met die grappen? We hebben het over ontvoering, gijzeling en verkrachting.'

'We hebben het over een misverstand. Of over een stel leugens', zei hij. Hij had het niet warm meer. Zijn nek was droog en het drukkende gevoel op zijn borst was verdwenen. Hij stond van zichzelf te kijken. 'Ergens in de buurt van middernacht waren we thuis.'

De ogen van Weins lichtten op. 'Thuis.'

'Bij Carrol thuis. Ze had binnenpretjes. Ik wist eerst niet wat het was, maar het bleek dat ze iets had geregeld.'

'Binnenpretjes.'

'Lachjes, een blik van: er gaat iets geks gebeuren. Binnenpretjes. Ze belde iemand. Ik wist niet wie en ik mocht het ook niet weten. Een tijdje later kwam er bezoek.'

'Die meiden.'

'Ze zongen "Lang zal die leven" nadat ze zich hadden verkleed.

Nou ja, wat heet verkleed. Ze zongen en lieten hun sjerpen, hun hoedjes en hun naaldhakken zien. Dat duurde een hele tijd.'

'Omdat er aan naaldhakken veel te zien is.'

'En aan sjerpen. Ze zouden worden opgehaald, maar dat duurde vrij lang. De man die meekwam bleek Carrol van vroeger te kennen. Ze raakten aan de klets.'

'Terwijl jij naar die sjerpen keek.'

'Ze waren erbij gaan liggen en vielen bijna in slaap.' Hij probeerde te kijken alsof hij zich geneerde. 'Er viel toen wel iets meer te zien, ze waren niet kinderachtig. Maar de afspraak was: niet aankomen.'

'Daar hield jij je aan.'

'Carrol zat in de huiskamer, één deur verder. Zelfs als ik...'

'Maar je bleef er wel wakker bij.'

'Spoor ze op en je weet waarom ik het wel uithield.'

'Hoe zat het met de diefstal van je auto?'

'Geen idee. Ik hoorde pas vanmorgen dat het mijn auto betrof. Vannacht was er een beetje rumoer en geschreeuw in de flat, maar niemand deed iets en ik had wel wat anders te doen.'

'Jij keek.'

'Ook naar buiten, maar ik zag niets.'

'Nee,' zei Weins, 'jij zag niets. Hoe laat zijn die meiden weggegaan?'

Hij dacht na. Hoe vaag moet ik zijn, dacht hij. 'Ik zou het niet weten. Laat. Uur of vier, iets eerder, halfuur later, geen idee.'

'Dat was dan een lang gesprek van jouw secretaresse met hoe heet-ie ook weer?'

'Adonis. Andonis, met een n.'

'Ooit eerder gezien?'

'Andonis? Niet dat ik weet.'

'Beroepspooier', zei Weins. 'We kennen hem al jaren. Organiseert meisjes en vrouwen. Waar kent Carrol hem van?'

'Vraag het haar zelf.'

'Doen we', zei Weins. Hij wees met een duim. 'Ze zit verderop.

Andonis is even zoek, schijnt het. Dat is hij vaker, maar nooit voor lang. Vertel eens over je werk.'

'Werk?'

'Werk, ja. In de geest van: doen voor de kost.'

Hij ging rechtop zitten. 'Ik ben directeur van Handelsonderneming SuzCo. Ik verkoop innovatieve producten.'

Weins keek hem aan alsof hij zijn oren niet geloofde. 'Je verkoopt wat?'

'Innovatieve producten, dat klinkt beter dan uitvindingen die op de markt gebracht moeten worden. Ken je de katerpillen?'

Weins schudde zijn hoofd, Vander knikte.

'Hij wel', zei Weins.

'Jij zou ze moeten kennen. Bijna iedere cafébaas heeft ze. Ze voorkomen een kater.'

Weins keek naar Vander. 'Klopt dat?'

'Er zijn klanten die achter het stuur kruipen in de veronderstelling dat ze het alcoholpercentage in het bloed verlagen', zei Vander.

Maalkes kwam in beweging. 'O, verkoopt hij die krengen.'

'Ik zorg ervoor dat ze worden verkocht', zei hij. 'Er is een bijsluiter bij. Op de alcohol hebben ze geen invloed, wel op je houten kop de dag erna. Ik ga binnenkort een washandje verkopen waarmee je make-up van je gezicht kunt halen zonder dat je er zeep en afschminktroep bij nodig hebt. Een beetje water is genoeg. Ideaal voor vrouwen die 's avonds op willen schieten.'

Weins knikte, keek naar Maalkes en zweeg. De stilte was lang en pijnlijk.

'Ik doe ook iets met schildjes die je inbouwt in zaktelefoons', zei hij en hij zag de gezichten ontspannen. Ik pak ze in, dacht hij. 'Ze voorkomen schadelijke straling, of beter: ze neutraliseren die straling. Nog meer voorbeelden?'

Weins verzonk in gepeins. 'Wat doe je verder?'

'Via via verzorgt SuzCo feesten op cruiseschepen. We doen...'

Weins stak een hand op. 'Vergeet SuzCo. Andere bezigheden?'

Nu gaat het komen, dacht hij. Hij denkt dat hij een troef heeft. De voltreffer in de maag. Hij trok zijn buikspieren samen. 'Hoezo, andere bezigheden?'

'Ken jij de alibiman?' vroeg Weins. Hij liet zich achteroverzakken en pakte een sigaar. 'Denk maar een poosje na. Wij wachten. Er komt straks een collega die erg benieuwd is naar je antwoord.'

De man die binnenkwam droeg zijn uniform alsof hij er trots op was. Hij was lang, breed en had het hoofd dat filmregisseurs uitzoeken als ze onverzettelijkheid willen uitdrukken.

'Ik ben hoofdinspecteur Meckry', zei hij met het soort stem dat bij een vierkant hoofd past. Weins sloot zijn kaken. Maalkes en Vander bekeken de muur.

Niet populair, dacht hij, maar het zou me verbazen als hij het wist. 'Wanneer komt de hoofdcommissaris?' vroeg hij.

Weins glimlachte kort. Meckry begreep het niet. Hij knikte naar Vander en Maalkes. 'Hou me op de hoogte.'

Ze knikten, stonden op en deden iets wat salueren had kunnen zijn. Meckry wachtte tot ze de deur hadden gesloten. 'Is dat hem?'

'Dat is hem. De alibiman.'

Meckry trok een stoel bij en ging er schrijlings op zitten. 'Valt tegen van dichtbij. Ik had een slim kijkend handig opdondertje verwacht, geen oude dikbuik.'

Weins trok zijn buik een millimeter in. 'Hij vond dat we broertjes hadden kunnen zijn.'

Meckry schraapte zijn keel. 'Sorry. Weten we het zeker?'

'Vrijwel.'

'Dan gaan we de laatste twijfel wegwerken', zei Meckry. 'Dat is ons vak: twijfel wegwerken. Elimineren, noemen we dat. Ik ben van de afdeling oplichting, zwendel, chantage en ladenlichterij.' Zijn glimlach verdween toen niemand lachte. 'Wij zijn al maanden geïnteresseerd in de man die advertenties plaatst over een alibibureau. Niet erg geïnteresseerd, maar wel een beetje. We hebben onderzoek gedaan. Conclusie: kruimelwerk.' Hij keek naar Weins. 'Is hij aan zijn eigen alibi gaan werken?'

Weins keek naar zijn sigaar, naar Meckry, aarzelde en stak de sigaar in zijn zak. 'Zou kunnen.'

'Zou kunnen. Zou kunnen. Dat bevalt me niet. Laten we rustig beginnen. Het Alibibureau.'

Hij wist dat het een vraag voor hem was, maar hij keek naar Weins met een gezicht alsof hij benieuwd was naar het antwoord. Weins bekeek zijn aantekeningen. 'Kruimelwerk, net wat u zegt.' Hij zweeg.

Meckry krulde zijn bovenlip en draaide zijn bovenlichaam. 'Vertel er eens over, meneer Kcrams.'

Hij probeerde niet opgelucht te kijken. Maanden geleden had hij zich al op een soortgelijk gesprek voorbereid. 'Het komt', had hij tegen Carrol gezegd. 'We krijgen een keer een politieman op kantoor die vragen gaat stellen.'

'Bedenk dan maar wat moois', had ze gezegd en dat had hij gedaan. Hij voelde zich alsof hij voor een examen zat.

'Het was een aardigheidje.'

Meckry knikte bemoedigend.

'Gewoon, iets wat ik erbij deed. Ik was een keer op een feest en iemand zei: "Ik zou om twaalf uur thuis zijn, dat wordt gedonder." Een ander zei iets van: "Zeg maar dat ik je zou brengen en dat ik een lekke band kreeg." "Ik woon drie blokken verderop", zei de eerste. "Zeg dan dat ik een lekke band had en dat jij me hebt geholpen", zei nummer twee. "Met mijn twee linkerhanden?" Tegen die tijd bemoeide iedereen zich ermee. "Iets heldhaftigs", zei iemand. "Vrouwen krijg je plat door de held uit te hangen. Wat denk je van het volgende? Hij had een lekke band en klunsde met zijn krik. Het ding viel om en hij kreeg zijn been onder het wiel. Gekerm, gekreun. Toen kwam jij, de grote held. Je hebt hem geholpen en naar het ziekenhuis gebracht. Weet je wat je vrouw doet? Ze geeft je een zoen en strijkt door je haar. Als je het slim aanpakt, wordt het laat voor je kunt gaan slapen." "Verrek", zei iemand, "je moet geld vragen voor dat soort adviezen, kun je rijk worden." Toen dacht ik: dat is een prima idee.'

'En?' vroeg Meckry. 'Ben je al rijk?'

'Dat viel tegen, maar verhalen verzinnen is leuk werk.'

'Verhalen voor wie?'

'Je kunt het zo gek niet bedenken. Scholieren die een dag de hort op willen. Mannen met een vriendin. Vrouwen met een vriend. Mannen met een vriend. Vrouwen met een vriendin. Klein, maar nuttig werk.'

'Leg dat nut eens uit?'

'Met een leugentje om bestwil blijft de rust in de familie', zei hij.

Meckry keek of hij er alles van wist. 'Wie behoren tot je cliëntèle?'

Hij keek hem recht aan. Niet lachen, blijf ernstig. 'Iedereen. Advocaten, doktoren, rechters, politiemensen, iedereen.'

'Inclusief politiemensen?'

Hij knikte.

'Zoals?'

'Welke politieman? Kom nou.'

'Beroepsethiek?' vroeg Meckry.

'Gezond verstand', zei hij. 'De meeste mensen bellen onder een valse naam en geven een telefoonnummer. In het begin zocht ik daar de goede naam bij, gewoon om eens te kijken. De lol ging eraf. Wat kan het me schelen wie er belt? Ik geef ze advies. Je kunt ook alibi zeggen, maar advies klinkt beter. Ze sturen geld naar een postbusnummer. Ik wil niet weten wie zij zijn en zij hoeven niet te weten wie ik ben.'

Meckry keek naar Weins. 'Jullie hadden hem de adviesman moeten noemen. Heeft het veel moeite gekost om uit te zoeken wie de baas van het Alibibureau is?'

'Nee', zei Weins. 'We vonden alibiman mooier klinken. Dramatischer. We hadden hem zo.'

'Allicht', zei hij. 'Ik heb niets te verbergen. Wie een beetje moeite doet komt zonder problemen bij mij terecht. Het is gewoon een bezigheid. Ik werk, ik verdien, ik betaal belasting.'

'Zeker weten?' vroeg Meckry.

'Bel maar met het belastingkantoor. Serna weet er alles van en anders wel een van zijn bazen. Leisens is zijn naam. Ik heb hem onlangs nog gesproken.'

'Brandschoon dus, en ondertussen lekker oefenen.'

Hij zag het aankomen. 'Waarvoor?'

'Voor je alibi van vannacht.'

Slecht geplaatst, dacht hij. Aan Weins zag hij dat die er net zo over dacht. 'Als ik had geweten dat ik voor vannacht een alibi nodig zou hebben,' zei hij, 'dan had ik het wel anders aangepakt. Wie heb ik nou nog. Mijn secretaresse die ook mijn vriendin is. Andonis die jullie niet kunnen vinden en twee meiden die de tekst van "Lang zal hij leven" nauwelijks kunnen onthouden. Persoonlijk zou ik gekozen hebben voor de burgemeester, drie raadsleden en een politiecommissaris. O, ja, de politieman waar ik het net over had is commissaris. Hij houdt niet van zijn vrouw. Zo zie je maar dat verdriet in alle rangen en standen voorkomt.'

Meckry mompelde iets. Weins zei: 'Zak.'

Het werd stil in het kamertje.

Meckry liep als eerste de kamer uit. Weins volgde. Een agent stak zijn hoofd om de deur, keek verbaasd en verdween. Hij maakte een rondje en zocht de camera. Weins kwam terug met een papiertje in de hand. Meckry kwam binnen. 'Verder', zei hij.

Weins las het papiertje. 'Meerdere vingerafdrukken in de woning.' Hij keek op. 'Van jou natuurlijk. Ongetwijfeld ook van Carrol. Van wie nog meer?'

'Van de werkster. Ze komt één dag in de week.'

'Welke dag?'

'Dat wisselt, dinsdag of woensdag. Een enkele keer donderdag.'

'Heeft ze een sleutel?'

'Ik laat haar binnen of we spreken af waar de sleutel ligt.'

'Verder niemand?'
'Nee', zei hij en hij dacht aan Maryam.
Meckry maakte een gebaar. 'Laat zijn vingerafdrukken nemen en die van zijn secretaresse. Werkster ook. We zien wel wat we overhouden. Hoe zit het met de aanklacht?'
'Kidnapping, gijzeling, verkrachting', zei Weins strak. 'Wat mij betreft staat de aanklacht nog steeds.'
Hij voelde dat het tijd werd om zich op te winden. Hij sloeg op tafel, niet hard genoeg om zich te bezeren, maar voldoende hard om aandacht te krijgen. 'Ik begin hier genoeg van te krijgen. Ik wil nu een advocaat.'
Weins keek alsof hij een kind zag dat medelijden verdiende. 'Worden we nerveus?'
'Pissig', zei hij. 'Ik heb uitgebreid verteld wat ik heb gedaan. Ik ben gezien door vier personen, plus een aantal inwoners uit de flat. Ik wil dat gezeik van verkrachting niet aan mijn kop. Dit begint op pesterij te lijken. Ik wil een advocaat die jullie uitlegt wat pesterij is. Er moet een juridische term voor zijn.'
'Die term kost je vierhonderd per uur,' zei Weins, 'tenzij je een beginnertje wilt met een kneuzentarief. Voorlopig ben je gewoon een burger die informatie verstrekt. Als we je in staat van beschuldiging stellen, zullen we je een lijst met namen van advocaten geven. Mag je er zelf een kiezen.'
'Nee', zei hij.
'Wat nee?'
'Nee nee. Jullie proberen me ergens in te luizen en ik doe niet mee. Ik weet niets van een meisje of van een verkrachting. Christus, zie ik eruit als een verkrachter? Wat moet ik met een meid van, hoe oud zei je dat ze was, zestien? Ik had er vannacht twee in de slaapkamer. Een daarvan had tieten die niet in deze kamer passen. Ik heb me gedragen, als...' Hij hield op. Als wat, dacht hij.
Weins zag zijn aarzeling. 'Als wat? Een heer?'
'Ik heb me gedragen', zei hij.
Weins keek Meckry aan en wachtte op de goedkeurende knik.

‘Misschien helpt het als ik je vertel wat er vannacht is voorgevallen.’ Hij hief een hand. ‘Mond dicht, dit is het verhaal van een meisje dat overstuur was. Een meisje met een blauw oog en striemen op haar rug. Als je een grappige opmerking maakt, dan vraag ik hoofdinspecteur Meckry of hij even op de gang wil kijken. Als hij uitgekeken is, heb jij geen tanden meer, oké?’

Hij knikte.

‘Ze belde je gisteravond. Vanmorgen, in feite, het was na middernacht. Ze heeft een gewelddadige vader en een broer die het leuk vindt vrouwen te slaan en die het nog leuker vindt om te zien hoe vrouwen worden geslagen, vooral als hij daar geld mee verdient. Ze heeft ook een tweede moeder die zich met genoegen laat slaan. Slaan is een familietrekje. Er is meer, maar dat gaat je geen donder aan. Waar het op neerkomt is dat ze nooit alleen het huis uit mocht, altijd onder toezicht stond en vrijwel gevangen was in de woning. Soms werd ze meegenomen naar een ander huis. Altijd hetzelfde huis. Dan moest ze zich opknappen in de badkamer voor ze de grote beurt kreeg.’ Hij vertrok zijn gezicht. ‘De rest wil je niet weten. Ik wil het in elk geval niet vertellen. Ze vond een keer een mobiele telefoon die een van haar klanten had laten liggen en verborg die in het huis. Onder in de badkamerkast, zei ze. Ze wist alleen niet goed wie ze moest bellen. Familie vertrouwde ze niet. Voor de politie was ze te bang. Toen kreeg ze een keer een kaartje onder ogen met een telefoonnummer. Op het kaartje had iets gestaan over hulp. Ze wist niet meer precies wat de tekst was, maar ze had gehoord over hulptelefoons en dat daar mensen zaten die iedereen hielpen zonder er met anderen over te spreken. Ik heb veel gehoord in dit vak, maar toen ze het had over dat kaartje liepen de rillingen over mijn rug. Het was haar hoop en troost, zoiets. Het nummer kon ze makkelijk onthouden, zei ze, want het was precies twee keer de leeftijd van haar oudste broer. Ze had gebeld, minstens drie keer. Vannacht nam iemand op die zei dat hij zou komen helpen. Hij kwam inderdaad. Er was iets met fel licht, zei ze, en er werd geschreeuwd. Ze was naar buiten gerend en werd meegetrokken door een man. Ze renden naar een auto, maar haar broer haalde hen in. Haar broer had met iets gezwaaid, een stang of een geweer. Ze dacht een geweer. Toen kwam er een auto die de broer overhoop reed, waarna de man haar meenam. Ze wilde naar huis, naar de politie, naar haar broer, naar alles en iedereen. Ze was overstuur. De man nam haar mee naar zijn woning, kalmeerde haar, noemde haar Lottie en stopte haar in bad. Ze raakte steeds meer in verwarring. Dat woord gebruikte ze niet, dat maak ik ervan. Ze was in verwarring en liet zich schoonboenen, afdrogen en in bed leggen. Zij wilde slapen, hij wilde wat anders. Hij bleek sterker. Toen we vroegen welke hij, zei ze dat het een man van een jaar of vijftig was met een buikje die zich papa liet noemen. Hij noemde haar Lottie en werd kwaad als ze zei dat haar naam Gila was. Hij noemde zijn naam niet, maar ze zag een envelop waarop de naam Kcrams stond. Het duurde lang voor hij haar liet slapen. Toen ze midden in de nacht wakker werd, lag ze alleen in bed. Ze liep door het huis en trof niemand aan. Ze rende naar buiten.' Weins streek over zijn gezicht. 'Je kunt in deze stad op zondagochtend een verdomd eind rennen voor iemand zich met je bemoeit, zelfs al loop je in je blote kont door de kou. Een politiepatrouille vond haar. Het duurde drie kwartier voor ze ophield met bibberen. Uren later konden we een verhaal samenstellen uit haar gestamel. De naam Kcrams herinnerde ze zich pas rond het middaguur. De diefstal van je auto was toen al bekend. De inbraak kwam erna, geloof ik, dat moet ik nakijken. Verkeer doet de autodiefstallen, de wijkbureaus doen de inbraken, Zeden doet de verkrachtingen. Het duurde even voor we alles op een rij hadden. Driemaal meneer Kcrams. Als het tot een staat van beschuldiging komt, dan zou ik maar een advocaat nemen die hoog in de vierhonderd-categorie zit.'

Hij vroeg zich af hoe hij moest reageren. Verontwaardigd? Beheerst? 'Als ik het goed begrijp rende ze zelf het huis uit en naar mij toe. Kidnapping komt dus te vervallen. Ze liet zich in bad stoppen. Daar gaat je gijzeling. Zijn er bewijzen van verkrachting?'

'Ja', zei Weins. 'Die zijn er. Een arts heeft vastgesteld dat ze gemeenschap heeft gehad.'

'Met mij?'

'Met iemand. Misschien wil meneer Kcrams speeksel afstaan voor een DNA-test?'

'Nee,' zei hij, 'dat wil meneer Kcrams niet. Meneer Kcrams is van mening dat jullie kunnen verrekken met dat indianenverhaal. Een meisje dat thuis wordt vastgehouden. Dat wordt meegesleept naar een onbekend huis. Dat daar een telefoon verbergt en toevallig een nummer vindt van mijn kantoor. Je kunt er verdomme nog geen scenario voor een C-film van maken. Zijn jullie nou helemaal besodemieterd om me daarvoor vast te houden?'

Meckry ontblootte zijn tanden als een hond die gaat happen. Weins keek alsof zijn dobber was ondergegaan. 'Het verhaal heb ik samengesteld uit flarden van zinnen die werden uitgesproken door een meisje dat overstuur was. We hebben onderzoek gedaan. In de wijk Dessa hebben we een huis gevonden in Oikos Drie. Ramen dichtgeplakt met kranten, maar een volledig ingerichte badkamer. Onder in de kast een losse plank met een gsm. In de kamerkast een sm-uitrusting. Het zal niet de eerste keer zijn dat een meisje wordt meegenomen om door heren te worden afgerost. Ik heb de striemen gezien en dat dikke oog. Ze hebben haar gesneden. Wil je weten waar?'

Hij schudde zijn hoofd.

'Dat dacht ik al', zei Weins. 'Bij het winkelcentrum is vannacht een zwaargewonde man opgepikt, de broer van het meisje. Er stond een auto naast hem. De eigenaar beweert dat de wagen is gestolen.' Hij zuchtte. 'Er is veel gejat vannacht.'

'En dat kaartje met mijn telefoonnummer?'

Weins reageerde niet. 'Er is nog iets anders.' Hij liep de gang op en kwam terug met een plastic zak. 'Het meisje nam iets mee toen ze vannacht de straat op liep. Kleren die los op de vloer lagen, zei ze.' Hij liet een broek zien. 'Je snapt niet dat ze zelf niets aantrok. Ze is zo de straat opgerend, terwijl ze een stel kleren tegen haar borst drukte. Is dit uw broek, meneer Kcrams?'

Hij wist het werkelijk niet.

'Deze onderbroek, komt die u bekend voor?'

Hij haalde zijn schouders op.

'Dit hemd?'

'Ik zou het echt niet weten.'

Weins pakte een overhemd. 'Mijn onderbroeken herken ik zelf ook niet,' zei hij, 'maar ons overhemd ontgaat ons zelden.'

'Ik heb er wel zo een', zei hij.

Weins keek tevreden. 'Dat zou ik ook denken. Ik geneer me om het te zeggen, maar door de ellende van het meisje kwam ik er pas uren later toe om het te onderzoeken. Kijk eens? Een visitekaartje van SuzCo. Is dat niet grappig?'

'Ja', zei hij. 'Ik zou haar vingerafdrukken maar nemen. We weten nu wie er bij mij heeft ingebroken. Het overtuigend bewijs heb je in je hand. Mag ik nu naar huis?'

Drie gesprekken en vier uur later was het zover.

9

Hij haalde diep adem en vroeg zich af waar al die zuurstof vandaan kwam. Hij werd duizelig en leunde tegen de muur van het Chateau tot zijn hoofd helder werd.

Nooit eerder geroken, deze lucht, dacht hij, waar komt-ie vandaan? Hij liep de gebouwen langs tot voorbij de oude buitenmuur en keek over het zuidelijk deel van de stad. Rust, schemer, zuiverheid.

Hij voelde zich smerig en was ervan overtuigd dat iedereen die in zijn buurt kwam hem kon ruiken. Zouden politiemensen dat ook hebben na een werkdag in de kelder, vroeg hij zich af. Geen wonder dat ze zoveel zuchtten en voortdurend keken alsof ze adem tekortkwamen.

Aan de buitenmuur hingen drie telefoons, een was er intact. 'Ja', zei Carrol.

'Met mij', zei hij.

'Ja', zei ze.

Hij keek om zich heen. De straatverlichting was aan en door de miezer kreeg de stad het mysterieuze van een oude film waar de beelden van waren vervaagd. Hij trok zijn hoofd tussen zijn schouders. Waar had hij zijn jas gelaten?

'Zit je nog vast?' vroeg Carrol.

'Ik ben buiten', zei hij. 'Ze halen je wel op, maar ze brengen je niet terug. Ik ben mijn jas kwijt.'

'Je jack, bedoel je. Het schijnt dat je mooie lange jas weg is.'

'Wat? O, die. Ik heb toch nog ergens een jas. Ik voel me vies. En moe. Hoe lang ben je al thuis?'

'Een tijdje', zei Carrol vaag. 'Kun je een taxi nemen?'

'Mijn portemonnee zit in mijn jas, geloof ik. Jack. Ik weet niet waar-ie is.'

'Je portemonnee zit niet in het jack dat je aanhad toen ze je meenamen', zei Carrol. 'Ik ben nog even bij je huis geweest. Je jack van gisteren ligt in de hal. Ik heb de rommel een beetje opgeruimd.'

'Ook de boeken?'

'Niet de boeken, ik kijk wel uit. Als je wacht bel ik een taxi en haal ik je op.'

'Hoe lang gaat dat duren?'

'Tja', zei Carrol.

Ze was er binnen drie kwartier, schudde haar hoofd toen ze zag dat hij doorweekt was en legde een vinger tegen haar lippen. 'Straks praten we wel, eerst naar je huis.'

'Mijn huis?'

'Droge kleren halen. Heb je trek?'

Hij dacht even na. 'Meer dorst dan honger. Niks gegeten en de hele dag koffie gedronken, maar toch vooral dorst, snap je dat nou?'

'Ik wel', zei Carrol. 'Ze zouden daar eens normaal water in de koffie moeten doen. En echte koffie.'

Op de boeken na was het huis opgeruimd. De ammoniaklucht was verdwenen. Door het raam in de keuken spatten druppels op de vensterbank.

'Ik moet dat gat dichtmaken', zei hij.

'Je moet je verkleden', zei Carrol. 'Hier, ik heb je portemonnee alvast gepakt. We gaan eten, jij mag betalen. Schiet op, want ik heb zelf ook niet veel gehad.' Ze liet haar vingers zien. 'Ik krijg die vingerafdrukkeninkt er niet af, gek hè?'

'Ik heb gezegd dat ze vingerafdrukken van Lottie moesten nemen,' zei hij. 'Dan heb je de inbreker, zei ik. Bleek ze al weg te zijn. Opgehaald door haar moeder. Ze wilden niet zeggen wat haar adres was. Ik heb voorgesteld om met haar te praten, maar dat was te traumatisch. Voor haar. Ik weet verdomme niet eens haar achternaam. Die gaat u niet aan, meneer Kcrams. Ze moet tot rust komen en daar bent u niet bij nodig.'

Ze pakte zijn schouders. 'Verkleden, meteen, anders ben je morgen ziek. En ga je scheren, je ziet er niet uit. Als je klaar bent gaan we ergens eten en dan praten we verder.'

10

In een restaurant aan de haven dat De Landrot heette was het een hele toer om iets op tafel te krijgen waar geen vis in was verwerkt.

'Waarom zitten we hier?' vroeg hij, terwijl hij de ober nakeek die met stijve passen wegliep. 'Ik wil steak, biefstuk of hamburgers, net als altijd. Geen oesters. Weet je wat ik van oesters vind?'

Ze legde een hand op zijn arm. 'Rustig nou maar, het is een lange dag geweest. Ik had trek in mosselen en toen ik hier een paar maanden geleden was, hadden ze ook schnitzel. Hoe kon ik nou weten dat die van het menu is gehaald? Daarom had je nog niet hoeven schreeuwen. Het is hier rustig en niemand kent ons. Ik dacht, in De Landrot vallen we niet op.' Ze wees om zich heen. 'Wees maar blij dat het niet vol zit. Nu zitten er maar dertig mensen je uit te lachen.'

'Gehakt', zei hij. 'Desnoods een frikadel, het kan me niet verdommen, zolang het maar niet heeft gezwommen.'

'Ja ja', zei ze en ze hield zijn arm vast tot ze voelde dat hij zich ontspande. 'Goed zo. Vertel nou maar hoe het is gegaan.'

'Waar het op neerkomt,' zei hij, 'is dat ik nu in een cel had gezeten als Charlie geen ruitje bij me had ingeslagen.'

'Waardoor hij meteen zichzelf hielp', zei Carrol. 'Hij is als de dood dat je zijn naam noemt, reken maar. Hij heeft iemand het ziekenhuis in gereden.'

'Om mij te helpen.'

Carrol veegde saus van de rand van haar bord en stak de vinger in haar mond. 'Knoflook, lekker. Neem ook wat, anders loop je morgen te klagen dat ik uit mijn mond ruik. Ik hoop dat het allemaal goed gaat. Met Charlie, bedoel ik. Hij is toch niet iemand die je morgen een hoop geld vraagt als beloning voor zijn hulp?'

Hij keek alsof hij haar voor het eerst zag. 'Charlie?'

Ze maakte een ongeduldig gebaar. 'Wat is dat toch tussen jullie? Eerst dacht ik dat Charlie een soort loopjongen was. Iemand die controleerde of onze opdrachtgevers deugen, maar later begreep ik dat er meer is. Jullie zijn een soort twee-eenheid. Jullie vullen elkaar aan of zoiets. Wat jij mist heeft die kleine opdonder, en omgekeerd.'

'Ik ken hem van vroeger', zei hij. Hij schoof zijn bord een stukje weg. 'Weet jij wat dit is?'

Ze boog zich voorover. 'Volgens mij gehakt dat is platgeslagen en gepaneerd waardoor het een kruising is geworden tussen een hamburger en een schnitzel. Het is in elk geval vlees. Eet het nou maar op, anders wil je straks naar een cafetaria.'

Hij nam een hap. 'Gooi er maar wat van je saus over. Of suiker, maakt niet uit, als het de smaak maar verandert. Ik ken Charlie van vroeger. Van school. Hij zat in een lagere klas, maar hij viel op. De spelletjes op het schoolplein won hij meestal. Weet je wat "de plukhaar" is?' Hij glimlachte. 'Je gooide een snoepje op. Wie het ving en er de overkant mee haalde mocht het opeten. Alle deelnemers mochten degene die het snoepje vast had aan z'n haar trekken. Dat doet pijn. Behalve bij Charlie. Hij was klein, hij was snel en hij knipte hoogstpersoonlijk, midden op het plein, met een schaar van de school zijn haar af. Dat was me nog eens een daad. Hij moest een week nablijven, maar was de held van de school. Hij woonde bij me in de buurt. We liepen soms samen op. Hij kon goed vertellen. En fantaseren. We fantaseerden ons naar school en naar huis, we waren er altijd zo.'

'Wat deden jullie toen jullie van school af kwamen?'

'Met elkaar? Niks. Ik heb een tijdje door het land getrokken. Van alles gedaan. Naar het buitenland geweest. Dat weet je allemaal allang. Ik heb jaren buiten de stad gewoond. Charlie is nooit ergens anders geweest, zelfs niet in de bergen. Hij wordt nerveus als hij geen flats ziet. Hij heeft een soort onderzoeksbureautje gehad, maar dat werd niet veel. Hij wilde geen secretaresse en al helemaal geen partner.'

'Alleen jonge meisjes.'

Zijn ogen schoten vuur. 'Jezus, Car, begin je weer? Zo jong zijn ze niet. Dankzij Charlie zitten we nu hier. Hij zei meteen dat Lottie onmogelijk vijfentwintig kon zijn.'

'Ik denk dat ik dat ook zou hebben gezien.'

Hij keek nijdig. 'Ik niet. Ik heb een marge van vijftien jaar nodig. Hij had door dat iemand een valstrik zette, maar ik geloofde hem niet.' Hij had het vlees gesneden en roerde met zijn vork de stukjes door de saus. 'Moet je die troep zien. Charlie heeft risico voor ons genomen.'

'Voor jou zul je bedoelen.'

'Voor mij.'

Carrol keek hem zo lang aan dat hij zijn ogen neersloeg. Om zich een houding te geven stak hij een stukje vlees in zijn mond.

'Zou je het ook voor hem doen?'

'Zou ik wat doen?'

'Risico nemen voor Charlie.'

Hij knikte. 'Absoluut. Als hij problemen heeft, dan zou ik hem helpen.'

'Waarom?'

'Omdat,' hij zocht naar woorden, 'daarom. Gewoon. Omdat we dat voor elkaar zouden doen. Ik ken hem van vroeger en hij werkt nu voor mij. Natuurlijk zou ik hem helpen.'

Carrol trok een slablaadje uit elkaar. 'Volgens mij gaan jullie zelden samen uit.'

'Nooit.'

'Waarom niet? Charlie is toch je vriend?'

Hij schudde zijn hoofd. Hoe leg je zoiets uit, dacht hij. 'Hij is geen vriend. Geen samen-op-vakantie-vriend, geen laten-we-een-borrel-drinken-vriend. Hij is... ik weet niet... hij is Charlie. Het is zo gegroeid.'

'Dus je hoeft niet bang te zijn dat hij geld zal vragen. Het is dus niet zo dat ik straks de witte en de zwarte kas moet omkeren omdat Charlie zin heeft in een wereldreis.'

'Bied hem een tocht door de stad aan, dat vindt hij leuker. Ben je er langzamerhand aan toe om te vertellen wat jij vandaag hebt gedaan? Weins of Meckry zei dat jij ook in de kelder van het Chateau zat om verhoord te worden.'

Ze glimlachte. 'Einde Charlie', zei ze. 'We hebben het er nog wel over. Ik ben in de kelder geweest. Ze stonden me op te wachten toen ik thuiskwam.'

'Hoe laat?'

'Ergens in de middag. Ik heb een eind rondgelopen en ben nog op kantoor geweest. Voor die bandjes.'

Hij dacht over iets na, maar het wilde niet bovenborrelen. 'Meckry had het over onderzoek op mijn kantoor', zei hij. 'Lottie-Gila had verteld dat ze naar kantoor had gebeld en Meckry zei dat hij de bandjes van de antwoordapparaten wilde afluisteren. Of ik medewerking wilde verlenen. Als er iemand een slechte timing heeft, dan is hij het met zijn smetteloze uniform en zijn vierkante kop. Hij had me net zitten jennen over rotzooien met een meisje in nood. Ik zei: zie maar dat je een machtiging krijgt. "Dat lukt zonder moeite", zei hij. Doe je best maar, zei ik.' Hij roerde weer door het vlees en stak pas een stuk in zijn mond toen Carrol hem aanmoedigde. 'Als je morgen op de zaak komt, staat hij voor de deur. Of Weins, of iemand anders van de politie. Ik dacht nog: voor die tijd moet ik de bandjes wissen, ik hoop niet dat ze iemand bij de ingang zetten. Later dacht ik: we zaten allebei bij de telefoon, er staat helemaal niets op een bandje, maar ik wist het niet zeker.' Hij schudde zijn hoofd. 'Toen ik het Chateau uit liep dacht ik: ik moet Carrol vragen hoe het zit. Ik was helemaal vergeten dat je het erover hebt gehad.'

Ze wees naar zijn bord. 'Eet nou eerst de groente, dat is gezond. Je hebt uren binnen gezeten, geen wonder dat je iets vergeet. Het bandje is gewist. De bandjes, meervoud. Zaterdagnacht hebben we pas opgenomen toen we haar stem via de beantwoorder hoorden. Ik heb het laatste bandje teruggespoeld en gewacht tot er een nieuwe klant belde, die vrouw die altijd een beetje huilt als ze zegt dat haar man haar bedriegt en dat ze daarom troost zoekt bij haar vriendin die een vakantiehuisje heeft op een van de eilanden. Haar man mag dat niet weten. Of we kunnen regelen dat ze als vrijwilligster heeft meegewerkt aan de grote oefening van de EHBO.'

'Oefening?'

'Ik heb het nagekeken in de krant. Oefening van twee dagen, nabootsing van een tunnelbrand. Waar halen we hier een tunnel vandaan? De onderdoorgang achter de sluis?'

Hij had geen belangstelling voor tunnels. 'Hoe verging het je in de kelder?'

Ze trok een gezicht. 'Ik vroeg of ze nooit schoonmaakten. Dat vonden ze niet leuk. Ze wilden weten waar ik vannacht geweest was. En waar jij was. En wat of we met elkaar hadden.' Ze wees naar een schijfje tomaat. 'Dat ook. Tomaat is goed voor je. Mooi hè? Wat of we met elkaar hadden. Vooral dat "of". Ik zei dat het ze geen bliksem aanging. Toen begonnen ze over Andonis en of ik dacht dat ze echt geloofden dat ik voor mijn vriend twee meiden in huis zou halen. Ik zei: meneer Kcrams is mijn werkgever. Hebben jullie nooit gehoord dat secretaresses soms iets regelen voor hun werkgever? Daar waren ze even stil van.'

'Wie zijn "we"?' vroeg hij.

'Een rechercheur en een agente. Ik kreeg de indruk dat er altijd een agente aanwezig moet zijn als een vrouw wordt ondervraagd. Daar zei ik nog iets over. Ik zei: het geeft wel een leuke kijk op de recherche als er een agente nodig is om jullie in een stinkkelder als deze in toom te houden. Geloof het of niet, die agente schoot bijna in de lach.'

'Het klinkt alsof je behoorlijk de pest inhad.'

'Viel wel mee. Ik deed alsof. In het begin tenminste. Later werd ik kwaad. Die smerige koffie, geen hap te eten, die lucht daar, ik kreeg er al snel genoeg van. Ze zeurden lang door over Andonis.

Waar ik hem van kende, waarom hij zo lang is gebleven, waarom Angel en Moon niet meteen vertrokken nadat ze gezongen hadden.'

'Wat heb je gezegd?'

'Dat het ze niet aanging. Dat ik mocht praten met wie ik wilde en wanneer het mij uitkwam. Dat ik blij was dat Andonis zo lang bleef omdat ik nu tenminste getuigen had. Daar hadden ze niet van terug. Ze probeerden het wel, maar het lukte niet. U hebt Andonis gevraagd te blijven omdat u wist dat u een alibi nodig had, zei die vent. Ik zei: hoe bent u rechercheur geworden? Hij zei: hoe bedoelt u. Ik zei: zo'n stomme opmerking hoor je niet vaak. Hoe kon ik weten dat ik een alibi nodig had? Omdat inbrekers mijn toestemming nodig hebben voor ze een ruit bij meneer Kcrams inslaan? Ik dacht dat jullie een aanklacht tegen meneer Kcrams hadden. Waar heb ik dan een alibi voor nodig? Hij werd rood, de schat, en dat haalde het vuur er bij hem wel een beetje uit. Hij bleef doorzeuren, maar de kracht was eraf. Na een tijdje begonnen ze over vingerafdrukken in jouw huis. Ze smeerden me half onder de inkt, maar dat was om het me betaald te zetten, dat had ik meteen door. Ze wilden de naam en het adres van je werkster, maar ik zei dat ze daarvoor bij jou moesten zijn. Heb je het ze gegeven?'

Hij knikte.

'Ik had het niet gedaan als ik jou was. Ik zei nog: als je haar vingerafdrukken wilt, moet je de stofzuiger van meneer Kcrams onderzoeken. Jullie denken toch niet dat meneer Kcrams zelf stofzuigt? Ik betwijfel of ze haar op zullen zoeken, dat van die stofzuiger zagen ze voor zich. Ik heb keurig elke keer meneer Kcrams gezegd, dat maakte de verhouding iets afstandelijker. Dat woord heb ik ook niet gepikt, verhouding, bedoel ik. Zo noemden ze het in het begin. Maak er relatie van, zei ik elke keer, dat vind ik prettiger. Na een tijdje deden ze dat ook. Nadat mijn vingerafdrukken waren genomen begonnen ze van voren af aan, maar zonder overtuiging. Ik geloof dat ze na een tijdje doorkregen dat ik ze af en toe zat te jennen en algauw hielden ze het voor gezien. Ze brachten me keurig thuis, dat vond ik wel aardig.'

'Ik hoorde dat Adonis niet te vinden is.'

Ze legde haar mes en vork op het bord. 'Laten we maar opstappen. Als we wachten tot jij je bord leeg hebt, zitten we hier morgen nog. Andonis met een n, waarom laat je zo vaak de n weg? Zo'n knapperd is-ie niet, nooit geweest ook. Hij heeft niet voor niets zo'n grote snor. Het zal niet meevallen hem te vinden, hij kent het klappen van de zweep. Ze zullen het voorlopig met mijn verklaring moeten doen. Jij was bij mij, punt, uit. En je blijft nog even bij mij ook.'

'O ja?'

'Ja. Er zit nog een gat in je raam. Iedereen kan zo naar binnen. Ik wil niet dat er vannacht iemand jouw slaapkamer binnenloopt.'

Hij vroeg zich af wat ze bedoelde en werd toen langzaam rood.

'Daar dacht ik nog niet eens aan', zei ze. 'Lottie die Gila heet heeft een Manny die misschien wel en misschien niet met haar getrouwd is. Heeft Weins de naam Manny ook genoemd?'

'Nee, dat viel me nog op.'

'Misschien bestaat er geen Manny, maar waarschijnlijk wel een vader, en vrijwel zeker een broer. Of een oom. Of een heel stel neven, weet je veel. Het kan zijn dat ze je zitten op te wachten.'

'Charlie zit me op te wachten', zei hij 'We hebben een plaats afgesproken.'

'Waar?'

Hij maakte een gebaar. 'Ergens in de wijk achter het belastingkantoor.'

'Daar? Daar ga jij niet heen op dit uur van de dag.' Ze keek op haar horloge. 'Uur van de nacht, mag ik wel zeggen. We gaan naar mijn huis en gaan slapen. Dit keer hoef je niet op de bank.'

Hij keek naar Carrol en zij keek terug.

Tegen de taal van haar ogen kon hij onmogelijk nee zeggen.

11

'Je bent te laat voor je werk', zei hij.

Carrol lag op haar rug en keek naar het plafond. 'Ik regel het wel met de baas. Om tien uur komen ze een andere auto brengen. De manier waarop jij vannacht naar huis reed beviel me niets.'

'Hij staat anders keurig geparkeerd, precies onder een lantaarnpaal.'

'Met twee wielen op het trottoir. In die sportwagen krijg je me niet meer.'

'Waarin dan wel?'

'Ik heb gezegd dat ze een directeursauto moeten brengen. Niet zo'n patsersgeval. Beschaafd en degelijk. Ze zouden ervoor zorgen, zeiden ze. Ze wisten precies wat ik bedoelde.'

'Wanneer heb je ze gesproken?'

'Ik heb ze een uur geleden aan de afspraak van gisteren herinnerd. Ik ken dat. Op maandag komt er een nieuwe ploeg en die weet nooit ergens van. Ik heb gebeld nadat ik me had gedoucht, ik was drijfnat. Dat ben ik elke nacht tegenwoordig.'

Hij legde een hand op haar buik. 'Niks van gemerkt.'

Ze duwde de hand weg. 'Je lag ook op het randje. Ik dacht nog: straks valt hij uit bed. Niet doen nu, daarvoor ben ik niet in bed gekropen.'

'Waarvoor dan wel?'

Dat wist ze niet precies. 'Om gewoon een beetje te liggen. Ik vind het wel leuk als je naast me ligt te slapen. Je pruttelt, met van die belletjes bij je mondhoeken. En ook omdat het nog donker was, geloof ik. Weet ik veel. Niet dáárvoor.'

Hij probeerde het opnieuw. 'Een goed begin van de dag.'

Ze duwde de dekens van zich af en zette haar voeten op de vloer. 'Ik ga er wel uit, dat is de enige manier bij iemand als jij. Je vindt een beetje dikkig niet mooi, maar wel lekker en lekker gaat bij jou voor mooi, vooral 's ochtends.'

'Ben jij dik?'

'Nee', zei ze. 'Een beetje dikkig. Als je het verschil niet weet, dan moet je het onderwerp niet meer aansnijden.'

De auto kwam nadat ze hadden ontbeten.

'Scorpio Sedan, meneer', zei de man van de garage. 'Precies wat mevrouw bedoelde. Ze wilde iets beschaafds en nog wat, maar dat is me ontschoten. Ik neem de NS-X weer mee als het mag. Hij staat wel een beetje scheef geparkeerd, zag ik.'

'Als je nu rustig rijdt, dan ben ik rond kwart over elf op kantoor', zei Carrol. 'Een mooie tijd. Ik denk wel dat hij zich staat op te winden.'

'Over wie heb je het?'

'Over de politieman die met een stuk papier in zijn hand bij de deur staat te wachten.'

'Zal ik meegaan?'

'Waarom? Ik ben de secretaresse die de zaken regelt. Ik kan hem wel aan. Laat me maar lekker gaan, ik heb er zin in. Zet me af en zeg tegen Charlie dat je gisteravond niet naar hem toe bent gegaan omdat je iets anders te doen had.' Ze maakte een geluid dat hem aan gniffelen deed denken. 'Je hebt er ook de tijd voor genomen.'

'Dat is de leeftijd', zei hij.

'Ja,' zei Carrol, 'dat is het voordeel van ouder worden. Afraffelen is er niet meer bij.'

Voor het kantoor gaf hij Carrol zijn gsm. 'Niet vanaf kantoor bellen.'

'Ook niet met dit ding?'

Hij aarzelde. 'Ik weet niet wat technisch mogelijk is met gsm-gesprekken. Wees voorzichtig.'

'Zolang jij geen telefoon hebt valt er trouwens niet veel te bellen', zei ze. 'Zal ik je eens een zoen geven?'

'Waarom?'

'Om de politieman die naar ons staat te kijken in verwarring te brengen.'

Hij keek rond. 'Ik zie niks.'

'Ik ook niet,' zei ze, 'maar wedden dat-ie er is?'

Hij reed naar het grote winkelcentrum in de binnenstad en belde in het gangetje bij de toiletten.

'Met mij.'

'Ja', zei Neus. 'Met mij ook.'

'Is-ie daar?'

'Hij zei dat hij op de plaats zou zijn waar jij gisteren had moeten zijn. Doen jullie spelletjes?'

'Bedankt', zei hij.

Hij reed naar het belastingkantoor, ging door de voordeur naar binnen en liep door de achterdeur naar buiten.

Padvindertje, dacht hij. Neus had gelijk. We doen spelletjes. Verstoppertje, diefje-met-verlos. Ik weet alleen niet voor wie ik me verstop.

In de afbraakwijk verdwaalde hij twee keer. Tegen halftwee klopte hij op de deur van Charlies kamer.

'Het voordeel van twee keer voorbijkomen is dat ik zeker weet dat je niet bent gevolgd. Was het raffinement of was je verdwaald?'

'Voorzichtigheid', zei hij.

Charlie knikte. 'Dat zal het zijn. Wedden dat je van Carrol een boodschap hebt meegekregen?'

'Ik moest zeggen dat ik vannacht iets anders te doen had dan jou opzoeken.'

'Had je dat?'

Hij grinnikte. 'Dacht ik wel.'

Charlie ging bij het raam staan. 'Het is in elk geval verstandig dat je de gezelligheid niet in je eigen huis hebt gezocht. Ik heb er vannacht rondgekeken. Er was ruime belangstelling voor je woning.'

'Politie?'

'Ook, en een pick-up zonder nummerbord. Helaas had ik op dat moment geen auto bij de hand. Iets te ver weg geparkeerd en de politiepatrouille was in de buurt.' Hij liep naar de koelkast en pakte een blikje. 'Bier? De koffie is op.'

Hij knikte. 'Doe maar. Als je gaat zitten, dan zal ik je vertellen over de kelder van het Chateau.'

'De alibiman', zei Charlie. 'Noemden ze je echt zo?'

Hij knikte. 'Ze keken er niet blij bij.'

'Jij wel, durf ik te wedden. Je had een gevoel van: toch iets bereikt.'

Hij zweeg en Charlie grinnikte. 'Zie je wel. Ik heb in de Dessawijk rondgekeken. Ik had het huis zo gevonden. Volg de politie en je bent waar je zijn moet. Er waren omwonenden aan het samenscholen, eindelijk viel er eens iets te beleven. Af en toe was er iemand in het huis, zeiden ze. Ze dachten dat de woning werd ingericht. Er zaten kranten tegen de ruiten en dat doen ze daar allemaal als ze gaan verven en behangen; stel je voor dat iemand je bezig ziet. Over meisjes die werden afgeranseld wisten ze niets.'

'Vreemd', zei hij. 'Ik zag een schimmenspel. Iedereen had dat kunnen zien.'

'In Oikos Drie heb je niet veel iedereen. De meeste huizen zijn nog niet af. Het is er uitgestorven. Als ik iemand zou willen vermoorden, zou ik het daar doen.'

'Het scheelde weinig of het was je gelukt.'

'Een stommiteit', zei Charlie. 'Niet nagedacht, te snel gehandeld, dan krijg je dat soort dingen. Ik zag jou en die meid, en ik zag die vent met een wapen. Wat kon ik doen? Boe roepen?' Hij dacht na. 'Dat was wel beter geweest. Misschien had hij geschoten, misschien niet. Jou kennende was je op tijd uitgestapt en had je hem het meisje aangereikt. Als ik hem daarna achterna was gegaan waren we verder geweest.'

'Tja', zei hij.

'Precies', zei Charlie. 'Hij ligt in het ziekenhuis achter het bureau. Ik ben erheen gewandeld toen het bezoekuur was. Er zat een agent naast de deur.'

'Weet je hoe die vent heet?'

Charlie grijnsde. 'De vraag waarmee je hoort te beginnen is: hoe is het met hem. Niet best, voorzover ik weet.' Hij greep naast zich. 'Dat heb ik uit de krant. Lees maar.'

Hij las het bericht onder het kopje 'Aanrijding in Dessa'. Een man was aangereden op het plein bij het in aanbouw zijnde winkelcentrum. De automobilist had zijn auto achtergelaten en was gevlucht. De politie had de eigenaar van de auto van huis opgehaald en naar het Chateau gebracht. 'Geen naam', zei hij.

'Geen naam. Aan de kranten heb je ook niet veel meer tegenwoordig. Het moet druk geweest zijn in de kelder van het politiebureau. Het schijnt dat de nachtportier van Het Station niet helemaal duidelijk wilde maken hoe hij de nacht had doorgebracht. Hij had niet hoeven werken, maar dat wist zijn vrouw pas toen de politie haar medewerking vroeg.'

'Was hij maar op tijd naar de alibiman gegaan', zei hij.

Charlie trok een gezicht. 'De zak had de diefstal van zijn auto nog niet gemeld. Volgens mij is hij de hele nacht in Het Station geweest, maar niet als portier.'

'Dat zal hem leren onaardig tegen je te zijn. Geen naam dus. Kunnen we daar iets aan doen?'

'Nakijken of we iemand in het ziekenhuis ooit eens een dienst hebben bewezen', zei Charlie. 'Liefst iemand van de administratie of een verpleegkundige die op de vijfde verdieping werkt. Ik ga ermee aan de slag.'

'Dat gaat tijd kosten. Kunnen we erachter komen hoe Lottie/Gila heet?'

Charlie keek spottend. 'Jij hebt gisteren een halve dag de tijd gehad. Je zat bij het vuur zoals dat heet. Waarom heb je het niet gevraagd?'

'Heb ik gedaan. Ik heb zelfs aangeboden met haar te gaan praten. Daar waren ze tegen. Te traumatisch of zoiets. Toen ik zei dat ze bij mij had ingebroken vielen er stiltes.' Hij keek op. 'Je had verdomme niet al mijn boeken op de grond hoeven gooien.'

'Heb ik niet gedaan. Daar lagen ze al. Ik heb alleen een boekenkast scheef getrokken voor het effect. En wat rommel bij de voordeur gemaakt. Die stinklucht in de keuken was er ook al. Wat zeiden ze van Lotties vingerafdrukken?'

'Niet veel. Ze hadden haar vingerafdrukken niet genomen en er viel niets meer te nemen, want ze was via het ziekenhuis naar huis gegaan.'

'Welk ziekenhuis?'

'Doet dat ertoe?'

'Ja', zei Charlie. 'Welk ziekenhuis?'

'Ook dat bij het Chateau, geloof ik. Ik heb er niet op gelet. Ik zei: rij dan even naar haar huis. Na veel onderlinge blikken en gezucht zeiden ze dat ze dat hadden gedaan. Niemand aanwezig op het adres dat ze had opgegeven.'

'Ervandoor?'

'Het komt vaak voor dat een slachtoffer van verkrachting de stad een poosje verlaat, zeiden ze. Weg van de plaats des onheils. Dat soort woorden gebruikten ze en ze keken er grimmig bij. Ik heb die meid met geen vinger aangeraakt.'

Charlie keek zuinig. 'Onder met geen vinger aanraken valt in het algemeen niet in bad stoppen en in bed bijschuiven. Het gaat er ook niet om wat je met je vingers hebt gedaan. Die meid heeft een val voor je gezet en je bent er ingetrapt.' Charlie wachtte. 'Nu moet je je handen heffen en waarom roepen.'

'Waarom', vroeg hij.

'Iets meer theater mag wel. Omdat iemand de pest aan je heeft.'

'Lottie?'

'Zoek de man achter de vrouw, zou ik zeggen. Iemand is bezig wraak te nemen. Zet je vijanden op een rijtje en pik er een uit. We kijken waar hij woont en wat hij doet. Op den duur komen we uit bij de goede.'

'Op den duur', zei hij. 'De lange duur.'

'Zijn het er zo veel?'

Kcrams telde af. 'Als directeur van SuzCo maak ik mensen blij en mensen bedroefd. Soms zeg ik nee tegen een prachtuitvinding, soms gaat een uitvinding de mist in. Neem die rimpelcrème. Prima product. We zijn ermee op televisie geweest. Het spul werkte echt, ik zweer het je. Na acht, negen maanden massage wordt elke huid zo glad als de kont van een baby. Wat we onderschat hebben is dat mensen geen negen maanden willen wachten. Het is verdomme even lang als een zwangerschap. In het begin vlogen de tubes de winkels uit, daarna stortte de markt in. De uitvinder had net een nieuw huis gekocht. Hij was bedroefd en ontstemd. Maar is hij kwaad genoeg om een toer met een meisje te bouwen...

Dan het Alibibureau. Wat Carrol en ik doen is pure dienstverlening. Niet echt een reden om kwaad over te worden.'

'Behalve als het misloopt.'

'Dan is het meestal hun eigen schuld. Neem nou dat geval van Lutt en Tonia. Achternamen deden er niet toe, zeiden ze. Geloof jij dat iemand Lutt heet? Ze belden allebei op dezelfde dag, zonder dat de ander het wist uiteraard. Lutt wilde een alibi voor de jaarbeurs fotografie, Tonia wilde er een voor de huishoudbeurs. We hebben dat perfect geregeld. Wat we niet wisten was dat beide beurzen in hetzelfde gebouw zaten. Wat we ook niet wisten was dat de sukkels dachten: laten we voor alle zekerheid even op de beurs gaan kijken, dan weten we zondagavond thuis waar we over praten. Wat we niet konden weten was dat ze allebei hun partner meenamen en op dezelfde tijd in hetzelfde restaurant koffie gingen drinken. Het moet daar een boeiende toestand zijn geweest. Ze waren allebei nogal...' Hij bewoog zijn hand.

'Ontstemd', zei Charlie.

'Maar is dat genoeg om een toer met een meisje te bouwen, vraag ik dan maar weer. Een flinke toer ook, want Lottie was echt geslagen.'

'Misschien vond ze dat lekker.'

'Geslagen worden?'

'Waarom niet? Ook grietjes van zestien hebben voorkeuren.'

'Ze was gesneden.'

'Wanneer? Dit weekend, vorig jaar, wanneer?'

Hij huiverde. 'Ze lag in bad en drukte een borst boven water. Eventjes maar. Ik weet niet goed meer wat ik heb gezien.' Hij maakte een gebaar alsof hij het koud had. 'Het was een vreemde nacht met veel verwarring.'

'Had ze een blauw oog toen ze bij je was?'

'Nee', zei hij. 'Dat zat me gisteren ook al dwars. Weins zei dat ze een blauw oog had, maar dat had ze de nacht ervoor niet. Ze had de grootste ogen die ik ooit heb gezien en ze waren donker. Heel mooi.'

Charlie pakte een nieuw blikje en wees ermee naar hem. 'Jij wilt niet, natuurlijk. Het is ook niet goed voor je. Er is iets met die griet, iets wat me niet bevalt, maar we komen er wel achter. Heb je er al aan gedacht dat deze hele toestand ook te maken kan hebben met ons gezamenlijke werk?'

'Ja,' zei hij, 'maar daar weet niemand van. Dat ik erbij betrokken ben, bedoel ik. Jij legt de contacten, ik doe telefoon- en denkwerk.'

'Behalve Calk dan.'

'Dat was een uitzondering. Hij maakte theater. Is alles goed gebleven tussen hem en de wethouder?'

'Ik hoorde dat hij loopt op te scheppen dat die wethouder hem niets kan maken. Als hij zo doorgaat kan hij maar beter de donkere stegen mijden. Ik begin flink de pest in te krijgen.'

'Is hij iemand die ons iets kwalijk neemt?'

'Calk? Maak het even. Een man als Calk heeft het veel te druk met zichzelf. En met zijn Della. Er moet iets anders zijn en je kunt beter zorgen dat je erachter komt. Lottie/Gila zei dat ze je telefoonnummer kende omdat ze dat ooit ergens had gezien. Jij dacht meteen aan je Alibibureau, maar het nummer dat ze belde was van SuzCo. Ik zou beginnen met de SuzCo-contacten als ik jou was. Ik blijf rondkijken in het ziekenhuis.'

'Kennen we iemand in het politiebureau?'

'Ja,' zei Charlie, 'maar die benaderen we als de nood heel hoog is. De pick-up die vannacht bij je huis was zit me niet lekker.' Hij bewoog zijn schouders. 'Er zit me veel niet lekker.'

'Mij ook niet', zei hij. 'Ik heb een klotegevoel. Iemand zit achter me aan. Toen ik net naar je toe liep was het of iedereen op me lette. Niemand zei iets, maar er liepen rillingen over mijn rug. Ze zijn naar je op zoek, dacht ik. Het was net iets als in een droom, alleen werd ik maar niet wakker.'

'Loop maar niet te veel alleen', zei Charlie, 'en blijf in goedverlichte straten.' Hij pakte een telefoon. 'Hier, je tweede gsm. Bel vanuit een publieke cel of met dit ding, maar niet met de telefoon in je huis of kantoor. Ik zal vanmiddag een paar lui zoeken die je het meest waterdichte alibi zullen verschaffen dat een rechercheur ooit heeft gehoord, je weet nooit of het nodig is. Kun je pokeren?'

'Maak er klaverjassen van.'

'Dan moeten een paar lui zich omscholen, maar dat lukt wel. Ik zal ze selecteren uit de A-categorie.'

'Wat betekent dat?'

'Dat betekent', zei Charlie, 'dat ze stuk voor stuk twintig jaar krijgen als ze hun bek voorbijpraten.' Hij tikte tegen zijn hoofd. 'Je moest eens weten wat er allemaal in dit archief zit. Zijn we door de privé-zaken heen?'

Hij schudde met het bierblikje. 'Volgende keer neem ik cola mee. Zijn er andere zaken de moeite waard?'

'Dat zou ik denken', zei Charlie. 'Het is tijd om te lachen. Kijk nog maar eens in die krant daar. Pagina negen, rechtsonder.'

Colablikje op kussen
In een landhuis in de villawijk aan het zuidelijke deel van de baai is na een inbraak een colablikje aangetroffen. Het blikje stond op het hoofdkussen van de vrouw des huizes. De politie vermoedt dat de inbreker, die voor ruim een ton aan juwelen buit maakte, het blikje op het kussen heeft geplaatst toen hij de slaapkamer heeft doorzocht en het is vergeten toen hij de juwelen had ontdekt.
Op het blikje werden de vingerafdrukken aangetroffen van tandarts T., de man die twee jaar geleden betrokken was bij de geruchtmakende zaak van de oplichting van ziektekostenverzekeringen. T., die zegt dat hij op de nacht van de inbraak alleen thuis was, is meegenomen naar het Chateau.

Hij las het bericht nog een keer. ‘Dat zal hem leren om in magen te slaan.’

‘Om in jouw maag te slaan’, zei Charlie. Hij duwde tegen zijn neus en luisterde naar het kraken. ‘Daar moet ik nodig mee ophouden, straks breekt-ie nog. Ik snap niet dat er gisteren in de keldergangen van het Chateau ruimte genoeg was om elkaar te passeren. Had die man maar gebruikgemaakt van je Alibibureau.’ Hij schoot in de lach. ‘Geen gek idee. We bieden klanten een alibi aan en als ze willen weten waarom, zeggen we: omdat we ervoor zullen zorgen dat je dat morgen hard nodig hebt. Vertel eens over Andonis?’

Hij was nog met zijn hoofd bij de krant. ‘Ik hoop niet dat Bo dit stukje uitknipt en erover op gaat scheppen. Wat is er met Andonis?’

‘Maak je geen zorgen over Bo. Ik zie hem nog wel en zal uitleggen wat er met hem en de juwelen gebeurt als hij last krijgt van zijn ego. Ik denk overigens niet dat hij weet dat hij een ego heeft. Terwijl jij de krant las, zat ik aan Andonis te denken. Hoe is het met zijn snor?’

‘Ken je hem?’

'Wie kent hem niet?'

'Ik', zei hij.

'Maar Carrol wel. Ik hoop dat ze hem onder de duim heeft.'

'Ze zegt van wel.'

'Laten we hopen dat het zo is', zei Charlie. Hij liet een stilte vallen. 'Ik heb het al vaker aan je willen vragen, maar...' Hij maakte een gebaar waar iets machteloos in zat. 'Weet je hoe het zit met Carrol? Zat, bedoel ik.'

'Ja.'

'Van vroeger.'

'Ja.'

'Ik bedoel, van heel vroeger.'

Hij keek alsof hij wilde bijten. 'Nu heel voorzichtig worden.'

Charlie knikte. 'Reken maar. Ik heb wat navraag gedaan. Stil maar, alleen maar navragen en informatie verzamelen. Er is niks om van te schrikken. Pleeggezin waarvan de volwassenen niet met elkaar overweg konden, opvanghuis, kindertehuis. Ken je dat verhaal?'

Hij keek strak voor zich uit. 'Wil ik het weten?'

'Goed op school, vooral boekhouden, dat soort dingen. Had moeten studeren, maar als je alle tehuizen hebt gehad, heb je daar geen zin meer in. Ze wilde vrij zijn en snel geld verdienen. Ze was mooi toen, weet je dat?'

Hij knikte. Nog steeds eigenlijk, dacht hij. Iets te dikkig.

'Voor een mooie meid zijn er niet veel manieren om snel veel te verdienen. Modellenwerk lokt dan. Dat deed ze ook, maar ze was niet kritisch genoeg. Wat ik bedoel is dat ze kennismaakte met mensen als Andonis. Ze bleef niet lang genoeg hangen om te verzuipen, daar had ze te veel hersens voor. Maar als zij veel weet van Andonis, dan weet Andonis waarschijnlijk veel van haar. Zij is nu bij jou en Andonis weet dat jij mij kent.' Charlie keek strak voor zich uit. 'Hij zit in het wereldje, ik zit aan de rand ervan. Wij kennen elkaar. Hij weet niet echt iets, dat doet bijna niemand. Maar hij kent de verhalen die rondgaan. Hij zal je niets doen en

Carrol evenmin. Tot het hem te gek wordt.'

Hij voelde weer stijfheid in zijn nek. 'Wanneer wordt het iemand als Andonis te gek?'

'Dat weet je nooit. Hij is taai. Ik wilde je alleen maar waarschuwen. Andonis kan je alibi opblazen.'

'Volgens Carrol wordt dat zijn einde.'

'Zolang het jouw einde maar niet wordt. Dat wilde ik alleen maar zeggen, oké?'

'Oké', zei hij.

'Het zat me niet lekker', zei Charlie. 'Heeft de politie hem al gesproken?'

'Hij is verdwenen, hoorde ik. Volgens Carrol duikt hij over een paar dagen wel weer op. Doe me een plezier en laat Andonis verder zitten, ik heb er geen zin in.'

'Goed,' zei Charlie, 'je weet hoe ik het bedoel.'

'Gelukkig wel. Ik heb over Carrols huisbaas na zitten denken.'

Het gezicht van Charlie ontspande zich. 'Had je daar tijd voor?'

'Ik heb een keer een visitekaartje van hem gekregen. Als ik het aan jou geef, kun je er dan iets mee?'

'Neer laten leggen op een kussen?'

'Of in een woning die in de fik heeft gestaan. Hij verdient een waarschuwing.'

Charlie keek Krams scheef aan. 'Geef het maar.'

'Hoe weet je...'

'Geef het maar.'

Hij gaf het kaartje en zag dat Charlie het in zijn zak stak. 'Maak er een aardigheidje van, nog niet dat heel serieuze.'

'Doen we', zei Charlie. 'Pasta schijnt naar me op zoek te zijn, maar ik heb even geen zin in die vent. Ik stel voor dat we hem laten schieten.'

Hij knikte. 'Doe maar. Als hij blijft zeuren, leg je zijn visitekaartje maar naast dat van Carrols huisbaas.'

'Lijkt me een goed idee.' Charlie wees naar buiten. 'Herinner je je die twee meisjes nog van de vorige keer?'

'Die met die petten?'

'De jongste is gistermiddag neergeschoten. Ruzietje tussen twee groepen, zij liep in de weg. Zo zie je maar. Als het aan jou had gelegen was ze als maagd doodgegaan. Zou ze dat prettiger hebben gevonden?' Hij pakte een zwart jasje. 'Je moet je niet te vaak in deze flat laten zien. Het is nu rustig buiten, maar vanavond wordt het anders. Ik zal je wijzen waar je volgende keer terecht kunt. Als Neus zegt: gewone plaats, dan loop je naar de kamer die ik zal aanwijzen. Zet je schrap, het is een eind lopen.'

'Ik heb een Scorpio bij het belastingkantoor staan.'

'Mooi laten staan. Je denkt toch niet dat ik in de auto van een kinderverkrachter gezien wil worden?'

12

‘Ze waren met z’n tweeën’, zei Carrol. ‘Rechercheur Weins en een jong ventje. Ze wilden weten waarom ik zo laat was.’

Hij kon horen dat ze haar lippen krulde. ‘Wat heb je gezegd, dat je het te druk had met je baas?’

‘Dat ze het heen en weer konden krijgen. Voor doodvallen was het nog te vroeg. Ze hadden een papier bij zich met een grote handtekening. Ik heb ze naar de bandjes in de antwoordapparaten laten luisteren. Toen ze naar andere bandjes vroegen heb ik ze eruitgezet. Die jongste keek verontwaardigd. Weins niet. Hij lijkt op jou, weet je dat? Dat zei ik ook: u lijkt op mijn baas. Hij werd helemaal rood. Ik zei: dat heb ik mijn baas ook weleens zien doen. Toen begon de jongste te lachen. Ze waren snel weg.’

‘Is er nog zakennieuws?’

‘DiPego heeft weer gebeld. Hij is ongeduldig.’

‘Dat zijn ze allemaal.’

‘Hij beweert dat iemand anders ook belangstelling heeft voor zijn Minute Hand.’

‘Dat zeggen ze allemaal.’

‘En dat hij snel resultaat wil zien.’

Hij zuchtte. ‘Zullen we hem laten barsten?’

‘Het washandje is echt goed. Ik gebruik het elke dag.’

‘Zeg dan maar dat het er gunstig voor hem uitziet en dat we over een week meer weten.’

‘Vanmorgen belde iemand die beweerde dat hij het ideale neusharenpincet heeft ontwikkeld.’

‘Ontwikkeld.’

‘Hij schijnt er lang over nagedacht te hebben.’

‘Geen belangstelling.’

Carrols stem kreeg een andere toon. 'Ben je uit je doen? Ik had durven wedden dat je iets zou zeggen in de geest van: laat hem komen, kijk in zijn neus, en als je een haar ziet, is zijn pincet waardeloos.'

'Onrustig', zei hij. 'Dat komt door al dat gedoe. Het is net of iedereen naar me staart.'

'Niet nerveus worden. Het ongeluk in Dessa staat in de krant, zag ik. Maar de aanklacht wordt niet genoemd en jouw naam ook niet.'

'Dat komt nog wel.'

'Ik hoor het al,' zei Carrol, 'zelfmedelijden. Waar ben je nu?'

'In het centrum. Ik heb net gegeten.'

'Ga naar huis. Ik red me hier best. Er is alleen maar kruimelwerk. Ga naar huis en neem een bad.'

'Ja?'

Het klonk als een vraag aan moeder, vond ze. 'Ja', zei ze. 'Meteen.'

Hij zei: 'Goed', en ze glimlachte.

Net een kind, dacht ze.

13

Hij hoorde het getimmer toen hij vlak bij de voordeur was en deinsde achteruit. Tussen de struiken bleef hij luisteren naar de geluiden. Toen hij zich naar voren boog vielen er druppels van een tak. Waarom vallen druppels altijd in je nek? Of op je hoofd en daarna in je nek?

Behoedzaam liep hij door de struiken naar de achterkant. In de keuken zag hij een gestalte die met een hamer zwaaide.

Hij richtte zich op en voelde zich volstromen met een gevoel dat hij niet kon beschrijven. Geluk, trots, blijdschap. Dat door elkaar en gemengd met de wetenschap: zo is er maar een op de hele wereld. 'Maryam', riep hij.

Een neus werd tegen een ruit gedrukt. 'Paps?'

'Wat doe jij hier?'

'Waarom sta je daar zo raar tussen de struiken?'

'Wanneer ben je...'

'Kom toch binnen.'

Bij de deur gaf hij haar een zoen, en nog een. 'Hoe ben je binnengekomen?'

Ze drukte zich tegen hem aan. 'Welgefeliciteerd. Het is al bijna een week geleden, maar toch nog gefeliciteerd. Die paps, vijftig jaar. Ik had dit weekend willen komen, maar, nou ja, ik heb tenminste wat gestuurd. Hoe vond je dat boek? Ik ben er al meer dan een uur.'

Hij keek van Maryam naar de deur.

'Met de sleutel, natuurlijk. Die heb ik al zolang we hier wonen. Jij hier woont. Wat is er gebeurd? Al je boeken liggen op de vloer. Het heeft ingeregend in de keuken. Ik dacht, laat ik paps eens verrassen en het gat dichttimmeren.'

Als Maryam er was hoefde je niet veel te zeggen, dacht hij. Hij knikte en liet zich meetrekken naar binnen. 'Wat is er gebeurd en wanneer?'

'Inbraak. Via de keuken. In de nacht van zaterdag op zondag.'

'Wat is er gestolen?'

Kleren, dacht hij. 'Voorzover ik weet, niks. Misschien een paar boeken. Ik denk dat de inbreker ergens door op de vlucht is geslagen.'

'Sluip je daarom door je eigen tuin? Dacht je soms dat de inbreker terug was gekomen om het gat dicht te maken? Je zag er zo raar uit tussen het groen. Moet je kijken. Je schouders zijn nat en er hangen druppels aan je haar.' Ze streek over zijn hoofd. 'Waarom heb ik je auto niet gehoord? Vroeger wist ik door het gerommel van dat motortje altijd precies wanneer je in aantocht was.'

'De Sana is gestolen. Ook zaterdag.'

Ze gaf hem een zoen op zijn wang. 'Arme paps, als ik er ook niet ben om op je te passen. Eerst breken ze in en dan gaan ze er met je auto vandoor. Van dat je niet meer willen ergeren komt op deze manier niet veel terecht. Net iets voor jou om je twee dingen voor te nemen waarvan er een onmogelijk is.' Ze wees naar de boeken. 'De dikke zijn eruit, zo te zien. Ik hoop dat je mijn cadeau nog hebt.'

'Ja', zei hij snel. 'Ja, natuurlijk.'

'Dat dacht ik wel', zei ze glimlachend. 'De andere boeken die je te dik vindt zijn weg, dus met dat voornemen zit je goed. Het andere lijkt nergens op, maar met een score van een op twee valt te leven. Ik zou twee op twee willen.'

Je zou het voor elkaar krijgen ook, dacht hij. 'Ik ook, maar het duurt even voor het zover is.'

Hij wilde uitleggen wat hij zich had voorgesteld, maar ze was hem voor. 'Is dit zout, hier op de bank en op de grond?'

'Er zat een vlek. Het schoot me te binnen dat iemand gezegd had dat je zout op vlekken moest strooien.'

'Op wijnvlekken, volgens mij.' Ze bukte zich en rook. 'Het heeft wel gewerkt, ik ruik alleen maar zout. Veel zout.'

'Het vaatje viel uit mijn hand', zei hij. 'Hoe lang blijf je?'

Ze lachte. 'Die paps. Ik ben er nog niet of hij vraagt wanneer ik weer ga. Vandaag niet in elk geval. Ga zitten. Ik zet koffie en dan eten we gebak. Ik heb slagroom gekozen.'

Hij dacht aan de slagroom van Carrol en ging gauw de kamer uit om zijn jack op te hangen.

'Is het hier al lang zo koud?'

'Al weken. Veel regen, of miezer, of regen en miezer.'

'Kom bij mij wonen. In de buurt bedoel ik. Hier, gebak. Wel even wachten tot de koffie klaar is. Intussen spijker ik die plaat triplex vast. Die heb ik in de garage gevonden, past bijna precies, je had 'm zo vast kunnen maken. Waarom ben je zo vroeg? Werken we niet meer tot vijf uur tegenwoordig?'

Hij luisterde naar de waterval van woorden en voelde zich gelukkig. 'Ja', zei hij, of 'Nee', of 'Natuurlijk', maar hij wist dat het er niet toe deed. Maryam praatte, hij luisterde, net als altijd.

'Koffie klaar, begin maar aan het gebak.' Ze keek naar zijn buik. 'Een beetje beweging zou geen kwaad kunnen, maar één gebakje maakt ook niet meer uit. Vertel nou maar over die inbraak en de diefstal. Zie je er daarom zo moe uit? Je hebt wallen onder je ogen. Je lijkt wel vijfenvijftig.'

Hij vertelde over het politiebureau, maar niet over Dessa of over Lottie.

'Iemand zit je te pesten', vatte ze samen. 'Niemand steelt zomaar een Sana, kom nou. Je hebt vijanden, paps, kijk maar uit. Gaan we vanavond uit eten of zal ik koken? Nu zeggen, want als ik nog naar de supermarkt moet... Hé, schiet me nu pas te binnen. Als je auto weg is, hoe ben je hier dan gekomen? Taxi?'

'Scorpio Sedan', zei hij. Tot zijn verbazing klonk er trots in door.

'Alsjeblieft, paps wordt modern. Vanavond na het eten gaan we de boeken terugzetten, dit is geen gezicht. Hoe laat komt Carrol?'

Drie verschillende antwoorden drongen zich aan hem op. Maryam zag het. 'Doe niet zo preuts. Altijd hetzelfde als het om vrouwen gaat. Natuurlijk komt Carrol hier, of wij gaan naar Carrol. We eten met ons drieën.' Ze keek hem aan. 'Of niet?'

'Als jij dat wilt.'

'Nee, als jíj dat wilt. Denk nou maar niet altijd aan mam, die komt toch niet terug.' Ze schrok. 'Ik weet nergens van hoor, met mij praat ze daar niet over, ik zeg het op de gok. Maar je moet niet wachten, dat heb je al veel te lang gedaan, en Carrol is aardig, net iemand die jij… die bij je past.'

Nodig hebt, dacht hij. Hij glimlachte. Ze veranderde nooit.

Om zeven uur gingen ze eten. Om tien uur zetten ze de boeken op de planken, in willekeurige volgorde weliswaar, maar dat maakte niet uit, zei Maryam.

Tegen middernacht zei ze dat ze haar oude bed in de logeerkamer had opgemaakt en naar boven ging.

'Welterusten', zei hij. 'Wij blijven nog even zitten, straks gaat Carrol naar huis.'

Maryam gaf Carrol een knipoog. 'Wat is hij toch heerlijk ouderwets,' zei ze, 'en jij bent gek als je met dit weer de deur nog uit gaat.'

In bed, in het donker, zei hij: 'Ik weet nooit goed wat ik tegen haar zeggen moet. Over ons, bedoel ik.'

'Zeg dan niks.'

'Ja, maar…'

Carrol bewoog zich naar de buitenkant van het bed en sloeg een deken terug. 'Ik heb het weer eens warm. Ze weet wat ze weten moet. Dat is niet zo moeilijk, het meeste staat op je gezicht.'

Hij sputterde, maar hield op toen ze zacht begon te lachen. 'Geheimen, geheimen', zei ze. 'Jij barst van de geheimen. Maar niet waar het vrouwen betreft. Maryam weet van ons en ze vindt het leuk voor je. Voor mij ook misschien, maar vooral voor jou. Ze denkt niet dat Dinges terugkomt en dat denk jij ook niet.'

'Niet echt.'

'Je wilt je niet binden, daarom doe je tegenover mij alsof Dinges morgen op de stoep kan staan. Maryam weet dat en ik ook. Het geeft niet. Ik heb een hele tijd gedacht dat het vanwege mij was. Om wat ik vroeger heb gedaan, maar dat is voorbij. Jij bent zoals je bent en Maryam en ik kennen je beter dan jij jezelf.'

'Charlie had het nog over je.'

'Wanneer?'

'Vanmorgen, toen we over Andonis spraken. Hij zei dat Andonis ons zou dekken zolang hijzelf niet in de knoei kwam of zoiets. Hij hoopte dat je zeker was van je zaak.'

Ze zuchtte. 'Dat ben ik. Begin nou niet weer. Met Andonis zit het wel goed. Wat heeft Charlie over me verteld?'

'Niks, eigenlijk.'

'Dat "eigenlijk" bevalt me niet helemaal.'

'Hij heeft verteld over vroeger. Over de tehuizen waar je in hebt gezeten en dat je had moeten studeren, maar dat je daar geen zin in had. Hij zei dat je snel geld wilde verdienen en dat je een mooie meid was. Bent. Bent, bedoel ik.'

'Dikkig?'

'Modellenwerk, zei Charlie en contacten met mensen zoals Andonis.'

'Dat weet je toch?'

'Stukjes ervan.'

'Ik ben iemand die uiteindelijk goed terecht is gekomen. Kunnen we het daar niet op houden?' Ze trapte nog een deken van zich af. 'Wedden dat ik het straks koud krijg? Je komt nooit van je verleden af, hè? Ik vertrouw Charlie niet door dat gedoe met die meisjes. Charlie vertrouwt mij niet vanwege Andonis en de anderen. Jij zit ertussenin. Jij vertrouwt ons allebei. Een beetje ingewikkeld is het wel.'

'Ik ken jullie, maar Charlie en jij kennen elkaar niet, dat is het.

jullie kennen elkaar alleen van verhalen en af en toe een gesprek van een paar minuten.'

'Dat kunnen we veranderen als je wilt.'

Hij dacht na. 'Misschien. Ooit. Nu nog maar niet, we hebben al genoeg aan ons hoofd.'

Carrol streek langs zijn wang. 'Precies. Kalm aan maar. We kunnen het licht nog wel even aandoen.'

Ze voelde zijn schokje. 'Schrik je?'

'Natuurlijk niet. Wil je nu? Met Maryam in de logeerkamer?'

'Waarom niet?'

'Als ze ons hoort.'

Carrol lachte opnieuw. 'Stil maar, ik zei het alleen om te plagen. Natuurlijk wil je nu niet. Lig maar stil en geniet ervan dat ze op bezoek is. Zal ik je eens wat zeggen? Je was ineens op en top vader vanavond. Zo heb ik je niet eerder gezien.'

'Hoe was ik dan?'

'Gelukkig', zei Carrol. 'Als ik bij je ben, dan ben je tevreden. Als Maryam er is, dan ben je gelukkig.'

Hij probeerde in het donker het plafond te zien. Als hij zijn ogen bewoog, zag hij een wit puntje bewegen, een mouche volante in diapositief.

'Ben je daar boos om?' vroeg hij uiteindelijk.

Ze draaide zich naar hem toe en aaide hem opnieuw. 'Helemaal niet, integendeel eigenlijk, het heeft iets liefs. Iets waarvan ik niet wist dat je het in je had.'

14

Hij maaide met zijn armen en trapte met zijn voeten de dekens weg.

'Wat doe je', mompelde Carrol. 'Lig toch stil.'

Heel even lag hij stil. 'Ik hoor iets.'

'Ga slapen.'

Hij hoorde het geluid opnieuw en worstelde zich uit bed. Hij stapte op een slof en gleed uit. 'Godver', zei hij, terwijl hij zich vastklampte aan Carrols knieën.

'Wat doe je nou toch? Laat me los.'

'Telefoon', hijgde hij. 'Ergens gaat een klotetelefoon.' Hij deed een greep naar zijn kleren en rukte de gsm uit zijn broekzak. 'Ja.'

'Ook zo', zei Charlie. 'Ik heb wat voor je. Kom langs.'

'Nee.'

'Wat nee?'

'Maryam is er.'

'O.'

'Ja.'

'Straks?'

'Ja, straks. Ik bedoel. Oké.'

Boven klonken geluiden en hij liep naar de gang. 'Jezuschristus, laat die deur toch niet altijd half openstaan.'

'Paps, wat is er?'

'Niets, meid, ik stootte mijn schouder. Ga maar slapen, er werd gebeld.'

'Daar hoef je toch geen lawaai bij te maken?'

'Ik maak geen lawaai, ik stootte verdomme mijn schouder.'

'Ik dacht dat er iets zwaars viel in je slaapkamer. Ik dacht dat je viel, of dat er een kast was omgevallen. Ik ben me rot geschrokken.'

'Ik... maak... te... geen... la... WAAI. Sorry, ga maar lekker slapen.'

'Hoe laat is het? Ik heb geen wekker.'

'Weet ik niet. Acht uur of zo. Ga maar weer slapen.'

'Ja', zei ze en hij hoorde haar mompelen.

Hij stond in zijn onderbroek in de gang en keek naar zijn telefoon. In de slaapkamer hoorde hij Carrol lopen, boven stommelde Maryam. Het huis was ontwaakt.

'Kolereding', zei hij.

15

'Acht uur,' zei hij, 'waarom bel je verdomme om acht uur?'

'Weet je hoeveel mensen er op zijn om acht uur?' vroeg Charlie.

'Veel te veel, daar hoor ik niet bij. Het is gisteren laat geworden. Maryam was er en...' Hij maakte een gebaar.

'Was Carrol er ook?'

'Carrol was er ook. Je hebt haar wakker gemaakt met je gebel. Je hebt iedereen wakker gemaakt.'

'Ja', zei Charlie. 'Ik dacht: voor ik ga slapen maak ik iedereen wakker. Zie het maar als genoegdoening. Kon je het vinden?'

'We zijn hier gisteren toch geweest? Eén dag kan ik het wel onthouden.'

'Waar staat je Scorpio?'

Hij wees in de verte. 'Daarginds, een heel eind weg. Ik ben zeiknat. Houdt het nooit op met regenen?'

Charlie wees naar een hoek. 'Neem straks maar een paraplu mee. Onder een paraplu herkent niemand je.'

'Zonder ook niet. Iedereen kijkt naar de grond als het regent. Waar belde je nou eigenlijk over?'

'De pick-up', zei Charlie. 'Ik was vannacht een paar keer in de buurt van je huis. De politie laat het afweten, maar de pick-up was er weer. Dezelfde als gisteren. Vuilwit met een rode band om de laadbak. Een Ford.'

'Wie zat erin?'

'Een jonge vent. Twintiger, denk ik. Hij deed niet veel. Hij stopte, keek naar je huis, reed door, maakte een rondje, stopte, en keek weer.'

'En toen?'

'Toen reed hij weg.'

Hij keek Charlie aan, die de vraag op zijn gezicht zag. 'Dit keer zat ik achter hem. Hij reed naar het zuiden, naar die weg die langs de moerassen naar de heuvels leidt.'

'De 37?'

'Heet die weg zo? Ik kom daar nooit.' Charlie huiverde. 'Ik heb het niet op dat gebied, te weinig huizen. Het regent er ook altijd.'

Hij wees naar het raam. 'Moet je daar kijken.'

'Buiten de stad regent het harder. Hier word ik nooit nat, daarginds wel. Er zijn ook muggen. Moet je zien.' Hij wees naar een rode vlek op zijn onderarm. 'Ik had even het raam open. Meteen raak. Regen of geen regen, het barst er van de muggen. Ik dacht: wat doe ik hier, en vlak daarop liep ik vast op de politie.'

'Aangehouden?'

'Ik niet. De pick-up wel. Het was een algemene controle, iedereen ging naar de kant. Ik ben gedraaid en teruggereden.'

Hij streek over zijn kin. 'Het is toch een vierbaansweg?'

Charlie knikte.

'Hoe kon je dan terugrijden?'

'Gewoon, je stuur draaien en gas geven. Als je knippert gaan ze wel aan de kant. Er kwam nog een auto achter me aan, maar die haalde het niet.'

'Aanrijding?'

'Ik zou het niet weten. Veel gepiep van remmen. Ik reed in een auto van Witts, ken je die?'

'Bokstrainer?'

'Manager noemt hij zich. Er waren wedstrijden in de Dame. Ik had gewed op zijn jongens. Ze verloren allemaal. Ik dacht: laat ik dan zijn Cadillac maar meenemen.'

'Met die hoorns voorop?'

'Wel wat herkenbaar, ja, maar ik had de pest in. Als Binder niet in de buurt was geweest, had ik het niet gedaan. Hij wordt steeds beter, die jongen. Hij zei dat hij misschien twee minuten nodig had, maar we waren binnen anderhalve minuut weg.'

'We.'

'Hij is een eindje meegereden. Niet naar jouw huis. Ik heb hem thuis afgezet en ben doorgereden naar jou. Toen ik weer dicht bij de stad was heb ik de Cadillac tegen een viaduct gezet en heb een eindje gelopen. Omdat ik in de buurt was heb ik nog bij het motel achter de Stadsbank gekeken. Ik had gehoord dat je vriendje Hillder de Derde daar zou zijn. Ik weet niet of hij getrouwd is, maar vast niet met drie vrouwen tegelijk. Een van hen kende ik. Ik heb haar gebeld toen ik op jou zat te wachten. Ze gaat binnenkort op een cruise, zei ze, Hillder had dat geregeld. Eerste klas, hut voor haar alleen. Haar vriendin ging mee. Ook in een hut voor haar alleen. Ik verwacht niet dat je in de toekomst veel last van Hillder zult krijgen.'

Hij had zijn hoofd niet bij cruises. 'Dat van die pick-up zit me niet lekker.'

'Nee', zei Charlie. 'Mij evenmin. Misschien moet je maar opblijven vannacht.'

'Maryam is er nog. Ze wilde blijven. Ze is met Carrol meegegaan naar kantoor.'

Charlie wierp hem een snelle blik toe. 'Dik aan tussen die meiden?'

Hij keek tevreden. 'Ze liggen elkaar wel. Ik wil zien wat je overdag doet, Car, zei Maryam. Ze noemt Carrol Car.'

'Net als jij.'

'Carrol zei er niets van en daar keek ik van op. Je kunt me mooi helpen, zei ze tegen Maryam. SuzCo is een tweepersoonsbedrijf, maar de directeur wil nog weleens afwezig zijn.'

'Cynisch toontje?'

'Milde spot met veel knipogen.'

'Weet Maryam van het Alibibureau?'

'Dat leggen we voorlopig stil. Carrol heeft gisteren de kranten al gebeld dat de advertentie niet meer geplaatst moet worden. De stekker is uit de telefoon. Ik wil even dat gezeur niet aan mijn hoofd.'

'Tot wanneer? Tot Maryam weg is?'

'Tot Lottie weg is', zei hij. 'Ze zit in mijn hoofd en daar moet ze uit.' Hij ging voor het raam staan en keek naar de bouwplaats beneden hem. 'Heb jij alleen kamers in uitgewoonde flats?'

'Ik heb mijn huis nog steeds.'

'Maar daar ben je nooit.'

'Scheelt in het onderhoud', zei Charlie. 'Weinig was en zelden stofzuigen. Wanneer gaan we eens iets aan je alibi doen?'

Hij ging op de bank zitten en schoof net zo lang tot hij geen veer tegen zijn billen voelde drukken. 'Is dat niet een beetje dramatisch?'

Charlie keek naar zijn nagels. 'Ken je Hatchback?'

'Die raceautogek?'

'Die. Vorig jaar kreeg hij ruzie met zijn sponsor. In één weekend had hij twee auto's in puin gereden en drie versnellingsbakken gemold. Dat vond de sponsor iets te veel en hij zei het contract op. Hatchback werd kwaad en zocht de sponsor 's middags op in een restaurant. Hij buigt zich over de tafel, smijt een bord op de grond en zegt dat hij heeft gedroomd over vlammen. Wat voor vlammen, vraagt die sponsor. Veel vlammen, zegt Hatchback, waarop de sponsor vraagt of dat een verkapte bedreiging is. Hoezo, verkapt, zegt Hatchback en hij giet wijn over de dame naast de sponsor. Ik hoorde het verhaal een dag later en zocht hem op. Ik zeg: je kunt maar beter voor een langdurig alibi zorgen. Hoeveel gaat dat kosten, vraagt hij. Laten we het op vijfduizend houden, zeg ik, want het moet degelijk werk worden. Per nacht? vraagt hij. Ik zeg: je krijgt korting als het langer dan een week duurt. Hij zegt dat hij mij niet nodig heeft en nog dezelfde nacht steekt hij dat pluimveebedrijf van die sponsor in de fik. Vorige maand was de uitspraak: zes jaar. Ik heb hem opgezocht in de gevangenis. Hij gaf toe dat hij beter had moeten luisteren.'

'Komt nu de moraal?'

'De moraal is dat jij last hebt van een aanklacht. Iemand zit je te jennen. Er ligt een vent in het ziekenhuis, dus je hebt kans dat het meer wordt dan jennen. Er rijdt een pick-up bij je huis rond.'

Charlie wees naar zijn hoofd. 'Radar', zei hij. 'Ik krijg signalen. Iemand houdt zich met je bezig en als je niets terugdoet, dan pakt hij je.'

'Op wat?'

'Op alles wat hij kan bedenken. Je bent er ingeluisd met Lottie. Door mazzel is het allemaal in orde gekomen, maar je kunt niet altijd bij Carrol slapen, of zij bij jou. Maryam gaat straks weg, Carrol wil een keer winkelen, je bent alleen. Dan gebeurt er iets en vraagt rechercheur Weins: waar was u ook alweer gistermiddag om vier uur, meneer Kcrams? Ik was in mijn eentje, zeg je dan. Denk aan Hatchback die zes jaar spijt heeft.'

Hij knikte. 'Het is serieus, hè?'

'Dacht ik wel.'

'Ik ook, eigenlijk. Wat doen we eraan?'

'We kijken uit, we passen op, we zijn voorzichtig. Lottie is zoek, dat weet ik. In het ziekenhuis kom ik niet verder. Er zit nog steeds een agent voor de deur en het slachtoffer ligt in coma, of iets wat daarop lijkt. Hij kan niet praten. Niet tegen de politie en niet tegen ons. Vergeet hem voorlopig. We hebben dat huis in Dessa, maar daar hebben we niks aan. Ik heb de woningbouwvereniging geprobeerd, maar door de telefoon geven ze geen informatie en ik laat me er niet zien.' Hij stak een vinger uit. 'Jij ook niet. Jij laat je nergens zien. In de buurt hebben ze geen idee wie er in dat huis in Oikos Drie woont. Ze hebben kranten voor de ruit gezien, dat is alles. Nooit iets gehoord of gezien daar. Geen schimmenspel, geen zweepslagen, geen gillen. Ik durf te wedden dat die griet nooit eerder in het huis is geweest. Alles wat we hebben is een pick-up. Daar gaan we vannacht iets aan doen.'

Hij stak een hand op, maar Charlie wuifde hem weg. 'Zeg maar tegen Maryam en Lottie dat je een late bespreking hebt. Of zeg niks en maak rond middernacht een ommetje. Ik pik je op. Zet je Scorpio gewoon voor je huis, ik regel ander vervoer voor je. Duidelijk? Dan gaan we nu doen waar we goed in zijn, oké?'

'Ja', zei hij. 'Als jij het zegt.'

DRIE

Het alibi

I

'Is dat het beste wat we hebben?' vroeg hij.

Charlie keek verbaasd. 'Degelijke jongens, ik sta voor ze in. Lang niet meer gebruikt ook. Ik bedoel, het staat wat lullig als we een rechercheur treffen die zegt: tjonge, zijn dat de lui die voor je moeten getuigen als het serieus wordt? Ze schijnen al het tuig van de stad te kennen en daar hoort meneer Kcrams blijkbaar bij. Dit is al het vierde alibi dat ze dit jaar leveren.'

'Ik wil mensen die mij kennen,' zei hij, 'geen toevallige figuren met wie ik een nacht heb zitten eenentwintigen.'

Charlie stond op. 'Zal ik dan eerst maar koffiezetten? We gaan een zwaar uur tegemoet.'

'Wat wil je nou eigenlijk', zei Charlie. 'Vrienden om je heen? Daar heb je er geen twee van.'

'Geen vrienden. Goede kennissen is genoeg.'

'Goede kennissen zijn het onbetrouwbaarst, wil je daar voorbeelden van? Jaren geleden, voor wij samenwerkten, kende ik Fantiel. Hij was zo gek als een deur, vroeger al. En kinderlijk.'

'Infantiel.'

'Allicht, maar dat woord was te moeilijk. Ik ben fantiel, zei hij zelf, hij was er trots op, hij was tenminste iets. Fantiel kende Charlie. Een andere Charlie. Hij miste een pink na onenigheid met iemand die hem de baas was. In het begin noemden ze hem... inderdaad. Dat duurde niet lang, want hij was goed met een mes. Het was een lang mes. Iemand noemde hem Dolkie en daar moest hij om lachen. Later werd dat Dolfie en ik mag barsten als ik weet hoe dat is gekomen. Fantiel hield van wasgoed, gewoon, als aardigheidje. Hij was een verzamelaar. Je had hem moeten zien als het maandag was. Natuurlijk werd hij gepakt. Dat wil zeggen, de politie kwam in zijn schuur en vond voldoende ondergoed voor vijf jaar travestie. Dat deed-ie erbij, Fantiel. Fanny, precies, hij zocht het zelden ver weg. Fantiel moest naar het bureau en daar lag de complete wijkwas van afgelopen maandag. Fantiel zei dat hij nergens van wist en dat hij de hele dag met Dolfie had gevist. Het was goed visweer, dat klopte. Ze hadden een poosje gevist, dat klopte ook. Het enige wat Dolfie hoefde te zeggen was: ja, we zijn 's morgens weggegaan, het was een geslaagde dag. Maar hij keek naar het wasgoed en hij keek naar de rechercheur. De hele week niet gezien, zei Dolfie. Daar ging Fantiel. Volgens mij wordt hij nog steeds verpleegd. Onder dwang tegenwoordig, want toen hij geen ondergoed meer van de lijn kon halen pakte hij broeken waar de verpleegsters nog in zaten. Ben ik duidelijk genoeg over goede kennissen?'

'En ik wil geen penozetent. Ik wil een wijkcafé of een behoorlijk restaurant.'

Charlie keek naar het plafond. 'Luister je wel?'

'Ik luister,' zei hij, 'maar tot nu toe heb ik niets gehoord waar ik wat mee opschiet. Wat doen we als we een klant kwaliteit leveren?'

'Geld vragen', zei Charlie. 'We houden eerst onze hand op. Voor de witte kas, de zwarte kas, de grijze kas, en de wat-heb-jij-nog-meer-kas.'

Hij keek tevreden. Ze kwamen er wel. 'Een gevulde kas', zei hij. 'Laten we doen alsof ik belangrijk ben. Wie wil mij een plezier doen?'

'Niemand,' zei Charlie uit de grond van zijn hart, 'buiten Carrol, Maryam en misschien, heel misschien, een zakenrelatie. En buiten mij. Denk ik. Als ik weet dat je de zaak niet verkloot.'

Hij pakte het papier waarop hij de namen had geschreven die Charlie had genoemd.

'Allemaal mannen. Ik ken Penny House.'

'Penthouse? Wil jij er vrouwen bij?'

'Ik zal je vertellen wat ik wil', zei hij. 'Ik wil gezelligheid, mannen en vrouwen om een tafel met voedsel erop. Carrol erbij, dat is één.'

'En Maryam, dat is twee.'

'Nooit. Maryam niet. Ik zeg het niet gauw, maar ik hoop dat ze niet lang blijft. Niet nu.'

'Stuur je haar weg?'

Hij dacht na. 'Nee. Dat kan ik niet. Ze gaat wel. Stel dat we ergens gaan eten omdat we iets te vieren hebben. Waar gaan we dan naartoe?'

'Tja,' zei Charlie, 'waar gaan we dan naartoe. Ik moet zeggen dat jij wel een heel bijzondere kant van ons vak aan het blootleggen bent.'

'Initiëren en stimuleren', zei hij, 'precies wat een directeur hoort te doen.'

Regen, dacht hij, een mooie dag om na te denken. Hij keek naar Charlie die languit in een leren stoel lag waarvan een leuning was afgebroken. Hij slaapt. Of hij denkt. Waarschijnlijk slaapt hij. Hij hield zijn hoofd scheef en luisterde. Verdomd, hij slaapt.

Op zijn tenen liep hij naar de keuken. De koffie stond te koken op het campinggastoestelletje. Hij schonk in, liet drie klontjes suiker in de drab glijden en liep terug.

'Ik ben weleens in Idda's Home geweest', zei hij zacht.

'Dacht je dat ik sliep?' zei Charlie zonder zich te bewegen.

'Ik dacht dat je sliep', zei hij.

'Ik dacht na, dat lijkt bij mij op slapen. Idda? Waarom denk je aan haar?'

'Iemand heeft me ooit verteld dat ze een ruime kijk op het leven heeft. Ik geloof dat jij het was. En ze heeft een wijnkelder die uitkomt op die steeg naar het pakhuis erachter. Ik weet bijna zeker dat jij het me hebt verteld.'

Charlie peuterde in zijn neus en bekeek het resultaat. 'Sorry, het lijkt wel of ik verkouden word. Of ik heb er te vaak tegen gedrukt. Ik denk verkouden. Kom ik één keer buiten de stad en meteen is het mis. Ik geloof niet dat ik haar naam ooit heb genoemd.'

'Ken je haar wel?'

Charlie knikte. 'Ze eten daar tegenwoordig zonder mes en vork.'

'Niet altijd. Alleen op aanvraag. Vlees op tafel en trekken maar. Dat is modern, zeggen ze, en het scheelt afwas. Carrol en ik kregen een zak voor onze buik, daar mochten we onze handen aan afvegen.'

'Ze kookt alleen, of hooguit met haar man. Die laat ze dan ophalen van het huisje waar ze hem heeft ingezet.'

'Klopt het wat ze verder over haar zeggen?'

Charlie keek vol belangstelling. 'Vertel maar wat je hebt gehoord.'

'Iets over die overvallen op pompstations. Haar zoon, zeiden ze.'

'Niet alleen pompstations', zei Charlie. 'Pompstations zijn voor de kleuters in het vak. Te weinig geld, te veel camera's. Idda's zoon is aan het grotere werk begonnen. Hij doet iets met containers in het havengebied.'

'Daar weet Idda van?'

'Het zou me verbazen als haar zoon het allemaal zelf bedacht. Zij is de snuggere van de familie.'

'Dat we dat weten, is dat genoeg om moeder van onze goede bedoelingen te overtuigen?'

Charlie begon aan zijn andere neusgat. 'Ik ben zo klaar. Weet je dat ik dat niet kan? In een neusgat peuteren en dan het andere laten zitten? Met mijn oren net zo. Doe ik het ene, dan begint het andere te jeuken. Ze is gek op die mafkees, zo'n beetje zoals jij op Maryam.'

'Ruimschoots voldoende dus', zei hij.

'Meer dan,' zei Charlie, 'maar ik zou me nog prettiger voelen als we iets tastbaars hadden. Een foto of zo.'

'Van zoon met zijn hand in de kas? Kom nou.'

'Ik denk dat Idda me wel gelooft als ik zeg dat ik iets over hem heb.' Hij wreef met zijn wijsvinger over zijn duim. 'Weer zoiets wat ik niet begrijp. Met veel moeite krijg je zo'n sliertje uit je neus. Als je je vingers over elkaar rolt, dan krijg je een bolletje, maar wegmikken kun je het nooit. Je rolt en rolt en je voelt het klein en hard worden, maar het blijft plakken.' Hij veegde met zijn hand langs zijn broek. 'Daar dan maar. Wil je naar haar toe?'

Hij knikte. 'Laten we maar eens kijken of we Idda's Home kunnen bespreken.'

Charlie keek nadenkend. 'Probeer jij je Escort maar terug te vinden en ga op bezoek. Ik bel wel voor het voorbereidende werk en daarna ga ik slapen. Ik heb de grens bereikt. Wees niet krenterig met geld. Hou er je mond maar over, het geld regel ik wel. Zeg dat je een intiem partijtje aan het voorbereiden bent.'

'Voor wanneer?'

'Voor de dag waarop we meer weten over Lottie en de pick-up. Neem de marge niet te ruim. Laat haar rekening houden met morgenavond.'

'Redt ze dat?'

'De vraag is: redden wij dat. Penthouse is een begin. Ik heb net vooral over haar na zitten denken en het bevalt me steeds beter. Je weet hoe ze aan haar naam komt?'

Hij trok een gezicht. 'Ze heeft bij een zakenrelatie ingewoond. Mooi appartement, dakterras, uitzicht over de baai, alles eersteklas. Toen ze ruzie kregen bleef zij daar wonen. Ik ben er eens op bezoek geweest. Ze heeft veel handen, Penthouse. Ze zaten overal.'

'Dan kan ze bij Idda beter niet naast jou gaan zitten', zei Charlie. 'Niet als je geen ruzie wilt met Carrol.'

2

Idda's Home leek aan de voorkant van poppenhuisformaat. Een lage gevel van ruwe natuursteen, begroeid met klimop en bloemen waarvan hij de naam niet wist. Net als de eerste keer, toen hij tegen zijn zin door Carrol werd meegesleept, dacht hij: wat doe ik hier bij dit pannenkoekenhuis.

Op het trottoir, in een lange, smalle rij en half verborgen onder paraplu's waarop de naam van een reisorganisatie was gedrukt, stonden toeristen te wachten tot Idda de deur zou openen. Hij gokte erop dat het er vijftig waren, precies een bus vol.

'Hij wel', zei een vrouw toen hij het trapje naar de kleine, verzonken tuin af liep en op de bel drukte. Een luikje ging open.

'Ja?'

'Charlie heeft gebeld.'

'Ja.'

Het luikje ging dicht.

'Net goed', zei de vrouw. 'Ik heb de pest aan voorkruipers.'

Een meisje in een lange jurk liep naar hem toe. 'Ik ben de reisleidster van deze groep. Wij hebben gereserveerd. Als u achteraan wilt gaan staan, dan zal ik vragen of er voor u een plaatsje vrij is.'

'Ik wil niet eten', zei hij. 'Ik wil alleen reserveren.'

'Dat moet telefonisch,' zei de reisleidster, 'ik weet er alles van.'

De deur ging open en het gezicht van Idda verscheen. Van onder de paraplu's klonk gemurmel. De reisleidster keek beschaamd.

'Kom je nog?'

Hij keek naar het gezicht van Idda. Steen, dacht hij. Er zijn landen waar ze dit soort hoofden uit rotsblokken houwen, al laten ze meestal wel een paar onderkinnen weg.

Hij telde er vier, maar zag daaronder nog steeds beweging als ze sprak. 'Snel', zei Idda. Ze sloeg de deur achter hem dicht. 'Dit bevalt me niets, weet je dat? Ik had al open moeten zijn.'

Hij keek naar de kelderachtige ruimte met de lange tafels waarop houten plateaus lagen en waarop drinkbekers stonden die van steen leken, maar van plastic waren. Hij snoof. 'Lekker, ik krijg er trek van.'

'Zitten', zei Idda. 'Als Charlie komt, dan steek ik een spit door zijn pens, zeg dat maar tegen hem. Wat voor foto's.'

Hij hief zijn handen. 'Waar heb je het over?'

Ze ging zo dicht voor hem staan dat hij terugdeinsde. 'Over mijn zoon, daar heb ik het over. Charlie zei dat hij foto's had. Wat voor foto's.'

'Weet ik niet', zei hij. 'Er moet een misverstand in het spel zijn. Ik heb een voorstel.'

Ze duwde hem op een van de houten banken en plaatste een voet vlak naast zijn bil. Hij zag een elastieken kous en erboven blauwdooraderd vlees. Hij rilde.

'Charlie deed me een voorstel. Over morgenavond, en de avond daarna, en misschien...'

Ze ademde zwaar, bijna astmatisch.

'Ik heb ook een voorstel. Voor je zoon, hoe heet hij ook weer, Bern?'

'Bernhardt. Met een h en dt.'

'Bern. Hij werkt toch in de haven?'

'Hij is in zaken.'

'Als zakenman in de haven, dat bedoel ik. Ik heb iets voor hem. Ik heb iemand nodig op het gebied van de export en bovendien wil ik een van mijn activiteiten afstoten.'

Ze keek hem aan of ze alles wist van voorstellen.

'Het is legaal. Het gaat om SuzCo. Charlie heeft daar niets mee te maken.'

'Hij heeft met jou te maken.'

Hij haalde adem. 'We dachten aan jou omdat je die achteruitgang hebt van je wijnkelder naar het pakhuis.'
'Ja?'
'Ik zit een beetje in de problemen. Misschien. Ik weet niet hoe serieus het is. Misschien valt het mee. Iemand zit me dwars en ik weet niet wie. Charlie weet het evenmin. Misschien moet ik over een poosje even in veiligheid.'
Ze ademde zwaar. 'Noemen jullie het zo? Veiligheid?'
'Hoe noem jij het als Bern te wild heeft gedaan?'
Ze keek hem taxerend aan en hij keek terug.
Wie knippert verliest, dacht hij, maar ik knipper niet, ik ben goed in dit soort spelletjes.
'Charlie heeft een bedrag genoemd', zei Idda.
Hij was tevreden. Zie je wel, ze heeft geknipperd. 'Daar weet ik van.'
'Geldt dat voor elke dag, ook als er niemand komt?'
Hij knikte. 'Elke dag, gedurende een week. Maar er moet elke avond eten zijn. Eten met mes en vork. Er komt een keurig gezelschap. Waarschijnlijk elke avond. Ik heb geen idee hoe het gaat lopen.'
'Ik heb Charlie gevraagd voor hoeveel personen, maar hij zei: vraag dat maar aan meneer. Hij noemt jou meneer.'
'Alleen over de telefoon. Hij heeft een hekel aan namen. We maken er een partijtje van, een klein feestje. Zes personen, denk ik. Misschien vier, of acht, jou meegerekend.'
'Waarom zou je mij meerekenen?'
'Omdat Bern erbij moet zijn.' Hij hief zijn handen. 'Als hij iets in mijn voorstel ziet, anders gaat het over.'
'Bern of het etentje.'
'Berns aanwezigheid. Het eten moet doorgaan. Ik denk wel dat hij meedoet. We vieren dat Bern en ik zaken gaan doen. Houdt hij van feestjes?'
Idda streek over haar jurk en hij zag meer been. Niet kijken, dacht hij, niet kijken en vooral niet huiveren.

‘SuzCo heeft belangen in een bedrijf dat feesten op de cruiseboten naar de eilanden organiseert. Ik wil daar van af. Bern kan het overnemen. Als hij wil zal ik er met Hillder de Derde over praten.’

Haar stem werd zachter. ‘Ken jij meneer Hillder?’

‘Ik denk wel dat ik hem kan overhalen met jouw zoon in zee te gaan.’

Ze zag het voor zich. ‘In zee gaan. Ik ben gek op cruises en Bern ook.’

Hij zuchtte en stond op. ‘Zullen we dan nu een paar afspraken maken?’

‘Goed,’ zei ze, ‘dan laat ik je meteen de achteruitgang zien. Sinds kort hebben we een betere toegang tot het pakhuis. Je wordt nu niet meer nat. Dat is handig voor als je haast hebt. Het is vervelend om uit te leggen dat je al urenlang aan het eten bent als de wijkagent vraagt hoe het komt dat je haren en schouders nat zijn.’

3

'Tevreden', zei Carrol. 'Jij komt binnen en ik denk: hij is tevreden. Weet je hoe vaak dat voorkomt per jaar?'

'Waar is ze?' vroeg hij.

'Je bedoelt: hoe gaan de zaken, Carrol, kun je het een beetje aan? Is het niet te druk als je alles in je eentje moet doen? Dank voor je belangstelling en alles loopt perfect. De advertenties van het Alibibureau staan vandaag al niet meer in de krant. De stekker van de telefoon is eruit. DiPego heeft zowaar niet gebeld. Er is een nabestelling van de katerpillen en een verzoek om bingoavonden te organiseren. Maryam is de stad in. Je weet hoe ze is, twee uur stilzitten is al te veel. Als we geluk hebben neemt ze straks pizza's mee.'

'Hoe vond ze het kantoor?'

'Ik hoop dat ze je dat zelf vertelt. Ze had een paar ideeën over de gordijnen en de kwaliteit van de verf.'

'Geen geverf, ik kan niet tegen de lucht. Hoe zit dat met de bingo?'

'Iemand die een cruise heeft meegemaakt zoekt contact met je. Hij had gevraagd wie het entertainment deed en kwam uiteindelijk bij ons. Ze deden een beetje moeilijk op de boot, zei hij. Hij wil een bingoketen opzetten en zoekt een organisator. Waarom kijk je alsof je de loterij hebt gewonnen?'

'Omdat de wereld mooi is', zei hij. 'Ik heb Idda een paar botten beloofd voor dat stuk ongeluk van een zoon van haar. Bern heetie. Bernhardt met een h en dt. Ze bedenken de gekste namen tegenwoordig. Ik heb gezegd dat hij de cruises kan krijgen. We doen de bingo erbij als bonus.'

'Wie is Idda?'

'Van Idda's Home. Je hebt me een keer meegesleept. Eten aan lange tafels, hernia op een kruk.'

'Wat moest je daar?'

'Vertel ik je straks. Ik ga eerst nadenken over Hillder nummer drie en zijn cruises. Charlie is hem tegengekomen met drie vrouwen. Twee gaan er mee het water op. Met een beetje geluk krijgen we mevrouw Hillder helemaal aan onze kant.'

'Drie vrouwen?'

'Hillder is die vent die een miniatuurgolfbaantje in zijn kantoor heeft. Niet eens zo erg miniatuur, zijn kamer is tamelijk groot. Ik ga bijna golfgrappen maken. Je weet wel, een hole in...' Hij stopte, toen hij Carrols gezicht zag. 'Niet leuk?'

'Puber', zei ze. 'Een puber van vijftig. Volgend jaar krijg je pukkelzalf op je verjaardag. Weins heeft gebeld.'

'Over Lottie?'

'Over het ontbreken van Lottie. Als je je pond vlees wilt hebben, dan moet je hem bellen. Hij klonk tamelijk ongelukkig. Zijn nummer staat op je aantekenblok. Bel maar gauw en laat de deur open. Ik ben toe aan een verzetje.'

'Weins, Zeden.'

'Kcrams, SuzCo.'

Stilte.

'Meneer Kcrams.'

'Meneer Weins, zegt u het eens.'

Stilte.

'Zeg ik wat?'

'Maakt niet uit. Als het maar mooi is.'

Stilte.

'Godver.'

'Zou het beter gaan als ik straks terugbel?'

'Weins, Zeden.'

'Kcrams hier. Zullen we het zonder pauzes proberen?'

'Alleen als het kan zonder humor in je stem.'

'Mijn secretaresse zei gisteren dat we broertjes hadden kunnen zijn.'

'Ik heb al een broer.'

'Ik niet. Hoe zit het met de vingerafdrukken?'

'Ze is even zoek.'

'Lottie?'

'Gila. Ze is niet op het adres dat ze heeft opgegeven. In die straat is ze niet bekend. We hebben haar vingerafdrukken niet kunnen nemen.'

'Is ze ook niet op bezoek geweest in het ziekenhuis?'

'Nee,' zei Weins, 'en ik heb een vermoeden dat je dat verdomd goed weet.'

'Ik had een voorgevoel. Mag ik aannemen dat haar aanklacht vervallen is?'

'Dat mag je niet. We doen er niet veel aan op dit moment, daar zal ik duidelijk over zijn, maar zolang we haar niet nader hebben gehoord blijft de aanklacht bestaan.'

'Iets bekend over mijn auto?'

'Moet je voor bij Verkeer zijn.'

'Nog last gehad van hoofdinspecteur Meckry?'

'Maak je het niet te gek?'

'Je moest eens weten hoe gek ik het kan maken als ik wil. Wat denk je dat een advocaat zegt als ik hem vertel dat ik een halve zondag in een kelder heb gezeten omdat een meisje een wild verhaal heeft verteld?'

'Heel voorzichtig nou, heel rustig aan, ik probeer me in te houden, maar ga niet over de grens. Ze was geslagen. En gesneden. En ze had een blauw oog.'

'Dat is niet door mij gekomen en dat weet je. Er is iets gebeurd in Dessa en misschien was zij daarbij, maar ze was ook in mijn huis toen ik er niet was. Ze had mijn kleren bij zich toen ze op straat werd gevonden. Aangetroffen, noemen jullie dat. Die kleren kwamen bij mij vandaan.'

'Zeg jij. Toen je weg was dacht ik: waarom zou ze die niet mee hebben genomen uit het huis in Oikos Drie?'

'Omdat je dat zelf niet gelooft. Als ik zeg dat ik morgen op vakantie wil, wat zeg je dan?'

'Wil je op vakantie?'

'Stel dat ik het zeg. Wat dan?'

'Prettige vakantie, Kcrams, en blijf met je poten van het vrouwvolk af.'

'Puber', zei Carrol. 'Ik kan het niet vaak genoeg zeggen. Ze was ook in mijn huis, zegt-ie tegen een rechercheur.'

'Was ze toch ook? Het is verfrissend om af en toe iets te zeggen wat waar is.'

'Pest hem niet te veel. Ik heb hem gezien gisteren. Hij is net zo koppig als jij. Hij kijkt ook soms net als jij. Alsof je niet tot drie kunt tellen. Maar ondertussen. Als je op dreef bent heb je de neiging om te veel te kletsen, weet je dat?'

'We gaan morgenavond dus uit eten', zei hij snel. 'Bij Idda. En overmorgen, en de avond erna. Een week lang als het nodig mocht zijn.'

'Met wie?'

Niet 'waarom', maar 'met wie'. Daarom wil ik niet dat je ooit weggaat, dacht hij.

'Voorlopig met Idda zelf, misschien met die mafkees van een zoon van haar, met jou. Charlie kijkt of Penthouse kan. We zoeken nog een paar anderen.'

'Penthouse is de griet die jouw zakenrelatie heeft uitgebeend?'

'En hem niet alleen.'

'Als ze maar bij jou uit de buurt blijft. Ik neem aan dat Maryam niet meegaat?'

Ze snapt alles, dacht hij. 'Wanneer gaat ze terug naar huis?'

'Ze zei vanmorgen, maar dat zei ze gisteren ook. Met haar weet je het nooit. Verwacht je problemen?'

'Ik hou er rekening mee. Net als jij, ik zie het aan je gezicht.

Charlie ook. Hij neemt het zichzelf kwalijk dat hij die vent heeft overreden. Hij had na moeten denken, zei hij.'

'Gaat hij mee naar Idda?'

Daar dacht hij over na. 'Niet gevraagd. Ik denk van niet. Hij regelt zijn eigen alibi's.'

'Ja', zei Carrol. 'Ik weet niet of ik hem erbij wil hebben. Ik bedoel... je weet wat ik bedoel.'

'Hij gaat ervoor zorgen dat je geen last meer hebt van je huisbaas.'

'Hoe gaat hij dat doen?'

'Grondig. Laat dat maar aan Charlie over.'

4

‘Het is Chinees geworden’, zei Maryam. ‘Ik stond in een pizzeria, maar de manier waarop het mannetje achter de toonbank naar me keek beviel me niks. Aan de overkant was een Chinees en ik had trek in iets met ei en vis.’ Ze wees met haar kin. ‘Daar zit saus in, paps. Kom er maar niet aan, je vindt het te zuur.’

Ze aten aan Carrols bureau.

‘Lekker’, zei Maryam.

‘Veel’, zei Carrol.

Hij zei niets, maar keek tevreden rond.

‘Ik hoop niet dat je hier bezoekers krijgt’, zei Maryam terwijl ze het afval in een plastic zak propte. ‘Het stinkt. Kan er geen raam open?’

‘Airco’, zei Carrol.

Maryam keek zuinig. ‘Daar merk ik anders weinig van. Wie is er verantwoordelijk voor het houtwerk en de muren? Paps of de huisbaas?’

‘Huisbaas’, zei hij.

Carrol glimlachte en keek snel van dochter naar vader.

‘Geloof ik niks van’, zei Maryam. ‘Volgens mij moet jij ervoor zorgen, paps. Het wordt tijd dat je iets doet. Moet je dat behang zien. De gordijnen vallen bijna uit elkaar.’

‘O ja?’

‘Heeft Car je dat nooit verteld?’

‘Zeker wel’, zei Carrol. ‘Een keer of tien, maar hij ziet het niet. Pak hem bij zijn nek, druk hem tegen het gordijn en vraag wat hij ziet. Niks, zegt hij dan.’

'Laat je toch zeker zelf een woninginrichter komen, en een behanger, en een schilder.'

'Hij heeft de kas', zei Carrol. 'Hij is de directeur.'

'Jij zit hier elke dag. Kom op, paps, doe eens royaal.'

Hij hoorde zichzelf een heleboel beloven en daarna Maryam en Carrol lachen.

'Zie je wel', zei Maryam. 'Ik heb je toch gezegd dat het zou lukken. Je moet even weten hoe je hem moet aanpakken.'

Carrol zei niets toen ze naar buiten liepen. Maryam gaf hem een zoen en toen kon het hem niet meer schelen dat Carrol met schokkende schouders en een hand voor haar mond snel voor hen uit liep.

Een rondje door de stad, een blik op de baai, een kijkje naar de bergen.

'Ik heb het wel weer gezien, paps. Laten we maar naar huis gaan.'

Een paar uur later vertrokken Carrol en Maryam naar de bioscoop. 'Na de film gaan we wat drinken', zei Maryam. 'Je kunt nog mee, maar dan moet je opschieten.'

'Ga maar samen', zei hij. 'Haast je niet en veel plezier.'

Hij keek ze na tot ze in de taxi zaten en vroeg zich af waarom hij een brok in zijn keel voelde.

5

‘Kreeg telefoontje, moet iets regelen, kom laat terug, welterusten’, schreef hij op een papiertje.

Hij aarzelde en voegde eraan toe: ‘Kus.’

Hij trok een donker jack aan, liep naar boven om dichte schoenen te zoeken en ging weer naar het bureau.

Achter ‘kus’ schreef hij ‘twee keer’.

Toen hij buiten stond had hij spijt. Hij wilde teruggaan en ‘twee keer’ doorstrepen, maar bedacht zich toen hij koplampen aan en uit zag flitsen.

6

Charlie gooide het portier open. ‘Kan het een beetje vlugger? Ik heb drie keer moeten knipperen voor je opkeek.’

‘Zijn we kortaf vannacht?’

Charlie reed twee blokken en zette zijn auto stil onder een eik met overhangende takken. ‘Vroeger werden bomen gesnoeid’, zei hij.

‘Te weinig geslapen?’

‘Daarginds staat jouw auto.’

‘Die kleine? Wat is het er voor een?’

‘Een plattelandsauto, een Corsa. Buiten de stad heeft iedereen zo’n kar.’

‘Dat was vroeger.’

‘Zal best, ik hou het niet bij. Ik weet niet eens waarom ze een gebied met heuvels, bergen, moerassen en bossen platteland noemen. De papieren liggen in het handschoenenkastje. De auto is eerlijk gekocht.’

‘Van wie?’

Charlie haalde zijn schouders op. ‘Wat kan het je schelen? Geen paniek als je wordt aangehouden, alles is in orde.’

Hij keek naar de Corsa. ‘Ik laat de Scorpio staan?’

‘Lijkt me beter. De chauffeur van de pick-up mocht eens denken dat je de stad uit bent.’

‘Ik ben dus de stad uit.’

‘Achter in de Corsa liggen handschoenen, een paraplu en een kaart. Trek meteen de handschoenen aan. Als je terug bent kun je de Corsa neerzetten waar je wilt, maar zorg dat je niet als een idioot vingerafdrukken weg hoeft te vegen. Je vergeet er altijd een paar. De paraplu is tegen de verkoudheid. Het regent daarginds.’

Charlie maakte er een passend gebaar bij dat afstand en afschuw omvatte. 'Zonder kaart kom je nooit meer terug. Je rijdt naar de plaats waar ik gisteren vastliep op die controle en zoekt een parkeerplaats. Als de pick-up komt, dan volg ik hem. Neemt hij een andere route dan gisteren, dan hebben we pech. Volgens mij komt hij van buiten en ging hij gisteren naar huis. Jij wacht hem op.'

'En dan?'

'Dan zie je maar, veel succes.' Charlie liet een telefoon zien. 'Dit kreng heb ik al vierentwintig uur bij me. Het is geheel tegen mijn principes. Ik bel je, maar ga niet te ver, want buiten de stad heb je niks aan een gsm. Geen bereik, geen masten, niks van wat een mens nodig heeft.'

'Alleen regen.'

'Ook veel zand. En moeras en muggen.' Charlie liet zijn arm zien. 'Die verrekte bult begint om de zes uur te jeuken. Net eb en vloed. Mij zie je niet meer buiten de stad. Het is er niet gezond. Vroeg je of ik te weinig had geslapen? Dat heb ik. Ik heb gepiekerd en dat houdt me wakker. Ons plan voor Idda's Home zit me niet lekker.'

Hij zei niets. Als Charlie piekerde moest je hem niet haasten.

'Idda is oké,' zei Charlie, 'maar we hebben te weinig tijd voor een betrouwbaar gezelschap. Ik heb daar vaak niet zo bij stilgestaan. Er waren altijd wel een paar jongens bij elkaar te krijgen, ook op korte termijn. Maar dat waren jongens die het klappen van de zweep kenden. Ze hielden hun bek als ze een rechercheur zagen. Ze zeiden: ik heb de hele nacht gekaart, en dat was het dan. Jij wilt in feite het betere publiek. Daar is een betere voorstelling voor nodig en dat vraagt tijd. Penthouse is bruikbaar. Als ze niet meewerkt, maken we aanplakbiljetten van haar gezicht met daaronder foto's van alle mannen met wie ze op de verkeerde plaatsen is gezien, en die laat ik op de gevel van alle huizen in de villawijken plakken. Dat kost haar minstens het lidmaatschap van de golf-, bridge- en tennisclub. Als ze die niet heeft is ze sociaal gezien dood en dat hoef ik haar niet eens uit te leggen. Maar aan Penthouse hebben we pas echt iets als ze zich lekker voelt en daar hebben we een man met mogelijkheden voor nodig. Voor een nog onbezorgdere toekomst doet ze alles. Jij bent niet onbezorgd genoeg als Carrol meekomt.'

'Wat denk je van een man als Hillder? Biedt hij mogelijkheden?'

Charlies gezicht klaarde op. 'Dus jij hebt ook aan hem gedacht. Ik ben er wel achter waarom hij zich de Derde noemt. Twee van de drie vrouwen met wie ik hem vannacht zag gaan mee op een van zijn boten. Nummer drie heeft een flatje.'

'Hillders eigendom?'

'Hij betaalt de huur, dat is mooi genoeg. Ze noemt zich Kari. Ik heb Malek bij haar huis gezet. Met een beetje geluk krijgen we foto's.'

'Malek is in elk geval vasthoudend.' Hij peuterde tussen zijn tanden. 'Maryam had Chinees gehaald, met van die slierten. Je voelt ze met je tong, maar je krijgt er nooit een te pakken. Ik kreeg vanmiddag een paar ideeën en Hillder past erin. Ik zat bij Idda naar haar steunkousen te kijken en ik dacht: als ik die cruisefeesten nou eens aan haar zoon overdoe? Bernhardt heet hij. Idda staat op de h en de dt, ik vind Bern al te veel. Ken je hem?'

Charlie maakte een geluid dat op braken leek.

'Natuurlijk ken je hem. Ik wilde toch al van de organisatie op die boten af. Vandaag meldde zich iemand met een voorstel over bingoavonden. Die geef ik aan Bern bij wijze van bonus. Als we Hillder naar Idda's Home krijgen om een contractje te tekenen, dan is Penthouse geen probleem.'

'Penthouse is waarschijnlijk niet te remmen. Als ze op dreef is, is ze erger dan de vriendin van Howwie. Maar ik denk niet dat we Hillder avonden lang vast kunnen houden.'

'We kunnen hem laten komen omdat we in kleine kring de tekening van het contract willen vieren. We moeten hem er alleen van overtuigen dat hij desnoods een week lang hetzelfde contract gaat zitten tekenen.'

'Ik denk dat Penthouse al de tweede avond met hem op stap gaat, ongeacht wat Kari daarvan vindt.'

'Mooi laten stappen. Als Penthouse en Hillder maar zeggen dat ik de ster van het feest was.'

Charlie keek opgelucht. 'Zo moet het ongeveer. Ik wist wel dat we eruit zouden komen. Ik piekerde me een ongeluk, maar na een uur of wat dacht ik: wat zit ik me uit te sloven, de directeur is er voor de ideeën, ik ben er voor de afwerking. Het kan een mooi gezelschap worden. Jij en Carrol, Idda en Bern, Hillder en Penthouse. Er moeten er nog twee bij om het echt leuk te maken.'

'Jij?'

'Kom nou.'

'Geintje. Vrienden van Bern?'

Charlie schudde zijn hoofd. 'Geen vrienden van dat ei. Het is al een wonder dat hij zijn naam kan onthouden. Ik zal je wel een keer vertellen hoe hij in de haven tekeergaat. Zorg maar dat Hillder niet te lang met hem praat. We moeten iemand hebben die bekend is in de haven en met boten.'

Ze keken elkaar aan.

'Hermie', zei Charlie.

'Wholly', zei hij.

Charlie trommelde op het stuur. 'Dat is hem. Hermie Wholly. Zijn vrienden noemen hem sinds kort Holy Smoke. Dat Smoke klopt wel. Nog even en hij regelt alle drugstransporten in het havengebied. Hij werkt wel mee. Ik weet niet of Hillder hem kent, maar Holy Smoke kent Hillder wel. Hij vervoert de marihuana via de cruiseschepen naar de eilanden. Ik ken minstens vier mensen die daar veel over weten. Ik zal hem morgen bellen en zeggen dat hij zijn banden met Hillder en Bern kan verstevigen. Hij mag zijn eigen dame meenemen, eentje uit de voorraad.'

Charlie startte de auto. 'We maken een rondje en dan zet ik je af. Stap in de Corsa en rij de stad uit. Je hoort van me. Of niet. Als ik om vier uur niet heb gebeld, ga je maar naar bed.'

Hij tuitte zijn lippen. 'Zal ik hem nu bellen? Hillder? Stel dat hij bij Kari is in haar flatje, dan zal hij wel ontvankelijk zijn voor een gesprek over zijn vrouw en over dames op cruiseschepen.'

Charlie knorde. 'Ik dacht wel dat je zoiets zou zeggen. Bel maar, dat verdrijft de tijd als je buiten de stad bent, maar laat niet merken dat we iets van Kari weten.'

Hij stak een hand uit. 'Geef het nummer maar.'

'Van wie?'

'Kari of de gsm van Hillder, liever de gsm.'

Charlie trok een briefje uit zijn borstzakje. 'Ik vermoedde al dat je met die vraag zou komen.'

'Ik wist dat je het antwoord zou hebben', zei hij.

7

'Ben jij van God los?' vroeg Hillder.

'Is dat een bezwaar bij het zakendoen?' vroeg hij.

'Weet je hoe laat het is?'

'Eén uur vierendertig precies, maar uw vrouw zei: u kunt hem op elk moment van de dag bellen, meneer Kcrams, hij is wel wat gewend. Al die boten, weet u wel?'

'Heb je op dit uur van de dag mijn vrouw gebeld? Héb jij...'

'Ze vond het niet erg, dat zei ik al. U hebt laten bellen over ons contract. Pardon, stoor ik? Ik dacht dat ik een vrouwenstem hoorde. Uw vrouw zei toch echt...'

'Waar bel je nou eigenlijk voor?'

'Over', zei hij. 'Niet voor. Ik bel over het contract dat we drie jaar geleden hebben gesloten.'

'Weet ik niks van.'

'Het was op de receptie van uw bedrijf, ik weet het nog goed. We stonden achter de trap. U zei: vijf jaar. Ik geloof zelfs dat u zei: minstens vijf jaar. Ik begrijp niet waarom u iemand naar mijn kantoor hebt laten bellen om te zeggen dat u van het contract af wilt.'

'Er is geen contract.'

'Klopt, meneer Hillder. Er is geen contract. Niet zwart op wit. Er zijn ook geen vrouwen die met een van uw boten mee mogen. Eersteklas, eenpersoons hut. Er is ook niemand die u afgelopen nacht met enkele dames zag wandelen.'

'Daar bel je dus voor. Chantage.'

'Er is heel veel niet in de wereld. Chantage is er niet, vrouwen zijn er niet. Er zijn wel heren en er zijn afspraken. Heren houden zich aan hun afspraak.'

'Ben jij een heer?'

Hij keek even naar de telefoon, haalde adem en gaf scherpte aan zijn stem. 'Heren blijven beleefd. Ik geef u de kans om uw laatste zin te herhalen in de u-vorm.'

Hij luisterde naar Hillders ademhaling. Het ging moeilijk, maar het lukte. 'Bent u een heer?'

'Ik ben een heer. Ik zal u zelfs tegemoetkomen. Ik zal het contract overdoen aan een relatie die goede contacten heeft in de haven. Hij heet Bernhardt. Onthou die naam. Hij is de zoon van Idda van Idda's Home en dat kent u ongetwijfeld. Idda is gesteld op Bernhardt en op de h en de dt in de naam. Volgt u mij nog?'

Hillder was een en al zakelijkheid. 'Ga door.'

'Ik maak een contract waarin ik mijn belangen op uw schepen overdoe aan de heer Bernhardt, wiens achternaam me helaas is ontschoten. U ondertekent de clausule waarin u zich met Bernhardt verbindt en u zult geen last meer van me hebben.'

'Geen last.'

'Geen telefoontjes, geen vrouwen.'

'Hoe kan ik daar zeker van zijn?'

'U hebt mijn woord.'

'Ha.'

'Ik hou mijn woord, meneer Hillder. Sommige heren zijn meer heer dan andere heren. Morgen hoort u nader van mij. Misschien kunt u morgenavond vrijhouden? En overmorgen ook voor alle zekerheid?'

'Anders?'

'Ik zou het niet weten, meneer Hillder, maar ik zou niet rustig slapen. Ongeacht de plaats van mijn bed.'

Hij hing op en keek tevreden. Zakendoen was mooi.

8

Hij reed naar de parkeerplaats aan de 37 die Charlie op de kaart had aangekruist en verbaasde zich over de drukte. Tientallen auto's. Allemaal mannen.

Het duurde bijna een uur voor het tot hem doordrong waar hij stond en toen nog een kwartier voor hij een bekend gezicht zag.

Hij pakte zijn gsm.

'Ja.'

'Raad eens wie ik zag?'

Aan de toon kon hij horen dat Charlie geen zin had in telefoongesprekken. 'Een Siamese tweeling. Op een autoped.'

'Is Big Mac ook goed?'

Charlie kreeg belangstelling. 'Hij is afgevallen en heet nu MacMac, je moet de ontwikkelingen bijhouden.'

'Hij loopt hier rond. Mannetjes in zijn kielzog. Buitenlanders. Van die kleintjes met veel olijfoliehaar. De autolichten weerspiegelen er bijna in.'

'Zit hij dáár. Ik dacht al: waarom kan ik hem niet vinden.'

'Hij zit hier en een kwart van de mannelijke bevolking is er ook.'

'Achttien procent, zul je bedoelen. Statistisch is vastgesteld dat... Het verklaart wel de belangstelling van de politie voor dat parkeerterrein. Die MacMac. Ik heb ineens ook een vaag ideetje over de verblijfplaats van Andonis.'

'Kennen die twee elkaar?'

'Iedereen kent elkaar in die wereld. Soms willen ze elkaar even niet kennen, maar dat is meestal tijdelijk. Zo groot is deze stad ook weer niet.'

'Nou...'

'In het donker is een stad kleiner', zei Charlie. 'Ik blijf nog een dik uur.'

'Rustig aan maar. Het is hier net een openluchtbioscoop. Iets te veel zwarttinten, maar heel boeiend. Zouden ze geen last hebben van de regen en de plassen?'

'Bij het bukken?' zei Charlie en het klonk precies zoals hij het bedoelde.

'Ja ja', zei hij. 'Uitkijken naar een pick-up maakt het beste in je los.'

Hij verbrak de verbinding en keek naar de bewegingen op de parkeerplaats. Buiten de stad was meer te doen dan hij had verwacht.

'Hebbes', zei Charlie.

'Voor mijn huis?'

'Door je straat. Hij remde voor je huis en gooide iets naar buiten.'

'Gloeiendego...'

'Een paar schillen. Wind je niet op. Hij gaat bijna dezelfde weg als gisteren. Als hij de 37 oprijdt, haak ik af. Ik wil even bij de fotograaf langs, je weet wie ik bedoel.'

'Ja', zei hij. 'Ik heb de grote baas gebeld. Hij is er als hij er zijn moet. Het snauwerige was er gauw af toen ik zei dat ik zijn nummer van zijn vrouw had gekregen.'

Charlie maakte hikgeluiden. 'Ik dacht vanmorgen dat het ons niet zou lukken, maar we kunnen nog steeds een haastklus aan.'

'Goed duo.'

'Precies', zei Charlie. 'Hij gaat de 37 op. Daar waag ik me niet meer. Elke keer als ik aan gisteren denk krijg ik jeuk. Ik snap niet hoe MacMac het uithoudt. Veel te open daar, geef mij de stad maar.'

'Die MacMac-mannetjes weten anders goed hoe ze zich verborgen moeten houden.'

'Heb je het raam open?'

'Ben je gek. Het regent.'

'Zie je wel. Ik zie miezer, jij ziet regen. Op het platteland is alles erger. Draai je raampje open en luister. Sinds MacMac is afgevallen heeft hij een kopstem. Niemand snapt hoe het komt, maar zijn klanten vinden het prachtig.'

9

Hij wachtte tot hij een vuilwitte pick-up zag met een rode band over de laadbak en startte de Corsa. Nog voor het volgende viaduct zat hij vlak achter de auto.

Hij zuchtte van opluchting toen hij zag dat het nummerbord ontbrak en ontspande zich. Zijn knokkels waren wit van de greep om het stuurwiel, er stond zweet net onder zijn haargrens en hij had een drukkend gevoel op de borst.

'Niks gewend', zei hij hardop. 'Te oud, te volgevreten, te weinig conditie, roest op de zenuwen.'

Het geluid kalmeerde hem en toen hij dat doorkreeg schoot hij in een krampachtige lach. Vroeger troostte je moeder je... 'Stil maar, Suz, het is niet erg, straks voel je er niets meer van', tegenwoordig moest je het zelf doen. Over twintig jaar doet je nieuwe moeder het, dacht hij. Ze is zeventien, draagt een witte jurk en buigt zich over je rolstoel. 'Stil maar, opa Kcrams, het is niet erg...'

De pick-up sloeg af en reed het moerasgebied in. Vroeger was hij er weleens geweest met de andere jongens van de klas. Er waren slangen en bijtende vissen. Ooit was er een krokodil gesignaleerd, zei iedereen tegen iedereen. Niemand die het geloofde, maar toch, de rillingen die je kreeg als je door het moeras liep, de opluchting als je de overkant had gehaald, de branie op de terugweg.

Hij schudde zijn hoofd. Even concentreren, dacht hij. Hij minderde vaart en liet de afstand zo groot worden dat hij af en toe de achterlichten uit het oog verloor.

Na drie kilometer, toen het moerasgebied overging in de eerste heuvels voor het gebergte, zag hij het lampje van de richtingaanwijzer knipperen. Midden in de nacht, geen mens op de weg, maar wel richting aangeven, het is niet menselijk, dacht hij. Hij voelde de tinteling van onraad in zijn nek en remde.

Hij zag de pick-up naar rechts draaien en verbaasde zich over de dansende lichtbundels. Een weg met kuilen, dacht hij, er moet ergens een huis in de buurt zijn, of een schuur.

Hij wachtte enkele minuten, reed de afslag voorbij en draaide om, helemaal de filmdetective die niets aan het toeval overlaat.

Hij stapte uit, aarzelde, pakte toch maar de paraplu en liep naar de zijweg. Het was een breed zandpad vol met water gevulde kuilen. Zijn heldhaftige gevoelens verdwenen snel. Gebogen lopende helden met natte voeten en een paraplu zie je niet vaak in de bioscoop.

Hij voelde een pijnscheut van zijn stuitje tot zijn nek toen hij struikelde en hard op zijn knie terechtkwam. Hij drukte zich met een hand omhoog en wreef de hand droog aan zijn broek.

Terug, dacht hij, naar huis.

Zijn koppigheid won en voetje voor voetje schuifelde hij verder. Na een paar honderd meter kwam hij op het idee naast de weg te gaan lopen, waarna hij zich tweehonderd meter lang afvroeg waarom hij dat niet eerder had bedacht. Een veldje vol brandnetels dreef hem terug naar het zandpad. Hij stapte in een plas, ergerde zich aan zijn jeukende hand en kreeg intens begrip voor Charlie. Buiten de stad was het niet pluis.

Na driekwart kilometer liep het pad langzaam omhoog. Hijgend strompelde hij verder. Toen hij de top bereikte, verstarde hij en bleef in gebukte houding staan.

Achter de heuvel lag een gebouw dat werd verlicht door lampen aan palen die de hoeken van een grote betonplaat markeerden. Daar stond de pick-up, links lag het gebouw, rechts een houten schuur.

Hij liet zich op zijn knieën zakken en drukte de paraplu tegen zijn hoofd. Het tikken van de regen gaf iets vertrouwds.

Een boerderij, dacht hij, of een boerderijachtig huis. Waar is de hond? Hij huiverde. Hadden ze tegenwoordig in het buitengebied geen honden meer? Vroeger had je er een hond op elke honderd vierkante meter. Moest je die krengen nu wel of juist niet recht aankijken?

Na een halfuur had hij alles gezien wat er te zien was. Een boerderij, een schuur, een betonplaat met een pick-up en vier lampen aan palen. In de boerderij was een raam verlicht, het leek op het schijnsel van een spaarlamp. Nooit zestig watt nemen als je je ogen ook met twintig watt kunt verpesten. Of lazen ze nooit op het platteland?

Na een uur voelden zijn knieën pijnlijk aan en was hij er van overtuigd dat het vocht was opgetrokken tot zijn kruis. Hij kreeg aandrang van de gedachte. Hij stond kreunend op en ging gebukt staan plassen.

Een deur ging open en er kwam een man naar buiten. Hij riep iets onverstaanbaars en trok iemand mee.

'Godver', mompelde hij. Hij probeerde de straal af te breken, en toen dat niet lukte liet hij zich op zijn knieën vallen. De man sleepte een vrouw mee, of een meisje. Lottie? Hij kroop naar voren en was zo geconcentreerd dat hij nauwelijks voelde dat er stekels in zijn huid drongen.

De man schreeuwde. De vrouw... het meisje? gilde en liep gebukt terwijl ze rukte aan de hand die haar bij de haren hield.

De deur van de schuur werd opengetrokken. Het licht ging aan. Man en meisje... Lottie, dacht hij, ik weet het zeker... gingen naar binnen. Hij hoorde de klap waarmee de deur werd dichtgesmeten en daarna het gegil van Lottie.

Hij kroop naar de achterkant van de schuur en drukte zich tegen het hout. Binnen klonken geluiden. Gegil en iets wat op zweepslagen leek. Hij hapte naar adem en nam zich voor fitnesslessen te nemen. Toen zijn ademhaling weer normaal was vroeg hij zich af wat er met zijn handen was gebeurd. Op de linker zaten bulten van brandnetels, maar wat was er met de rechter? Hij wreef met een vinger over de handpalm en voelde doorns. Hij overwoog zes uitbundige vloeken, maar beperkte zich tot een gefluisterde samenvatting: 'Charlie.' Daarna hield hij zich bezig met het peuteren aan de doorns en het zuigen op de pijnlijke plekken. Verder deed hij niets. Over het beleid was hij het zonder overleg helemaal met zichzelf eens: dit was een situatie om niets te doen.

Hij was het besef van tijd kwijt toen hij de schuurdeur dicht hoorde slaan. Geluiden op de betonplaat. Nog een deur. De vier lampen gingen uit.

Hij drukte een oor tegen de houten wand en luisterde. In de schuur heerste stilte. Waren Lottie en de man naar de boerderij gegaan? Naar bed?

Van vragen word je grijs, dacht hij. Hij bewoog zijn armen en benen en wist zeker dat zijn spieren kraakten. Hij vouwde de paraplu op, verbaasde zich erover dat hij geen druppels voelde en kroop op handen en knieën langs de schuur naar de deur. Hij voelde zich kwetsbaar en had moeite zijn spieren in bedwang te houden, maar hij moest weten of de man met of zonder Lottie naar buiten was gekomen. Hij wist het antwoord toen hij gekreun hoorde.

Hij duwde met zijn linkerhand de deurkruk naar beneden en hield de paraplu als een zwaard voor zich uit. Nergens was licht aangesprongen en er werd niet geroepen. Zie je wel hoe makkelijk het was. Duizelig van de spanning deed hij een stap naar binnen en ging op de grond zitten tot de mist achter zijn ogen was weggetrokken. In de schuur brandde een stallicht dat dreigende schaduwen wierp. In de hoek klonk een geluid. 'Help...' kreunde Lottie. 'Wie is daar... Help me...'

Hij schuifelde naar de hoek en boog zich over een lage deur. Een varkenshok, dacht hij, met stro in de hoek. Op het stro lag Lottie ineengedoken met haar armen om haar knieën en een vinger in haar mond.

'Koud...' stamelde ze. 'K... koud.'

Hij liep het hok in en knielde naast haar neer.

'Pijn?'

'Koud… Help me…'

Hij pakte haar bij een schouder en probeerde haar rechtop te krijgen. Toen hij haar losliet, viel ze weer neer. Hij kon haar tanden horen klapperen.

Hij ging naast haar zitten en probeerde zijn gedachten te ordenen. Politie, dacht hij. Charlie. Hulp. Ik moet iets doen.

Het enige wat bleef hangen was: ik moet iets doen. Hij probeerde zijn gsm, maar kreeg geen verbinding.

'Help…' zei Lottie. 'Ha… haal me hier weg.'

Dat was het. Weg hier, zo snel mogelijk, de vragen kwamen later.

Hij probeerde haar opnieuw omhoog te duwen en dit keer gaf ze mee. Ze hield iets wat op een jurk leek tegen haar borst gedrukt.

'Zijn dat je kleren?'

'J… ja.'

Hij trok de jurk uit haar handen en voelde haar koude vingers.

'Ben je geslagen?'

Ze knikte en hij zag dat ze huilde.

Met stijve vingers probeerde hij de jurk over haar hoofd te trekken. Hij hield op toen hij zag dat hij de jurk ondersteboven hield. Hij probeerde niet naar haar te kijken tijdens het gehannes, maar zag de rode striemen op haar rug. Toen ze haar hoofd hief om de jurk weg te schudden zag hij de borst met de verminkte tepel.

'Hou vast', zei hij en hij drukte de jurk in haar handen. 'Ik geef je mijn jack.'

Ze stak haar armen niet uit en hij hing het jack om haar schouders.

'Je broer?' vroeg hij. Hij wilde opnieuw beginnen en de vraag uitbreiden, maar ze had hem begrepen. 'Lez', zei ze. 'Hij is mijn broer niet. Niet echt.' Ze legde haar hoofd in haar nek en keek hem aan. Hij huiverde toen hij haar ogen zag. Het ene was donker, bijna zwart, het andere gezwollen. Zelfs in het zwakke licht kon hij de verdikking en verkleuring zien.

'Elke nacht', zei ze.

'Waarom loop je niet weg?'

'Durf... niet.'

Ze liet zich tegen hem aan vallen en hij voelde een koude hand in zijn nek.

Waarom heb je het niet aan de politie verteld, dacht hij. Waarom heb jij mij beschuldigd. Waarom...

Hij voelde dat zijn borst nat werd van haar tranen.

'Help me', zei ze, bijna toonloos.

'Ja', zei hij. 'Ik help je.'

Hij hield haar vast en dacht aan wat hij moest doen. Haar gil hoorde hij maar half. Van de klap tegen zijn hoofd voelde hij niets.

10

De pijn in zijn hoofd was allesoverheersend. Hij zag beelden van een stal, van een meisje, hij hoorde een stem, maar niets kwam door het gebonk heen. Hij dacht aan katerpillen, aan zijn bed, aan Carrol die hem vasthield.

'Stil maar', zei Lottie. 'Niet doodgaan, alsjeblieft, ga niet dood.'

Dood? Wie ging er dood.

Hij bewoog, kreunde, liet zich door twee armen vastklemmen. Een hand streek over zijn haar.

'Daar?'

'Au! Godver...'

'O, ik wilde je... Het was Lez. Hij is teruggekomen. Ik heb nog geschreeuwd.'

Lez, dacht hij, wie is Lez? Christus, Lez.

Als hij zich heel langzaam bewoog was de pijn te verdragen, of misschien wende je aan het gebonk. 'Je broer?'

'Stiefbroer. Hij kwam terug, ik weet niet waarom.'

'Waar is hij nu?'

'Nu? In bed misschien. Ik weet het niet. Hij heeft de schuurdeur op slot gedaan.' Ze rilde. 'Morgen komt hij terug. Straks.'

'En dan?'

Daar dacht ze over na. 'Hij heeft een zweep.'

Hij ging met een ruk rechtop zitten en was verbaasd dat hij niet kreunde. Angst overwint pijn, dacht hij. 'We moeten hier weg.'

'Waarnaartoe?'

'De politie. Je kunt je toch niet... Hij heeft me verdomme neergeslagen.'

'Nee', zei ze. 'Als ik naar de politie ga, maakt hij me dood. Dat heeft hij gezegd. Als ik niet doe wat hij zegt…' Ze kroop bijna onder het stro.

'De politie kan je helpen.'

'Niet lang. Lez zegt dat de politie je niet altijd kan beschermen. Hij zegt: als ze je laten gaan, zal ik je weten te vinden. En zo niet, dan…' Ze wees in de richting van de boerderij. 'Mama is daar.'

Hij leunde tegen de zijkant van het hok en zocht voorzichtig steun met zijn hoofd. 'Wat is hier in godsnaam aan de hand?' vroeg hij.

Lottie kwam naast hem zitten; lange, blote benen onder zijn zwarte jack, een groot, donker oog, het andere gezwollen, verwarde haren. Maar haar stem klonk vaster, net of zij degene was die het heft in handen moest nemen.

'Mama is hertrouwd met Manny', zei ze bijna giechelend. 'Ik moest tegen je zeggen dat ik getrouwd was.' Ze giechelde opnieuw en stak een vinger in haar mond. 'Ik heb niet eens een vriendje, daar zorgen Lez en Manny wel voor, en Garold, die nu in het ziekenhuis ligt. Manny slaat mama. Hij zit in een karretje, maar als hij zegt: kom hier, dan komt ze. Lez slaat me. Garold ook, vroeger.'

'Waarom? Hoe kan dit? Hoe…' Dit was een wereld waar hij niets van begreep.

Ze sloeg het antwoord over. 'Ik moest jou bellen. Manny had me het nummer gegeven. Hij heeft me geslagen voordat ik belde, zodat het echt zou klinken. Manny wilde je naar dat huis in die wijk krijgen.'

'Dessa?'

Ze keek naar haar vinger. 'Dessa?'

'Laat maar. Wat wilde Manny?'

'Je bang maken.'

'Maar waarom? Waarvoor?'

Ze opende haar mond, maar zei niets. Toen hij opkeek zag hij dat haar gezicht vertrokken was van angst. 'Ik hoor iets.'

Hij draaide met een ruk zijn hoofd om. 'Waar?'

'Buiten. Bij de boerderij.'

Hij voelde dat ze beefde. 'We moeten de schuur uit zijn voor het licht wordt.'

Ze knikte. 'Alleen kan ik het niet, maar…' Ze wees naar de achterkant. 'Daar zit een plank los, maar ik ben niet sterk genoeg.'

'Dus je wilde wél ontsnappen', zei hij.

'Soms', zei ze. Ze slurpte het speeksel op dat langs haar vinger liep. 'Als hij heel… Als hij hard had geslagen. Maar ik wist niet waarnaartoe.' Ze pakte hem beet. 'Ik ga met jou mee, goed?'

Het klonk smekend. Een klein, wanhopig kind.

'Ja', hoorde hij zichzelf zeggen. 'Je gaat met mij mee.'

'Kom', zei ze.

Hij liet zich meetrekken naar de achterkant van de schuur.

'Drukken', zei Lottie, haar voet tegen een plank zettend.

Hij ging naast haar liggen en drukte zijn handen tegen zijn slapen toen hij kracht zette.

Krakend ging de plank aan stukken.

'Ik heb al wat gegraven', zei Lottie. 'Kijk.' Ze klauwde losse aarde weg tot er een gat van een paar decimeter zichtbaar werd. 'Genoeg?'

Hij wrong zijn hoofd, schouders en armen door het gat en trok zich naar buiten. Zijn billen bleven klem zitten en hij voelde hoe Lotties handen ze naar voren drukten.

Hij schoot naar voren en liet zich op zijn rug rollen. Waar komen die sterren vandaan, vroeg hij zich af.

Lottie wrong zich door het gat en bleef op handen en knieën naast hem zitten. 'Heb je een auto?'

'Ja', zei hij, trots dat hij de Corsa alvast had gedraaid.

11

De verwarming deed het. Bij de beslagen ramen moest hij denken aan de knusheid van vroeger, wanneer de brandende kachel niet alleen de kilte maar ook de zwijgzaamheid verjoeg.

'Vertel maar', zei hij. 'Over Manny en over het huis in Dessa waar ik je vond en over de politie.' Hij keek opzij en zag Lottie opgekruld op de bank zitten met een vinger in haar mond. 'Hoe heet je nou eigenlijk?'

'Gila', zei ze.

'Niet Lottie.'

Ze maakte een geluid. Grinnikend? Minachtend?

'Wie heet er nou Lottie. Dat heeft Manny bedacht.'

'Manny is je stiefvader?'

'Hij trouwde met mama toen papa dood was na dat ongeluk in de mijn. Hij had Lez en Garold al. Garold was soms wel aardig. Lez sloeg altijd. Mama zei er in het begin wat van, later nooit meer. Manny sloeg ook, vooral toen hij invalide was.'

'Hoe kwam dat?'

Hij zag rimpels in haar voorhoofd en hoorde zuiggeluiden. Voorzichtig ging hij op één bil zitten en trok zijn broek van zijn andere bil en z'n bovenbeen af. De broek was niet nat meer, alleen een beetje vochtig.

'Manny had iets bedacht. Uitgevonden noemde hij het zelf. Hij werkte als tuinier, maar in zijn vrije tijd zat hij te prutsen.De boerderij is allang geen boerderij meer. Papa was al opgehouden voor hij naar de mijn ging. Toen Manny bij ons kwam wonen mocht ik niet meer in de achterkamer komen. Dat is mijn kamer, zei hij. Daar zat hij 's avonds en op zondag. Hij had iets bedacht om in de zomer dingen koel te houden. Een soort matje met spul erin dat heel lang koud bleef. We worden rijk, zei hij, we gaan verhuizen. Er kwamen mannen in de boerderij die naar het matje keken en toen moest Manny iets aanvragen.' Ze rekte zich uit en hij zag het jack opschuiven. Niet doen, dacht hij. Ze zakte terug en het jack ook.

'Hoe heet zoiets dat je moet aanvragen als je iets hebt uitgevonden?'

'Octrooi?'

Ze dacht na. 'Zoiets. Er kwam een man met glad zwart haar, dure kleren en ringen. Om elke vinger had hij ringen van goud. Hij zou Manny helpen. Toen, op een dag, werd Manny thuisgebracht in een taxi. Hij zat onder de blauwe plekken en twee vingers waren gebroken. Dat had die man gedaan, zei hij, maar de politie kon niets doen, want de man zei dat hij ergens anders was geweest en dat er toen drie mannen bij hem waren.'

Kcrams voelde zijn keel droog worden. 'Alibi?'

'Dat zei Manny ook, alibi. Hij zei dat hij zou uitzoeken hoe het zat met die getuigen. Het lukte niet en toen, op een avond, viel hij van zijn stoel. Zijn gezicht was paars en zijn mond hing scheef. Een beroerte, zei de dokter. Hij kon bijna niet praten in het begin, later een beetje. Toen hij alleen was ging hij naar de schuur. Mama zei dat hij... Het touw brak en hij viel op de betonnen vloer. Nu zit hij in een wagentje. Hij is verlamd tot zijn middel en hij praat nog steeds raar.'

Ze stak drie vingers in haar mond en herhaalde de laatste woorden. 'Ik wou dat het touw niet was gebroken', zei ze, terwijl ze naar haar vingers keek.

Hij klemde zijn handen om het stuur om het trillen tegen te gaan. 'Wie was die man? Die Manny zou helpen, bedoel ik.'

Ze dacht ingespannen na. 'Iets met een S. Ik weet het niet.'

'Denk eens goed na.'

Ze wreef over haar goede oog. 'Een S. Geen lange naam.'

Hij wilde iets zeggen, maar ze vervolgde: 'Toen Manny in het wagentje zat ging Garold verder met zoeken, maar het was mama die iets vond. Ze las elke dag de krant en zei een keer iets over een advertentie. Iets van een bureau.'

'Alibibureau.'

Gila knikte. 'Alibibureau. Garold zocht door en zei dat hij wist hoe die man, die met die S, aan de getuigen was gekomen. Manny zei dat Garold en Lez wraak moesten nemen. Hij zei óók hoe ze het moesten doen. Ik moest bellen en je naar dat huis lokken met die kranten tegen de ramen.'

'En dan?'

'Dan wilden ze je slaan, geloof ik. En je vingers breken, net als ze bij Manny hadden gedaan. Maar Lez sloeg eerst mij. Hij was opgewonden en hij sloeg veel te hard. Ik werd bang.'

Hij dacht dat ze snikte en klopte op haar schouder. 'Stil maar. En toen?'

'Toen werd Garold aangereden en nam jij me mee.'

'Hoorde dat er niet bij? Dat ik je mee zou nemen?'

'Ze zeiden dat ze het nog niet wisten. Of ze je vast zouden houden in dat huis of dat ze je samen met mij zouden laten ontsnappen. Daarom was Garold ook buiten. Als je niet naar binnen zou durven, zou Garold je bij je auto neerslaan en naar het huis slepen.'

'Neerschieten', zei hij.

'Ze hebben niks over schieten gezegd. In het huis werd ik bang van Lez en toen ik buiten ineens licht zag rende ik de kamer uit, zomaar, zonder na te denken. Jij was daar en toen ben ik als vanzelf met je meegegaan.' Als vanzelf, dacht hij.

'Ze hadden gezegd dat ik lief voor je moest zijn. Dat je best met me… naar bed en zo.' Ze bloosde. 'Dat zou goed zijn, zeiden ze, want als een dokter zag wat je had gedaan, zou je in de gevangenis komen en anders zouden ze zorgen dat je naam in de kranten kwam. Dat zeiden ze.' Ze veegde langs de ruit en keek naar buiten. 'Maar je deed niks, je was best aardig.'

'Waarom liep je dan weg uit mijn huis?'

'Ik ben niet weggelopen. Lez kwam me halen. Hij zei dat ik de kleren uit de keuken mee moest nemen en weg moest rennen. In de keuken gooide hij iets uit een fles tegen de muur. Laat die rotzak maar stinken, zei hij. Hij zei dat ik tegen de politie moest zeggen dat je me...' Ze keek uit haar ooghoeken met een schuwe blik. 'Nou ja, dat u...'

'Jij.'

'Dat jij dingen had gedaan. Die kleren waren het bewijs.' Ze sprak nu zo zacht dat ze bijna niet was te verstaan. 'Ik moest de onderbroek tegen me aandrukken. Van onderen, bedoel ik. Lez zei dat de dokter dan zou kunnen zien dat jij...' Ze deed haar ogen dicht en voelde aan haar hoofd. 'Lez gaf me een harde klap.'

'Tegen je oog?'

'Hij zei dat dat mijn verhaal echter zou maken. Hij zei dat hij altijd achter je aan zou blijven zitten en ook achter mij als ik niet deed wat hij zei. En als Garold dood zou gaan, zou hij jou ook doodmaken.'

Ze snikte. 'Ik ben bang.'

'Ja', zei hij en hij dacht: ik ook.

Bij de rand van de stad vroeg hij zich af waar hij naartoe moest. Naar huis?

Hij hoorde Charlie al zeggen: twee keer. Twee keer neemt hij een bijna naakte griet mee naar zijn huis. En dan maar tegen de politie zeggen dat hij niks van haar wilde.

Bovendien was Carrol er. En Maryam. Maryam gaf de doorslag. Niet naar huis. Toch naar de politie?

Niet zolang hij niet wist wie de man met het alibi was. 'Denk na over de man die S en nog wat heette', zei hij.

Ze keek op met dat ene oog dat groot was, donker en vol tranen. 'Help je me dan?'

'Ja', zei hij. Hij reed naar de kamer van Charlie in de afbraakwijk, niet ver van het belastingkantoor.

De kamer was niet op slot. Het bed was er nog en ook de porseleinen beeldjes op de schoorsteenmantel. De pils was op, maar er kwam water uit de kraan en het was er warm.

Charlie moet een oppas hebben, dacht hij. Ik hoop niet dat de instructies voorzien in het neerslaan van onbekende gasten. Of ben ik een bekende gast?

Hij liet water over zijn hoofd stromen en wenste dat hij aspirines had. Achter zich hoorde hij Gila.

'Waar ben ik?'

'In een schuilkamer', zei hij. 'Ik ga straks weg, maar jij kunt hier blijven. Je bent veilig.'

'Veilig?' Het klonk alsof ze het niet geloofde.

'Niemand durft hier te komen. Morgen zal ik uitleggen hoe dat zit. Trek mijn jack uit en doe je jurk aan, ik zal niet kijken.'

'Mijn jurk is vies.'

'Pak een deken', zei hij. Hij bleef net zolang gebukt staan tot hij zeker wist dat ze iets om zich heen had geslagen. 'Heb je honger?'

Ze schudde haar hoofd. 'Ik ben moe', zei ze.

'Ik ook', zei hij, terwijl hij water uit zijn nek wreef. 'Weet je die naam al?'

'Welke naam?'

Hij keek haar scherp aan. Zo dom kon ze niet zijn. Hij deed een stap naar voren en hief een arm. Niet om te slaan of te dreigen, maar omdat hij de pest inhad.

'Sotto', zei ze. 'Sotto.'

'Dat heb je de hele tijd geweten?'

Ze keek als een ondeugend meisje en stak weer een vinger in haar mond. 'Ik was bang dat je toch naar de politie zou gaan.'

Hij keek naar zijn handen en zijn kleren. 'Ik ga naar huis', zei hij. 'Morgen kom ik terug met brood en melk.'

'Echt?'

'Echt.'

Hij wachtte tot ze sliep en liep op zijn tenen naar de gang. Hij zag niemand, maar wist bijna zeker dat Charlie een oppas in de buurt had.

Ik moet hem bellen dacht hij. Charlie kent Sotto. Ik ken Sotto. Maar geen van tweeën hebben we ooit zaken met die hufter gedaan.

12

'Je hebt je verdomme niet zitten haasten,' zei Charlie, 'het is al bijna ochtend.'

'Ik heb haar', zei hij. 'Ze zit in je porseleinkamer.'

'Je maakt een geintje.'

'Ik kon niet anders. Morgen zal ik vertellen wat er is gebeurd. Heb je iemand die op de kamer past?'

'Iemand die haar in elkaar slaat als hij niet op tijd wordt gewaarschuwd', zei Charlie.

'Waarschuw hem dan en laat hij zorgen dat ze daar blijft, ze is belangrijk.'

'Voor jou?'

'Ook voor jou. Er is sprake van een misverstand dat erg uit de hand aan het lopen is.'

'Ik kom naar je toe', zei Charlie.

Hij gaapte. 'Het kan wachten, zorg dat ze blijft waar ze is. Ik ben op mijn hoofd geslagen en soms ben ik duizelig. Ik kan niet lang meer mee.'

'Ouderdom', zei Charlie.

'Zorgen', zei hij.

'Waar kom je vandaan?' vroeg Carrol.

Hij maakte sussende geluiden en trok de deken over zich heen. 'Slaap maar lekker door.'

'Je bent helemaal koud.'

'Ik heb Lottie opgespoord', zei hij. 'Ze heet Gila.'

'Dat wist je toch? Wat ruik je vreemd.'

'Ik ruik naar platteland', zei hij. 'Ik heb hoofdpijn. Morgen vertel ik alles.'

'Het is al morgen.'

'Over acht uur is het pas morgen, ik ben moe en een beetje misselijk.'

Ze deed het licht aan en bekeek hem aandachtig. 'Je moet douchen.'

'Slapen', zei hij. 'Echt, ik kan niet meer.' Hij wilde haar uitleggen dat alles wat er in Dessa en daarna was gebeurd het gevolg was van een misverstand, maar hij kwam er niet aan toe. Hij hoorde Carrol uit bed stappen en mopperen toen ze zag dat hij zijn kleren op de badkamervloer had achtergelaten en wilde zeggen dat het allemaal wel meeviel, maar toen hij zijn zin had geformuleerd was het donker in de kamer en lag Carrol naast hem te slapen.

13

'Het is acht uur,' zei Carrol.

Hij vocht zich naar bewustzijn. 'Wat?'

'Acht uur, ik moet eruit. Je zou me vertellen over vannacht.'

'Ja.'

'Nou, word dan wakker.'

Hij schudde zijn hoofd en kreunde. 'Nee.'

'Wat, nee.'

'Alles nee, ik heb koppijn.'

'Kom je wel naar kantoor?'

'Ja.'

Hij sliep weer voor ze de kamer uit was en hoorde niet dat ze de deuren harder dichtdeed dan nodig was.

'Het is negen uur, paps.'

Lottie, droomde hij. Ze noemt me paps. Ik ben geen paps. Ik ben meneer Kcrams die altijd zegt: zeg maar jij, maar die denkt: het wordt langzamerhand tijd voor u.

'Hoor je me, paps? Negen uur. Ik heb koffie.'

Waar kwam dat zeurende gevoel achter in zijn hoofd vandaan? 'Wat?'

'Koffie. Negen uur. Opstaan. Ochtend.'

'Nee', zei hij.

Hij hoorde Maryam zacht lachen. 'Katertje, paps? Vergeten je eigen pillen te slikken? Ik zet de koffie op de keukentafel. Carrol en ik zijn gisteravond een oude vriendin van me tegengekomen. Ik zou vandaag met haar gaan winkelen. Misschien dat ik bij haar blijf eten. Oké?'

Ja, dacht hij. Oké. Alles is oké. Hij dacht dat hij het zei: 'Oké, Maryam, veel plezier', maar zeker wist hij het niet.

'Of je nog eens iets van je laat horen.'

Hij keek naar de hoorn. Waarom belde Neus? 'Waarom bel je me? Je belt me nooit.'

'Er zit iemand op je te wachten.'

'Bij jou?'

'In de buurt van het porselein, moest ik zeggen. Wat denken jullie dat ik ben? Radio Vrijheid? De duiven zijn om twee uur gelost, herhaling, de duiven zijn om twee uur gelost. Als de westenwind waait geen actie, herhaling, als de westenwind...'

Hij hield de hoorn een eind van zijn hoofd en wachtte tot hij geen geluid meer hoorde. 'Ik heb aspirines nodig.'

'Heb je de boodschap meegekregen?' vroeg Neus.

'Ja', zei hij. 'Ja ja. Tevreden?'

Neus hing op met een klap die natrilde onder zijn schedel.

De koffie was koud, de kaas krulde om bij de randen, er zaten twee vliegen op het brood, maar het briefje maakte alles goed.

'Lieve paps, Carrol en ik vonden het briefje dat je gisteravond voor ons hebt neergelegd hartstikke leuk. Kus, twee keer. Dat twee keer heeft hij er later bijgeschreven, zei Carrol. Ze wilde erom wedden, maar ik zei: ik ken hem ook, dus we wedden niet. Ik ben de stad in en ga daarna naar Ogla... dat is die vriendin van gisteravond. Ik zie wel wanneer ik terugkom. Dikke kus. Maryam.'

Hij nam twee aspirines, stopte er drie in zijn broekzak en las het briefje nog een keer.

'Dikke kus', mompelde hij.

14

Charlie ving hem op in de straat bij het belastingkantoor.

'Je moet je auto niet elke keer op dezelfde plaats zetten', zei hij. 'Je wordt slordig.'

'Vorige keer was het een Scorpio. Vandaag is het een Corsa.'

'Je kop is hetzelfde.'

Hij had zin om dat in twijfel te trekken en te zeggen dat zijn hoofd twee keer zo dik aanvoelde, maar hij hield zijn mond. 'Waar gaan we naartoe?'

'Naar een plaats waar ze ons niet kennen.'

Charlie liep naar een bouwkeet en deed de deur open. 'Rust en warmte', zei hij.

'Wordt hier niet gewerkt vandaag?'

'De hele week al niet, je moet je kranten bijhouden. De gemeente heeft het werk stil laten leggen. Ze zijn erachter gekomen dat het gebouw iets hoger dreigt te worden dan het bestemmingsplan toestaat.'

Hij keek door het raam naar het staketsel van de flat. 'Iets hoger?'

'Tot nu toe achttien meter. Wat is dat voor gedonder met die griet?'

'Lottie? Gila?'

Charlie keek naar zijn handen. 'Heb je mazelen?'

'Brandnetels en iets met doorns. Ik heb vanmorgen nog stekels uit mijn vingers zitten peuteren.'

'Platteland', zei Charlie. 'Ik heb je gewaarschuwd. Wat is dat voor gedonder met die griet?'

'Is ze er nog?'

'Mads zit in het gebouw. Mads, ja. Hij heeft die naam zelf

bedacht, dus ga hem er niet mee jennen. Zij komt er niet uit, een onbekende komt er niet in. Moet ik het voor de derde keer vragen?'

'Ik vertel het je straks', zei hij. 'Eerst wil ik weten of je Sotto de laatste tijd nog hebt ontmoet.'

'Gelukkig niet.'

'Geen zaken met hem gedaan?'

'Met Sotto?'

'Wat doet hij tegenwoordig? Nog druk met beschermen van weduwen, wezen en winkeliers?'

Charlie dacht na. 'Ik heb een tijd geleden een raar verhaal over hem gehoord. Hij zou het octrooi hebben van een uitvinding. Sindsdien noemt hij zich zakenman en beschermt hij zichzelf.'

'Als Sotto een alibi nodig heeft, wie belt hij dan?'

'Sotto belt niet, hij laat bellen en telt ondertussen de gouden ringen aan zijn vingers. Ik zou zeggen dat hij vier man van zijn personeel aanwijst als vrijwilligers. Heeft Sotto te maken met het misverstand waar je het vannacht over had?'

'Ik zal je vertellen wat er is gebeurd', zei hij.

'Manny', zei Charlie. 'Arme ouwe Manny, de stille wreker. Ergens is iets heel erg misgegaan.'

'Ik moet het rechtzetten.'

Charlie keek hem aan. 'Dit bedoel je niet zoals ik denk dat je het bedoelt, hoop ik.'

'Ik heb er vanmorgen over nagedacht. Ik moet naar hem toe. Uitleggen dat hij de verkeerde voor heeft. Zeggen dat ik niets met Sotto te maken heb.'

'Waarna hij je voor alle zekerheid neerschiet en door zijn zoon in het moeras laat donderen.'

'Waarom zou hij schieten?'

'Ik zou ook schieten', zei Charlie. 'Een zoon van hem ligt op intensive care. Jij hebt daarmee te maken. Ik zou dat persoonlijk opnemen.'

'Ik heb niets met die aanrijding te maken.'

Charlie glimlachte. 'Zoals jij het zegt, aanrijding. Ik reed met een noodvaart op die hufter in.'

'Dat weet Manny niet.'

Charlie wreef langs zijn neus. 'Ik wil dat verhaal nog weleens een keer horen. Helemaal vanaf het begin.'

'Van Gila?'

'Van wie anders?'

'Ze weet van jouw bestaan af.'

'Dat houden we zo', zei Charlie. 'Ik blijf in de gang. Je laat de deur open en neemt de zaak door vanaf het begin. Ergens zit me iets niet lekker. In Dessa was ik er zeker van dat ze een valstrik voor je hadden gezet. Zoals jij het vertelt was het een misverstandje met een bijna-dode als gevolg. Valstrik of misverstand. Het verschil is me te groot.'

'Wanneer wil je naar haar toe?'

'Nu', zei Charlie. 'Je zou haar toch zeker opzoeken? Rij maar met mij mee. Ik heb vandaag een soort Jeep. Beijing Jeep noemen ze het ding. Als de wind van opzij komt, heb je de neiging een watje in je oor te stoppen vanwege de tocht langs je trommelvlies. Weet je wat ik langzamerhand weleens wil weten?'

Hij keek verbaasd: 'Wat?'

'Hoe die Manny van achteren heet. En die griet. Misschien komen we ergens als we een naam hebben.'

15

'Hoort hij bij jou?' vroeg de jongen die aan het begin van de gang zat. Hij had een honkbalknuppel op zijn schoot. Naast hem lag een geweer met ingekorte kolf en afgezaagde loop.

'Dat is Mads', zei Charlie. 'Als hij zich verveelt, dan bedenkt hij een ontwerp voor een nieuwe tatoeage.'

Hij bekeek de bewerkte schedel en de figuren op de armen en het blote bovenlijf. 'Heb je het niet koud?'

'Hoort hij bij jou?' vroeg de jongen opnieuw.

'Hij hoort bij mij, Mads', zei Charlie vriendelijk. 'Lazer even een eindje op tot we klaar zijn met de bespreking.'

'Ze heeft een lekker kontje', zei de jongen. 'Echt iets voor jou.'

Charlie keek dreigend. 'Als je eraan komt, krijg je een lange naam. Mads de man zonder ballen. Opgedonderd.'

De jongen grijnsde, zei: 'Ja, Charlie', en liep de trap af.

Charlie maakte een gebaar. 'Je moet weten hoe je ze moet aanpakken. Bij Mads moet het pittig.'

'Heet hij Mads omdat hij gekker is dan gek?'

Charlie keek bewonderend. 'In één keer goed. Iemand zei dat hij gek genoeg was voor twee. Mad en Mad is Mads, zei hij toen en hij vond het een hele vondst. Ik loop mee tot de deur. Haast je niet, ik ga erbij zitten.'

'Ben je er eindelijk? Het is al, is al...' Gila slikte. 'Twaalf uur?'

Iedereen heeft aanmerkingen op mijn tempo, dacht hij.

'Nog lang niet', zei hij. 'Ik had hoofdpijn. Hoe heb je geslapen?'

'Slecht', zei Gila. 'Ik was bang. Ik hoorde iemand in de gang.

Toen ik ging kijken zag ik iemand met allemaal tatoeages. Hij had een honkbalknuppel bij zich.'

'Wat zei hij?'

'Niks. Hij keek en grijnsde.'

'Had je geen kleren aan?'

'Ik had toch zeker niks? Alleen die vieze jurk. De deken gleed weg en...' Ze slikte weer.

Hij keek naar haar lange broek en haar truitje. 'Waar komt dat dan vandaan?'

'Die heb jij toch zeker laten brengen? Die tatoeage-engerd heeft ze me gegeven. Hij bracht ook eten. Ik rook de koffie door de deur heen, daarom heb ik opengedaan. Van de baas, zei hij en hij grijnsde dat ik er bang van werd. Jij bent toch zeker de baas?'

'Ja', zei hij. 'Weet je wat zo gek is? Ik weet je naam niet eens. Niet aan gedacht vannacht.'

'Eibes', zei Gila.

'En hoe heet Manny?'

Ze keek alsof ze de vraag niet kon plaatsen. 'Eibes natuurlijk. Toen mama trouwde heette ze Eibes, en ik ook. Net als Garold en Lez. Het staat ook op de brievenbus.'

'Ja', zei hij. 'Eibes. Vertel nog eens precies wat er de afgelopen dagen is gebeurd?'

Haar ogen werden groot en hij zag de angst terugkomen. Ze krulde zich op op het bed en trok de dekens tot aan haar kin.

'Alles?'

'Vertel maar over Manny en zijn uitvinding.'

'Het was iets met een speciaal spul, ik weet niet hoe het heette. Als je het in de koelkast legde, dan werd het koud en dan kon je het buiten gebruiken. Het bleef heel lang koud.'

'Zoiets als een koelbox.'

Ze schudde haar hoofd. 'Manny heeft het een keer laten zien, het was net een dikke onderzetter. Je kon er een fles opzetten en die bleef dan koud. Manny zei dat hij rijk zou worden.'

'Als hij het octrooi had.'

'Op een dag kwam hij thuis met twee gebroken vingers en een snee over zijn wang. Hij zat onder de blauwe plekken. Dat kwam door Sotto.' Ze rilde, maakte zich kleiner en stak een vinger in haar mond. 'Die keurige man met zijn gouden ringen. Hij is een keer bij ons geweest. Met gebak.'

'Praat wat duidelijker', zei hij. 'Wat gebeurde er toen?'

'Manny belde met de politie geloof ik, en die ging naar Sotto, maar Sotto had getuigen die zeiden dat hij het niet gedaan kon hebben omdat hij heel ergens anders was. Sotto zei ook dat hij de koelmat zoals Manny zijn uitvinding noemde, mocht verkopen omdat hij alle rechten had gekocht. Hij liet een papier zien met Manny's handtekening. De datum die er boven stond was maanden geleden. Sotto zei dat Manny spijt had gekregen van het contract en dat hij meer geld wilde en Sotto in... hoe heet zoiets...'

'Diskrediet?'

Ze keek alsof ze hem niet begreep. 'Sotto zwart wilde maken. De politie kon niets doen en Manny ging zelf op onderzoek uit.'

'Wat voor onderzoek?'

Ze keek hem verbaasd aan. 'Weet ik niet. Tegen mij zei hij niet veel. Tegen mama ook niet. Hij praatte altijd met Garold en Lez. Toen kreeg hij die beroerte en daarna brak dat touw en raakte hij verlamd. Mama zag een advertentie over het Alibibureau en Lez maakte samen met Manny de plannen.'

'Garold niet?'

'Garold wilde wel, maar hij kon het niet, hij was niet slim genoeg. Lez bedacht dat ik op moest bellen en om hulp moest vragen. Hij sloeg me. Dat is voor je eigen bestwil, zei hij, dan klink je tenminste zielig. Ze wilden je midden in de nacht naar dat huis lokken met die kranten voor het raam.'

'Om mijn vingers te breken.'

'Dat zeiden ze. Maar ze wilden geloof ik ook dat je zou zeggen dat Sotto helemaal niet ergens anders was geweest op de dag dat ze Manny's vingers braken. Precies weet ik het niet. Ik mocht niet alles weten. Ze hadden een plan voor als je het huis binnen zou lopen en voor als je zou vluchten. Lez maakte elke dag een nieuw plan.' Ze keek hem aan en hij dacht dat hij iets van trots zag. 'Hij kon goed fantaseren. In het begin, toen Manny pas met mama was getrouwd, vertelde hij me weleens verhalen.'

'Hoe wist Lez dat ik je had meegenomen naar mijn huis?'

Ze haalde haar schouders op. 'Hij wist waar je woonde. Ik denk dat hij gewoon ging kijken. Je was er niet en hij zei dat ik een paar van je kleren moest pakken en de straat op moest rennen. Hij vertelde precies wat ik tegen de politie moest zeggen.'

'Waarom verdween je toen je naar de politie was geweest?'

'Weet ik niet. Ik had een vals adres opgegeven, want dat moest van Lez. Toen ik thuiskwam zei hij dat Garold bijna dood was.' Ze begon te beven en haar tanden klapperden. 'Hij zei dat het mijn schuld was, dat ik niet het huis uit had moeten rennen. Hij zei dat hij jou dood zou maken als Garold niet beter werd, en mij ook, en mama. Hij was helemaal wild.' Ze bracht een hand naar haar rug. 'Hij sloeg me. Elke nacht.'

'In de schuur?'

Ze knikte.

Hij keek naar de tranen die langs haar neus rolden. 'Deed je moeder dan niets?'

'Mama neemt elke avond slaaptabletten. Dat moet van Manny. Daar wordt ze rustig van, zegt hij.'

Hij keek naar haar en zuchtte. Ik moet iets doen, dacht hij, maar ik zou niet weten wat.

Het leek of ze zijn gedachten raadde. 'Wat ga je met me doen?'

'Met jou?'

Het beven werd erger. Toen ze een vinger in haar mond stak was hij er zeker van dat ze erop beet.

'Niet doen', zei hij. 'Je doet jezelf pijn.'

Haar stem was toonloos. 'Lez doet me pijn. Wat ga je met me doen? Me helpen?'

Hoe, dacht hij. Hoe kan ik je in godsnaam helpen. 'Ja', zei hij.

'Hoe?'

Ze lijkt verdomme wel helderziende, dacht hij. 'Ik ken Sotto niet', zei hij. 'Ik bedoel: ik weet wie hij is, maar ik heb nooit iets met hem te maken gehad. Ik weet niets van getuigen. Echt niet.'

Echt niet, herhaalde hij in stilte. Hij wist hoe het klonk en schaamde zich. Echt niet, mama, ik heb dat snoepje niet gepakt.

'Lez gelooft het niet', zei ze.

Jij ook niet, dacht hij. 'Het is allemaal een misverstand, echt waar.'

Ze boog zich voorover en huilde met lange uithalen. 'Dat zeg je omdat je me terug wilt sturen. Dan kan Lez me weer slaan.' Ze stond met een ruk op, liep naar hem toe en roffelde met haar kleine vuisten tegen zijn schouders en hoofd. 'Rotzak', fluisterde ze en hij voelde speekseldruppels op zijn gezicht. 'Rotzak, ik dacht...' Ze zakte aan zijn voeten in elkaar.

Hij kreunde terwijl hij over zijn hoofd wreef en neerkeek op de tengere gestalte die huilde zonder geluid te maken, met schokkende schouders en handen die klauwden in het vloerkleed.

'Ik wil je helpen', zei hij.

Ze zei iets en hij moest bukken om het te kunnen verstaan. 'Breng me maar gauw terug. Toe maar. Anders slaat hij mama.'

'Je moeder?'

'Lez zegt dat hij mama met de zweep slaat als ik niet precies doe wat hij zegt. Manny kan het niet schelen. Hij slaat mama met zijn vuisten. Vanuit zijn wagentje. Dan blijft ze rechtop staan zodat hij niet bij haar hoofd kan komen.' Ze keek hem aan. 'Ik moet naar mama.'

Ik moet uitleggen dat er sprake is van een misverstand, dacht hij. 'Nee', zei hij. 'Is Lez altijd thuis? Overdag, bedoel ik.'

'Hij werkt', zei ze. 'Bij een tuinderij achter de heuvels. Garold werkte daar ook.'

'Dus hij is nu niet thuis?'

'Hij komt nooit voor zeven uur. Na het werk gaat hij wat

drinken. Om zeven uur moet mama eten klaar hebben. Als ze te laat is...'

'Dus nu zijn Manny en je moeder in de boerderij?'

'Ja', zei ze en er gleed iets van hoop over haar gezicht. Ze keek hem weer aan met die ogen waar hij niet tegen kon. 'Ga je mama ophalen? Zodat Lez haar niet kan slaan?'

'Zoiets', zei hij. 'Ik moet nu weg. Aan het eind van de middag kom ik terug.'

Ze trok zich aan zijn benen omhoog en kuste hem op een wang. 'Dank je', fluisterde ze. 'Ik ben zo bang vanwege mama.'

Hij draaide zich met een ruk om toen er nieuwe tranen kwamen en liep snel de gang in.

16

'O, nee,' zei Charlie, 'geen sprake van.'

'Geen sprake van wat?'

'Van wat je van plan bent.'

'Ik ben niks van plan.'

'Jij bent van plan Manny uit te leggen dat je nergens van weet en als hij je niet gelooft, neem je mama mee om te zien hoe gelukkig haar dochter dan wordt. Ik ken je. Bij elke huilende griet denk je aan Maryam. Het verbaast me dat jullie samen niet een potje hebben zitten janken.'

'Alles is een misverstand.'

'Het soort misverstand waarbij je een kogel door je kop kunt krijgen. Ik denk niet dat Manny je gelooft.'

'Maar...'

Charlie drukte hem tegen de muur van de flat. 'Ik heb gehoord dat Petty klaar is met zijn scholing. Hij mag aan het grote werk beginnen, in zijn eentje. Laat hem oefenen op Lez.'

'Petty, van Venancio?'

'Hij heeft die klus met Nanny geklaard. Een schot van driehonderd meter of zoiets. Eén schot en daar ging Nanny. Petty doet dat werk voor zijn plezier. Zonder Lez ziet je toekomst er iets onbezorgder uit.'

Hij schudde zijn hoofd. 'Nog niet.'

'Wanneer dan wel?'

'Als ik erover heb nagedacht. Je hoort het wel. Hoe zit het met vanavond?'

Charlie balde zijn vuisten. 'Altijd als je het niet meer weet begin je over een ander onderwerp. We hebben het over Lez, de man met een doel: jou neerschieten.'

'Alleen als Garold het loodje legt. Hoe zit het met vanavond?'

Charlie bewoog zijn kaken alsof hij kramp had. 'Met vanavond zit het goed. Het zit geweldig. Iedereen is er. Behalve jij. Jij ligt vanavond in het moeras met een kogel in je hoofd of een stuk ijzerdraad om je keel.'

Hij glimlachte. 'Je bent bezorgd, dat is het. Vroeger werd mijn moeder ook kwaad als ze bezorgd was. Dan sloeg ze. Het is uit liefde, zei ze later.'

'Als ik je straks een ram geef, dan is het uit nijd', zei Charlie schor. 'Ik kan lullen tot ik neerstort, maar jij gaat vanmiddag naar Manny met die stijve kop van je.'

'Even over vanavond, Charlie. Wat zijn nou precies de plannen?'

Charlie hief zijn handen. 'Geen redden aan', zei hij. 'Hillder komt, dat is wel zeker. Malek heeft aardige foto's van hem gemaakt toen hij afscheid nam van Kari. Je kunt het nummer van de flat zelfs lezen. Ik heb twee afdrukken naar zijn kantoor laten sturen met "persoonlijk" erop. Ik hoop voor hem dat hij zijn secretaresse onder controle heeft. Holy Smoke komt graag omdat Hillder en Bern er zijn. Hij was vooral blij met Bern. Hij had al een hele tijd een gesprek met hem willen hebben over hun activiteiten in de haven, zei hij, maar omdat Bern de slimste niet is en alles aan zijn moeder moet vragen had hij ervan afgezien. Nu Idda onder handbereik is verwacht hij zaken te kunnen doen. Hij neemt zijn nichtje mee.'

'Nichtje.'

'Heeft-ie een keer op de tv gezien. Dat je zo iemand nichtje moet noemen. Niet nicht, maar nichtje, vergis je niet. Penthouse zag mogelijkheden toen ze hoorde over Hillder. Van Holy Smoke was ze ook niet vies. Het kan een leuke competitie worden tussen haar en het nichtje. Het wordt een boeiende avond. Ik heb gezegd dat negen uur vroeg genoeg was.' Hij trok een gezicht. 'Ik hoop niet dat jij je voor die tijd af laat slachten. Iedereen afbellen is een heel gedoe. Weet je dat Andonis terug is?'

'In de stad?'

'In zijn stamcafé. Voorzover ik weet heeft hij nog geen bezoek gehad van de politie. Ik denk dat ze eerst Lottie willen spreken. Moet ik iets met hem?'

'Andonis? Waarom zou je. Hij weet wat hij doen moet volgens Carrol. Bemoei je er maar niet mee. Heb je nog tijd gehad voor Carrols huisbaas?'

Charlie grijnsde breed. 'Er is vannacht brand geweest in de ijzerwinkel even buiten het centrum die hij vorige maand wilde kopen. De eigenaar had hem weggestuurd nadat ze ruzie hadden gemaakt. Als de politie goed zoekt, denk ik wel dat ze een half verkoold visitekaartje vinden.'

'Kan hij zich daar uit kletsen?'

'Ongetwijfeld, maar het zal hem aan het denken zetten. Geef hem een hint en hij blijft van Carrol af.'

'Wie heeft de brand gesticht?'

Charlie keek hem lang aan. 'Word je er beter van als je alles weet?'

'Nee', zei hij. 'Ik ga naar kantoor.'

Charlie liep een eindje mee. 'Wat ga je met Manny doen?' vroeg hij toen ze bij de rand van de afbraakwijk waren.

Hij bleef onbeweeglijk staan. Charlie keek een poosje naar zijn gezicht en zuchtte. 'Laat maar, ik weet wat je zeggen wilt. Je wilt zeggen: word je er beter van als je alles weet?'

Hij knipoogde en gaf Charlie een speelse stomp tegen een schouder.

17

'Een misverstand', zei Carrol. 'Jij hebt voor de tweede keer een kind van zestien jaar meegenomen. De eerste keer klaagde ze je aan voor, wat was het ook weer, kidnapping, gijzeling en verkrachting. De tweede keer gaat ze tegen je aan zitten smeken en huilen. Of je mama wilt redden.' Ze negeerde zijn protest. 'Je gaat het verdomme nog doen ook, ik zie het aan je gezicht.'

'Zoiets zei Charlie ook.'

'Laat Charlie haar verdomme redden. Ze heeft de ideale leeftijd voor hem. Bemoei je er verder niet mee.'

'En me elke dag afvragen waar Lez is? Of Garold als hij beter wordt?' Carrol gaf een tikje tegen haar hoofd. 'Dat is waar ook. Of je Weins terugbelt.'

'Weins, Zeden.'

'Kcrams, zaken.'

'De man van de aanrijding in Dessa is vannacht overleden.'

Garold, wilde hij zeggen. 'Ja?'

'Ik dacht dat je het zou willen weten.'

'Hebben jullie zijn naam al?'

'Hij komt vanavond op de televisie. Met foto. Het gaat nu om een aanrijding met dodelijke afloop.'

'Jij bent toch van Zeden?'

'Meckry is van Fraude en Chantage, maar hij neemt het persoonlijk op.'

'Bel je me om te waarschuwen?'

Weins zweeg lang. 'Als je dat meisje met een vinger hebt aangeraakt, dan pak ik je. Morgen of over tien jaar, het maakt mij niet uit.'

'Over tien jaar zijn we oud en met pensioen.'

Weins zuchtte. 'We zijn al oud. Ik wilde het je laten weten, dat is alles.'

'Garold is dood', zei hij. 'Volgens Gila heeft Lez nog maar één doel: mij vermoorden.'

'Dus?'

Hij wreef over zijn achterhoofd en maakte een geschrokken beweging toen hij pijn voelde.

'Kom er dan ook niet aan', zei Carrol. 'Je ziet er niks van onder dat haar van je. Het wordt dunner, maar hij heeft precies geslagen waar het 't dikst is. Gewoon afblijven. Wat ben je van plan?'

'Ik ga nadenken', zei hij. 'Nadenken kan geen kwaad. Charlie zegt dat Andonis terug is. Hij zit in zijn stamcafé.'

'Rustig laten zitten.'

'Weins zei: als je dat meisje met een vinger hebt aangeraakt, dan pak ik je, ook al duurt het tien jaar. Hij meent het. Hij gaat achter Andonis aan.'

'Andonis houdt zijn mond. Zijn meisjes ook, als Weins ze ooit te pakken krijgt.'

Hij wreef over de brandnetelbulten die allemaal tegelijk begonnen te jeuken. 'Verrekte bulten. Ik heb met Lottie al genoeg aan mijn hoofd. Ik wil me niet druk hoeven maken om Andonis.'

'Maak je dan ook niet druk. Dat doe ik wel voor je.'

'Hoe?' vroeg hij.

Ze zag de onrust in zijn ogen. 'Ik weet wat hij nog meer doet dan meisjes "Lang zal hij leven" laten zingen.'

Hij keek naar haar en bleef kijken.

Ze bracht onwillekeurig haar hand naar haar haar en duwde een lok terug. 'Kijk niet zo.'

'Is het erg geheim wat je weet?'

'Mensensmokkel, nou goed? Andonis smokkelt mensen het land in en er weer uit, het ligt er maar aan welk land ze kiezen. Ik weet hoe hij het doet.'

'Hoe. Ik bedoel: hoe weet je dat.'

'Door toeval, hij was dronken en het was een gekke avond. Hè, verdomme, kijk niet zo. Ik ben heus niet zoveel stommer dan jij. Jij weet veel, Charlie weet veel, ik weet een beetje. Andonis begon er een keer over. Hij zei: ik smokkel eigenlijk niks. Smokkel is een verkeerd woord. Ik breng mensen waar ze willen zijn en verder niets. Zij worden er gelukkig van en ik ook. De rest van de inwoners kan het niets schelen, alleen de politie en de regering.'

'Gekke avond.'

'Heel gekke avond, ja. Heb jij er nooit zo een gehad, eentje waar je liever niet meer over praat?'

Ja, dacht hij, een paar. 'Een paar.'

'Ik ook. Een paar. Laat Andonis maar in zijn café zitten. En bovendien: jij hebt haar toch met geen vinger aangeraakt?'

Ze keek dreigend en hij voelde behoefte zich te verdedigen. 'Natuurlijk niet. Dat heb ik je verteld. Ze zit in moeilijkheden. Ze heeft pijn van de zweepslagen, haar oog is nog geel en groen, ze is bang voor wat er met haar moeder gebeurt. Bang voor wat haar stiefvader doet en voor wat Lez van plan is. Ze denkt dat ik haar kan helpen.'

'Jij denkt dat je dat ook echt kunt. Ik voel het, jij bent iets van plan waarvan je weet dat Charlie het een slecht idee vindt, en ik ook. En Maryam.'

'Laat Maryam erbuiten', zei hij, scherper dan hij bedoelde. 'Ik moet eerst nadenken. Wil jij vanmiddag een contract maken waarin we onze belangen op de boten van Hillder overdoen aan Bernhardt? Hij is de zoon van Idda, bel haar maar voor zijn achternaam. Als we vanavond vieren dat we een contract hebben getekend, is het handig als het contract er ook is.'

Carrol perste haar lippen op elkaar.

'Is er iets?'

'Praat er maar overheen. Dat doe je altijd als je de antwoorden op logische vragen niet weet. Ben jij erbij als het contract wordt getekend of lig je in een greppel?'

'Boosheid is ook liefde', zei hij. 'Sorry, ik dacht aan mijn moeder. Charlie zei ook al zoiets. Lez werkt bij een tuinder. Ik ga kijken of hij er is. Misschien ga ik daarna een praatje maken met mama en met Manny. Deze flauwekul moet echt een keer ophouden. Is er verder nog iets wat ik moet weten?'

'Dat ik droge kleren voor je klaar zal leggen bij Idda', zei Carrol met een stem die hij nauwelijks herkende. 'Je kleren van vannacht zagen er niet uit. Ik hoop dat je ze nog nodig zult hebben. Die droge dus. Ik bedoel...'

Hij keek naar haar tranen.

'Ik zal oppassen', zei hij.

'Donder maar gauw op', zei Carrol.

18

Hij verbaasde zich over het aantal tuinderijen dat de stad telde. Achter de heuvels had Gila gezegd, maar er waren veel heuvels.

Hij scheurde de bladzijden met de T uit de gele gids en liep naar een telefooncel. De hoorn lag op de grond. Over de toetsen was een sticker geplakt: met een gsm belt u sneller. In de tweede cel was alleen de hoorn nog intact. Het toestel lag op de grond, naast een handvol telefoonkaarten. Hij greep ernaar maar zag op tijd dat ze waren ingesmeerd met... Hij wist niet wat het was, maar het zag er bruin uit en hij had het gevoel dat hij moest kokhalzen.

Hij liep naar een warenhuis en vond een telefoontoestel dat nog op munten werkte.

'Met tuinderij Uw groene tuin?'

'Is Lez aanwezig?'

'Lez? Werkt die hier?'

'Dank u wel.'

'Met tuinderij Eeuwige lente.'

'Dag mevrouw. Ik zou Lez graag even spreken.'

'Lez? Is dat die nieuwe? Sorry hoor, ik werk hier nog niet zo lang. Ogenblikje.'

Hij trok met een ruk de hoorn van zijn oor toen hij haar hoorde schreeuwen: 'Hebben wij een Lez?'

'Meneer? Hallo, bent u er nog? Bij ons werkt geen Lez.'

'Tuinderij Toekomst.'

'Lez daar?'

'Lez waar?'

'Daar. Bij u.'

'Wie?'
'Lez.'
'O, is dat een naam, zeg dat dan. Ken ik niet.'

'Met Groene Vingers.'
'Ik zoek iemand die Lez heet. Hij zou bij u werken.'
'Wat wilt u van hem?'
'Hij zou iets voor me doen.'
'Wat, meneer, als ik vragen mag?'
'Advies. Hij zou advies geven.'
'Voor advies kunt u bij ons terecht tot zes uur, meneer. Wij hebben niet graag dat werknemers die in de tuinderij werken op eigen houtje adviseren. Dat zal ik tegen Lez zeggen. Hoe zei u dat u heette?'
'Wacker', zei hij.
De stem veranderde. 'Neemt u me niet kwalijk, meneer Wacker. We zijn blij dat iemand van ons u van dienst kan zijn. Moet ik een boodschap aan Lez doorgeven?'
'Nee', zei hij. 'Ik kom vandaag of morgen even langs.'
'Dat stellen we op prijs, meneer Wacker. Ik begrijp dat uw verwondingen meevallen? Ik heb het in de krant gelezen. Het is toch wat als je 's nachts wordt overvallen.'
'Ja', zei hij. 'Tot straks.'
Voor het eerst begreep hij waarom Calk zo veel drukte over een alibi had gemaakt.

Op de voorbank lag een telefoon in een stuk papier gewikkeld. 'Bel me', stond er op het papier. Langs de rand stond een nummer.
'Ja.'
'Met mij.'
'Weet ik. Ik heb nu een telefoon met een venster waarop het nummer van jouw gsm staat.'
Hij begreep er niet veel van en Charlie wist het. 'Laat maar. Rij

naar de plaats waar je gisteravond was en stap in de auto die klaarstaat.'

'Wat voor auto?'

'Dat zal de jongeman je vertellen over wie we het een paar uur geleden hadden, die ambitieuze, die klaar is voor het grote werk.'

'Wat moet ik met hem?'

'Niks. Plak een pleister over zijn mond als hij te veel kletst. We willen je heel terug hebben voor het grote feest vanavond.'

'We?'

'Ik ken er drie. Niet meer, maar drie is genoeg.'

'Waarom denk je dat deze rompslomp nodig is?'

Charlie maakte een spottend geluid. 'Je bent een stijfkop en je bent voorspelbaar. Ik weet wat je gaat doen en ik ken er nog een. Ze heeft al geen hoge dunk van me en dat wordt er niet beter op als je het leven laat. Versnipper het papier met het nummer en veeg over je stuur als je uitstapt. Iets zegt me dat je niet elke dag handschoenen draagt.'

Op de parkeerplaats stond een man in een onberispelijk kostuum. Hij droeg handschoenen en een hoed. Hij zag eruit als het soort persoon dat je met genoegen in elkaar zou slaan. Hij wees naar een Corsa in dezelfde kleur, maar van een ander bouwjaar en met een ander nummerbord. 'Charlie zei dat we samen gaan.' Hij wees met zijn hoofd. 'Met die auto.'

'Wie ben jij?'

De man keek gekwetst. 'Petty', zei hij.

'Hoe oud ben je?'

Petty hield op met kauwgom kauwen. 'Oud genoeg.'

'Waarvoor?'

Petty maakte een gebaar met duim en wijsvinger. 'Paf', zei hij. 'Poef.'

'Met je vinger?'

Petty liep naar de auto en opende het achterportier. 'Kijk je even?'

Hij was nieuwsgierig genoeg en keek. 'Hoeveel heb je er in godsnaam nodig?'

'Dat weet je pas als het zover is', zei Petty. 'Gaan we nog?'

Hij bleef roerloos staan en keek naar de lucht. Zware wolken met kleine vlakken helder blauw ertussen. 'Jij rijdt apart', zei hij.

'Charlie zei dat je dat zou zeggen. Mijn auto staat daar.' Petty wees naar de parkeerplaats aan de andere kant van de 37. 'Het probleem is dat oversteken te link is. Ik heb geweren en pistolen.'

'Rij maar in mijn auto. Als er iets gebeurt, dan zorg je dat hij in de sloperij komt die Charlie heeft genoemd.'

Het kauwen stopte opnieuw. 'Hoe weet jij dat? Dat Charlie dat zei?'

'Ik denk. Jij schiet', zei hij. 'Maar niet voordat het nodig is en alleen als ik het zeg.'

'Charlie zei dat je dat zou zeggen.'

'Zei hij ook dat ik zou zeggen dat ik behoorlijk de pest inheb dat jij hier bent?'

Petty knikte. 'Dat ook. Hij zei dat ik niet mocht lachen.'

Op de parkeerplaats van tuinderij Groene Vingers stond de vuilwitte pick-up met de rode band om de laadbak. Hij draaide het raampje omlaag en keek rond. Zou Lez hem kennen? Hij dacht van niet, maar durfde niet uit te stappen.

In het winkeltje naast de parkeerplaats hielp een meisje een klant. In de kassen achter de winkel zag hij mensen lopen. In de grote tuin met honderden boompjes en struiken liepen mannen met laarzen en corduroy broeken. Een van hen had haar dat hem aan Lottie deed denken, maar hij had geleerd om niet te vertrouwen op zijn vermogen mensen te herkennen. De kans was groot dat iedereen Lez zou heten behalve de man met het Lottiehaar.

Hij verbaasde zich erover dat hij haar in gedachten Lottie noemde in plaats van Gila. Het zal wel iets betekenen, dacht hij. Misschien kom ik erachter wat en anders leggen Charlie of Carrol het wel uit.

Hij draaide de Corsa, negeerde Petty die strak voor zich uit keek en reed terug naar de 37.

Op de plaats waar hij de vorige avond de Corsa had geparkeerd bleef hij staan. Doorrijden? Lopen? Hij huiverde en keek naar de heuvel in de verte waarachter de boerderij lag.

Had Manny een wapen? Kon hij schieten? Kwamen er weleens kennissen op bezoek of buren? Allemaal vragen die hij aan Lottie had moeten stellen.

Hij stapte uit en liep naar Petty. 'Achter die heuvel is een boerderij. Ik moet ernaartoe. Als het goed is zijn er alleen een vrouw en een invalide man.'

Petty blies een bel. 'Als het fout is, wat dan?'

'Ik heb geen idee.'

'Rugdekking nodig.'

Hij keek naar het verlangende gezicht en wist dat Petty zou gaan schieten. 'Ik red me wel. Jij blijft hier. Als je een witte pick-up met een rode band om de laadbak ziet aankomen, dan hou je hem tegen.'

'Die van de tuinderij?'

Petty had wel ogen in z'n hoofd. 'Die. Ik wil niet dat de pick-up de boerderij bereikt.'

'Paf?'

'Prima', zei hij. 'Je mag roepen wat je wilt als je hem maar raakt.'

'Boem', zei Petty.

'Ja', zei hij. 'Boem. Zet je je hoed af voor je schiet?'

Petty keek verbaasd. 'Waarom?'

'Gewoon', zei hij. 'Nieuwsgierigheid, anders niks.'

Bij daglicht over een zandpad lopen was niet veel makkelijker dan lopen in het donker, merkte hij. Voordat hij honderd meter had afgelegd was hij twee keer weggegleden over losse takken en bladeren en was hij nat tot zijn kuiten.

Net als de vorige avond ging hij verder door de berm. Hij miste de brandnetels, maar stapte in een kuil vol bladeren en voelde zijn enkel zwikken.

Ik had Petty moeten sturen, dacht hij, met al zijn geweren en pistolen, en daarna had ik in alle rust naar de boerderij moeten rijden om te kijken of er nog iemand in leven was.

Hij hijgde toen hij bij de top van de heuvel kwam en liet zich door de knieën zakken.

De boerderij leek verlaten, de betonplaat was leeg, bij de schuur bewoog niets.

Hij overwoog een omweg te maken en de boerderij van achteren te naderen. Hij dacht aan de tijgersluipgang zoals hij die vroeger moest doen in het leger. Hij dacht aan hardlopen en zonder waarschuwen binnenvallen.

Hij stond op en wandelde naar de deur. Er was geen bel en daarom klopte hij. Hij wachtte en klopte opnieuw. Hij deed een greep naar de klink en trok zijn hand terug. Wat deed je ook weer als je bij een boerderij stond, naar binnen stappen en 'volluk' roepen?

Hij pakte opnieuw de klink en deinsde achteruit toen de deur met een ruk openging. In de deuropening stond een vrouw met een schort. Boven het schort zag hij een bol gezicht met haar dat snel op zijn plaats was gedrukt. Onder het schort zag hij laarzen. Ze was zo groot dat ze bijna de hele deuropening vulde. Hij slikte toen hij haar vergeleek met Lottie. Was dit de vrouw die hij moest ophalen omdat ze door een invalide man werd geslagen?

'Ja?' zei de vrouw.

Hij maakte een beweging die leek op buigen. 'Dag', zei hij.

De vrouw knikte. 'Dag.'

'Ik kom voor Manny', zei hij.

'Manny', herhaalde ze. 'Wie is Manny?'

Zijn nek werd warm, de bulten op zijn hand jeukten, zijn hoofd schrijnde.

'U bent toch mevrouw Eibes?'

Ze knikte. 'Komt u voor een kamer?'

'Ik kom voor u en voor Manny. Ze zeiden dat hij hier woont.'

'Hier woon ik', zei de vrouw. 'Ik ken geen Manny.'

'Maar...' zei hij.

De vrouw deed een stap achteruit. 'Ik was aan het strijken. De bout staat op de plank. Komt u maar mee.'

Hij liep behoedzaam achter haar aan over een koele deel met een betonnen spoelbak en een koperen pomp. Een valstrik, dacht hij. Ze lokt me naar binnen en daar zit Manny met een jachtgeweer.

'Komt u nog?' vroeg de vrouw. 'Moet ik het licht aandoen? Voelt u zich wel goed?'

'Ja', zei hij. 'Nee. Geen licht. Ik kom.'

De vrouw opende een deur en liep een kamer in. Hij volgde haar en keek snel om de hoek, als een detective die een hotelkamer vol gangsters verwacht.

'Het is schoon hoor', zei de vrouw.

Hij verzamelde moed en schoot de kamer in. Links niemand, rechts niemand.

'Wat doet u toch?' vroeg de vrouw. 'Bent u wel helemaal...' Ze hief de strijkbout en keek dreigend.

Hij zuchtte van opluchting. 'Sorry', zei hij. 'Ik had... Het is heel gek, maar...'

'Als u eens ging zitten?'

Hij zocht een stoel vanwaar hij de deur kon zien en zette die zo dat hij niet met zijn rug naar een van de twee ramen zat, al dacht hij niet dat hij van buiten te zien was met al die planten en het gehaakte gordijntje erachter.

'Thee?' vroeg de vrouw.

Hij knikte en stond half op.

'Blijft u toch rustig zitten', zei ze. 'Wat doet u zenuwachtig. U komt zeker uit de stad en bent aan rust toe. Zo krijg ik ze wel vaker. Na twee weken doen ze weer gewoon. Er gaat niets boven het platteland.' Ze liep naar het aanrecht en schonk thee in. 'Suiker?'

'Twee klontjes', zei hij.
'Schepjes', zei ze. 'Hier doen we niet aan klontjes, hier doen we gewoon.'
Hij keek van de vrouw naar de strijkplank en naar de drie enorme stapels wasgoed. 'Veel was.' Hij wist niets anders te zeggen.
'Strijkgoed', zei de vrouw. 'Voor die daar.' Ze wees om zich heen. 'In de zomer voor de huisjes op de camping, in de winter voor de bungalows in de heuvels.'
Hij pakte het kopje toen hij haar hoorde slurpen en nam een slok.
Ze zag aan zijn gezicht dat hij zijn lippen brandde. 'Slurpen mag, we doen niet zo stads in deze streek.'
Hij slurpte en vroeg zich af waar hij moest beginnen.
'Wie is Manny?' vroeg de vrouw onverwacht.
'Wat?'
'U vroeg naar Manny.'
'Die zou hier wonen', zei hij. 'Kent u iemand die in een wagentje zit omdat hij verlamd is? Hij heeft ook een beroerte gehad.'
De vrouw pakte een overhemd en legde het over de strijkplank. 'Ik ga door met mijn werk', zei ze. 'Als u uw schoenen uit wilt trekken, dan gaat u uw gang maar, u hebt in de plassen getrapt, zie ik. Beroerte en verlamd. Dat is veel pech.'
Hij piekerde er niet over om zijn schoenen uit te doen. 'Kent u zo iemand?'
Ze schudde haar hoofd in het ritme van de bewegingen van haar arm. 'Ik ken er drie die in een rolstoel zitten, en een met een beroerte, maar samen...'
Hij slurpte en verzamelde moed. 'Waarom zou iemand dan zeggen dat u getrouwd bent met Manny die verlamd is en een beroerte heeft gehad?'
Ze keek hem met rustige ogen aan. 'Wie zegt dat?'
Lottie, dacht hij. 'Iemand die beweert dat ze u goed kent.'

'Ik ben alleen', zei ze.

'Niet getrouwd?'

Ze liet haar hand zien. 'Die ring heb ik van hem. Hij is weg, al een hele tijd. Hij had een ander.' Ze trok haar neus op. 'Iemand van de bungalows. Ze kwam altijd haar was brengen. Ik strijk al vanaf dat de kinderen de deur uit zijn.'

'U hebt kinderen?'

Ze keek verbaasd. 'Iedereen heeft kinderen. Twee, een jongen en een meisje. Ze wonen ver weg. Ze komen met kerst en als ik jarig ben. Ik ben twee weken na kerst jarig, dat is pech. Maar soms blijven ze. Dat is leuk.'

'Uw man woont niet meer in deze buurt?'

'Eerst in de stad, later in het buitenland. Hij had het altijd al hoog in de bol. Hij was hovenier, maar dat vond hij niet mooi genoeg en daarom noemde hij zich tuinarchitect. Zo kwam hij ook bij haar.'

Ze klemde haar lippen op elkaar. Hij wilde iets zeggen, maar slikte het in toen hij zag dat ze alleen maar haar gedachten had staan verzamelen. 'Het duurde een hele tijd voor ik doorhad wat er aan de hand was. Hij had altijd wel iets. Een vergadering een eind weg, een conferentie met tuinarchitecten uit andere landen. Dan belde er iemand op die zei dat Viggo, zo heet-ie, Viggo, maar Vigor vond hij mooier, dat Viggo vroeg moest komen of dat hij een toespraak moest houden. Na een tijdje dacht ik: ik ken die stem, het lijkt wel of steeds dezelfde man belt. Ik vergeet nooit stemmen, ik weet niet waarom. De stem van de man die belde leek wat op die van u. Later zag ik advertenties in de krant. Die liet ik zien en toen ik zijn gezicht zag wist ik het wel. Hij liet een bureau bellen om mij voor de gek te houden. Ik heb gezegd: ga maar naar die mooie dame van je en dat heeft hij gedaan. Hij stuurde wel geld in het begin, daar heb ik de boerderij van laten verbouwen. Van de zomer had ik gasten. Met kerst komen de kinderen. Nu is het de tijd ertussenin.'

Ze sprak op de monotone manier van iemand die het leven

neemt zoals het komt. Geen stemverheffing, geen verwijt, alleen feiten.

'Hebt u nu de kamers verhuurd?'

Ze keek op. 'Zei ik dat net niet? Twee mannen en een vrouw. De mannen werken bij een tuinder. Dat vond ik wel leuk. Mijn man hovenier, zij bij een tuinder. Wat moet je hier anders? Boeren kan allang niet meer.'

'Blijven ze lang?'

Ze haalde haar schouders op. 'Dat weet je nooit. Een van die twee mannen heb ik al een paar dagen niet gezien. De ander zegt niet veel de laatste tijd. De vrouw wel. Die kletst wat af. Ze lacht veel. Dan is er vrolijkheid in huis.'

Hij sloot zijn ogen en waagde de gok. 'Heet ze Lottie?'

Het werd stil in de kamer en toen hij zijn ogen opendeed zag hij dat ze hem aanstaarde. 'Hebt u pijn of zo? U beweegt soms zo vreemd. Lottie? Zo heet je toch niet tegenwoordig.'

'Gila?'

De vrouw ging verder met strijken. 'Waar haalt u die namen vandaan? Garold noemt haar Blanca omdat ze van die donkere ogen heeft. Ik zei: Blanca, dat lijkt meer op wit. Hij zei: daarom, het is om een beetje te plagen.'

'Garold?'

'Zo heet die ene. De andere heet Lez. Hij heet eigenlijk anders, vertelde Blanca, maar hij noemt zich Lez. Volgens mij heet Blanca ook anders, maar het kan me niet schelen hoe de gasten zich noemen.'

'Hoe oud is ze. Zestien?'

De vrouw zette de strijkbout neer. 'Eerder twintig. Waarom vraagt u dat als ik vragen mag?'

Improviseren, dacht hij. De juiste toon vinden. Vaderlijk, maar met distantie. 'Ik heb een winkel in kleren. Echte mode. Er kwam een meisje dat model wilde worden, voor shows en zo. Ze had heel grote, donkere ogen. Ze zei dat ze Lottie heette en zestien jaar was. Ze had het figuur van een zestienjarige. Ze zei dat ze het werk hard nodig had, omdat haar vader invalide was.'

'De Manny waar u het over had?'

Hij knikte. 'Ze zei dat ze hier woonde. In een boerderij met een vierkante betonplaat en een schuur, aan de zandweg, zo legde ze het uit. Ik zei dat ik geen werk voor haar had, maar gisteren is een van de meisjes vertrokken en nu...' Hij maakte een gebaar.

Ze keek hem argwanend aan. 'Waarom vroeg u dan naar Manny en niet naar haar?'

Hij ademde opgelucht. Hij had haar te pakken. 'Er komen veel meisjes met een fantasieverhaal', zei hij. 'Ze willen model worden en dan beroemd. U weet wel, foto op de voorkant van de modebladen. Ik zoek altijd eerst de ouders op. Soms weten de ouders niets van de plannen van hun dochter. Ik zoek de ouders op en vertel dat ze bij mij heeft gesolliciteerd. Lottie had het over Manny en ik dacht dat het haar vader was.'

De blik van de vrouw werd zachter. 'Dat u de moeite neemt', zei ze. 'Om de ouders op te zoeken, bedoel ik. Ik vind opbellen al heel wat. Ik ken geen Manny.' Ze lachte zonder geluid te maken. 'Ze heeft wel altijd hele verhalen, Blanca. Over de toneellessen die ze in de stad heeft gevolgd en zo, en over filmrolletjes. Het arme kind.'

Hij zag haar gezicht betrekken. 'Arme kind?'

'Vroeger is ze geslagen', zei de vrouw. 'Door haar vader, zegt ze, en ook door haar moeder. Daarom is ze met haar broers meegegaan. 's Avonds neem ik altijd een slaaptablet, maar een paar keer dacht ik dat ik geluiden hoorde in de schuur. Volgens mij slaan haar broers haar ook.' Ze huiverde. 'Ik heb weleens gedacht: moet ik de politie niet bellen, maar de volgende dag was ze opgewekt als altijd.' Ze zette de strijkbout op zijn kant en zuchtte. 'Sommige mensen houden van slaan. Ik heb daar verhalen over gehoord...'

Hij keek naar haar ronde gezicht, haar rode, vereelte handen, en wist dat slaan een wereld van haar af stond.

'Lottie zei dat ze Eibes heette', zei hij.

De ogen van de vrouw schoten vol tranen. 'Echt waar? Wat lief.

Soms denk ik weleens: had ik maar zo'n dochter, dat is beter dan...' Ze boog zich met een ruk over de wasmand. 'Zoiets mag ik niet zeggen, natuurlijk.'

'Hoe heet ze echt?'

De vrouw keek hem aan terwijl ze gebogen stond. Onder haar neus zat een sliert. Ze veegde hem haastig af. 'Neem me niet kwalijk. Wat zei u?'

'Hoe heet Blanca. Van achteren, bedoel ik.'

Ze streek over haar haar. 'Ik ga vanavond uit', zei ze. 'Ik moet mijn haar nog doen, let er maar niet op. Mijn schoenen zijn vanmorgen nat geworden toen ik de was ophaalde, daarom heb ik laarzen aan. Hoe ze heet? Ze hebben het wel gezegd. Wacht, ik heb het ergens op een papiertje.'

Ze duwde het strijkgoed weg en liep naar het dressoir. Hij keek naar haar rug, haar brede achterste, de jurk die opkroop tot boven de spataderen net onder de knie en hij begreep haar man. Hij was waarschijnlijk een klant van het Alibibureau geweest. Maar hij had zich geen Eibes genoemd. Betekende dat iets? Waarschijnlijk niet, de meeste klanten prikten een naam in het telefoonboek.

'Ik heb het', zei de vrouw. Ze pakte een bril uit een la en bestudeerde het papiertje. 'Garold heeft het voor me opgeschreven. Heegem. Zegt u dat iets?'

Hij voelde zich wit worden. Zijn armen trilden en zijn benen werden zwaar. Er trok een kramp door zijn borst.

'Wat is er?' vroeg de vrouw. 'U doet weer zo raar. Bent u ziek?'

Hij wilde vloeken, schreeuwen, stampen, iets stukslaan, met zijn armen maaien, de aarde laten beven.

'Nee', zei hij met een stem die hij nauwelijks herkende. 'Er is niets. Ik moet weg. Meteen.'

Hij stootte zich aan de stoel en aan de deurpost. De buitendeur kreeg hij pas open toen de vrouw zei: 'Hij draait naar de andere kant. Wat is er toch. Ga even zitten.'

Hij stortte zich de buitenlucht in en rende in de richting van de auto. Hij schreeuwde, maar had er geen idee van welke woorden uit zijn mond kwamen. Met suizende oren en een waas voor de ogen stormde hij het pad af.

19

'Wat is er aan de hand?' vroeg Petty. Hij had een geweer in zijn handen en stond ontspannen te kauwen. 'Problemen?'

Hij leunde tegen de zijkant van zijn auto en hijgde. 'Niks.'

Petty keek hem aan. 'Niks.'

Hij balde zijn vuisten en schopte tegen het wegdek. 'Niks.'

Hij wachtte tot hij weer heldere beelden op zijn netvlies had en probeerde zijn stem onder controle te krijgen.

'Jij blijft hier wachten.'

'Oké', zei Petty.

'Je wacht op de pick-up.'

'En dan?'

'Dan schiet je de hufter die achter het stuur zit de hemel in.'

'Maakt niet uit wie?'

'Maakt niet uit wie.' Hij wees naar de boerderij. 'Niemand gaat daarnaartoe, niemand komt daar vandaan.'

'Oké', zei Petty.

20

Onderweg naar Lottie was hij een en al verwarring. Flarden van herinneringen mengden zich met het magere gezicht van een meisje, van Lottie, die Gila, die Blanca was en van wie hij zeker wist dat ze anders heette. Hij had haar op zijn knie gehad, een tweede Maryam, maar met grotere ogen.

Door alle gedachten en herinneringen heen bleef een zin hangen: ik had het moeten weten, ik had het moeten weten.

Hij sloeg tegen de zijkant van zijn hoofd en toen hij pijn voelde nog eens. 'Ik had het moeten weten', hoorde hij zichzelf schreeuwen. 'Ik had het moeten weten.'

Hij stopte op precies dezelfde plaats waar de Corsa uren eerder had gestaan zonder enig idee te hebben hoe hij daar was gekomen. Hij wilde rennen, maar dwong zich gewoon te lopen tot hij in de afbraakbuurt was. Hij rende het laatste stuk en sprong over hopen afval waar hij een dag eerder onmogelijk overheen had gekund.

Hij rukte de deur naar de hal open en verstijfde toen hij de gestalte zag die op de trap lag.

'Mads?'

De jongen bewoog en schudde zijn hoofd.

Hij zag de tape over Mads mond en voelde zich koud worden en misselijk.

'Hij beweegt zich liever niet te veel. Dat komt door zijn kapotte knieschijven', zei een stem.

Hij draaide zich met een ruk om en zag een man van halverwege de twintig. 'Lez?'

De man wenkte met een pistool. 'Loop maar naar boven, je weet de weg.'

Hij bleef bij Mads staan en keek naar het van pijn vertrokken gezicht, naar de nietsziende ogen, de tanden die zich door de onderlip hadden geboord. 'Hij...'

'Niks hij. Hij heeft met Rebeca gerotzooid.'

Rebeca. Dat was de naam die hij zocht. Rebeca die op zijn knie had gezeten en die met Maryam had gespeeld. Rebeca met de donkere ogen en de kraaiende lach.

'Maar...'

Hij kreeg een klap met het pistool tegen zijn schouder. 'Nog een woord en ik schiet een gat in je. Naar boven.'

Hij rukte zijn ogen van Mads los en klom met bijna onbestuurbare benen de trappen op.

In de kamer van Charlie kreeg hij een duw. 'Zitten en mond houden.'

Hij ging op het bed zitten en werd achterovergeduwd.

'Polsen bij elkaar.'

Hij hield zijn polsen tegen elkaar en zag hoe de man er tape om wond.

'Benen.'

Hij stak zijn voeten uit.

'Zitten.'

Hij ging zitten, zwijgend, bang en overdonderd.

'Even naar de kreunende tatoeage kijken', zei de man. 'Als ik terugkom en merk dat je je hebt bewogen, dan schiet ik. Ik heb goed geoefend op de knieën.'

Hij bleef roerloos zitten en voelde pijn opkomen vanuit zijn onderrug. Hij wilde gaan liggen, maar durfde niet. Ik trek me terug in mezelf, dacht hij. Hij had die zin een keer gehoord op televisie en begreep nu wat ermee werd bedoeld. Ik kijk in mezelf.

Hij deed zijn ogen dicht en zag beelden uit het verleden. Steeds weer Rebeca en Maryam, Lottie en Maryam, Gila en Maryam. Maryam werd ouder, maar het andere meisje bleef klein, met krullen en een strik, een peuter met wijze, grote ogen die meer hadden gezien dan hij voor mogelijk had gehouden.

Hij voelde een tik tegen zijn borst. 'Zit je verdomme te slapen?'

Hij knipperde en wreef met zijn gebonden handen over zijn ogen. 'Lez?'

'Hou het daar maar op', zei de man. Hij gooide Mads in een hoek. De jongen kwam op zijn knieën terecht en stootte een dierlijk geluid uit.

'Hij bloedt dood', zei hij.

'Hij zat te klooien met Rebeca. Toen ik kwam waren ze allebei in deze kamer. Rebeca zat waar jij nu zit. Hij stond voor haar met zijn gulp open.'

'Hij mocht haar niet aanraken.'

'Dat heeft hij haar ook verteld, maar hij drukte dat afgezaagde geweer tegen haar hoofd en zei dat zij hem wel aan mocht raken.'

'Waarom schiet je hem niet dood?'

'Omdat hij moet lijden, daarom. Opdracht van Rebeca.'

Hij wist ineens heel zeker dat Rebeca geen broer had gehad. 'Wie ben jij?' vroeg hij.

Lez glimlachte. 'Ik weet wat je denkt. Niet haar broer, nee. Ik ben haar man.'

'Ze is geen zestien, ze scheelt maar een jaar met...'

Lez knikte. 'Eenentwintig. Ze is eenentwintig en slimmer dan jij en ik samen.'

'Waarom?' vroeg hij en wist dat duidelijk was dat hij er de afgelopen week mee samenvatte.

'De man die in het ziekenhuis is overleden is mijn broer', zei Lez. 'Rebeca's zwager.' Hij stond op en er verscheen zweet op zijn slapen. 'We hebben hem niet eens op kunnen zoeken.'

'Waarom?'

'Om jou. Omdat er een agent in de gang zat. Om het plan van Rebeca. Ze zei dat je bang moest worden. Net zo bang als haar moeder en zijzelf jarenlang zijn geweest. Je moest lijden, zo lang mogelijk. Dat was voor Garold werd doodgereden.'

'Hij leefde nog.'

'Hij is dood. Doodgereden. Rebeca zei: we gaan door tot hij

vraagt of hij ook dood mag. Over een dag of een jaar. Hij moet blij zijn als het zover is.'

'Hoe?'

Lez leek al zijn vragen te begrijpen. 'Hoe ze dat gaat doen? Ze gaat jou laten merken hoe het is om een familielid te verliezen. Zij raakte haar vader kwijt, en later haar moeder, jij je dochter.'

Hij wilde iets zeggen, maar was niet in staat een woord te vormen. Hij bewoog zijn mond als iemand die tegen een dove praat.

'Waar ze is? Ze zit bij jou thuis. Ze wacht tot Maryam komt en dan maakt ze een praatje over vroeger. Dat zei ze: ik maak eerst een praatje over vroeger. Over hoe haar vader in de slaapkamer lag met mijn moeder en hoe wij beneden speelden.'

'Nee', zei hij.

'Ja hoor', zei Lez. 'Toch wel. Hou verder je bek, want Rebeca wil je persoonlijk vertellen wat ze bijna twintig jaar lang heeft opgekropt.'

Hij slikte, opende zijn mond en kreeg een klap.

'Bek dicht.'

Hij zweeg en drukte zijn handen tegen zijn hoofd. In de hoek kreunde Mads bij elke beweging die hij maakte.

Hij dacht aan Heegem en diens fantasieën. Aan zijn vrouw. Aan wat hij over hen aan Carrol had verteld die middag bij het Binnenmeer. Maryam had niets gemerkt vroeger, daar was hij zeker van. Rebeca wel? Hij zag haar voor zich met haar vroegwijze ogen. Ze had veel gezien, maar moest later indrukken verkeerd met elkaar hebben verbonden.

Hij probeerde zijn geest verschillende kanten uit te sturen, maar steeds liep hij vast. Boven elke gedachte zweefde het beeld van Maryam die thuis zou komen en daar Rebeca aan zou treffen. Rebeca met een zweep? Een pistool?

Hij rilde en bewoog zijn handen en benen. Waar bleef die extra kracht die doodsangst met zich meebracht? Waarom kon hij niet eens een paar windingen tape kapot krijgen?

Hij klemde zijn tanden op elkaar en trok tot hij zweet langs zijn wangen voelde lopen.

De pijn in zijn hoofd en onderrug kwam terug. Ineens voelde hij weer dezelfde pijn als toen hij in zijn maag was geslagen. Door wie en wanneer? De druk op zijn borst nam toe en hij hapte naar adem.

Hij rukte met zijn handen en voelde kramp in zijn linkerarm. Arm en borst. Er was iets met die combinatie.

Hij zoog lucht naar binnen en voelde de kramp wegtrekken. Dat was het. Hij dacht niet verder na, maar verzamelde zo veel speeksel als hij kon en liet zich achterovervallen. Hij rolde heen en weer en liet het speeksel uit zijn mondhoeken lopen.

Hij kreunde en fluisterde: 'Help me. Pijn.' Hij sloeg met zijn handen tegen zijn borst en maakte rochelende geluiden.

'Jezus', hoorde hij. 'We gaan toch niet nu al dood, hoop ik?'

Hij wachtte tot Lez zich over hem heen boog en sloeg met alle kracht die hij in zich had. Zijn vuisten raakten de man tegen de kaak en hij zag hoe hij opzijviel en met de zijkant van z'n hoofd een plank met porseleinen beeldjes raakte. De beeldjes vielen over hem heen en spatten op de grond aan stukken.

Hij rolde over het bed en pakte met beide handen het haar van Lez. Hij sloeg het hoofd tegen de vloer, zag het terugveren van het kleed en sloeg nog een keer en nog eens. Hij hield op toen hij het pistool zag liggen. Hij pakte het wapen en schoot. Twee keer, drie. Het bovenlichaam van Lez schokte, het kwam omhoog en draaide een kwartslag. Met een zucht die nog het meest op een wind leek rolde de man op zijn buik.

Hij gromde van voldoening. 'Dood mag', zei hij schor. Hij scheurde met zijn tanden de tape kapot en liep naar Mads. 'Straks stuur ik hulp', zei hij.

De jongen bewoog zijn hoofd. 'Geef mijn geweer.'

'Niet nodig, hij is er geweest.'

'Geweer, godver...' kreunde Mads.

'Waar is het?' vroeg hij.

Mads probeerde zijn schouders op te halen. 'Ergens.'

Hij zag dat Mads van pijn zijn ogen dichtkneep en liep naar de gang. Maryam, dacht hij. Laat ze allemaal maar barsten. Rebeca wacht op Maryam.

Buiten keek hij verbaasd om zich heen. Waarom was het donker? Hij begreep het niet goed. Voor zijn gevoel was hij minder dan een halfuur in de kamer van Charlie geweest. Hij keek op zijn horloge. Negen uur. Er was iets met negen uur. Hij probeerde erover na te denken, maar gaf het op. Hij moest naar huis.

Struikelend over het puin rende hij naar de weg die naar het belastingkantoor voerde. In een steeg hijgde hij uit. Hij keek naar het verkeer en luisterde naar het gepraat en gelach van voetgangers die over het trottoir slenterden. Iemand riep iets naar een fietser. 'Lekker voor de tijd van het jaar.'

Hij keek omhoog en zag sterren en een schijf maan. Ja, dacht hij, lekker voor de tijd van het jaar. Wat doe ik hier met een pistool in mijn hand? Hij deinsde achteruit, propte het pistool in zijn broekzak en dwong zich zijn tempo aan dat van de andere wandelaars aan te passen.

21

Hoe dichter hij bij huis kwam, hoe heviger hij begon te trillen. Hij greep zijn rechterbeen vast, maar zijn voet bleef het gaspedaal indrukken. Hij parkeerde op de hoek van de straat en rende naar de struiken aan de zijkant van zijn huis.

Nergens brandde licht en dat luchtte hem op. Waar was Rebeca? Al binnen? Hoe kwam ze daar dan? Had ze een sleutel? Maar van wie? Carrol had een sleutel, en Maryam. En hijzelf natuurlijk. Hij liep op zijn tenen naar de achterkant van het huis en keek naar het keukenraam. De plaat triplex die Maryam ertegenaan had gespijkerd zat er nog steeds.

Hij voelde zich rustiger worden. Rebeca was er nog niet en Maryam evenmin. Of hield ze de voordeur in de gaten?

Hij voelde zijn slapen kloppen. Misschien waren ze al weer weg.

Hij aarzelde niet langer, maar liep de tuin door, schopte het triplex los en trok zich door het gat. Hijgend bleef hij over het raamkozijn hangen. Hij strekte zijn handen uit en deed een greep naar de tafel. Waar de tafel had moeten staan stond iets wat meegaf toen hij er een ruk aan gaf. Hij verloor zijn evenwicht en gleed via de vensterbank op de grond.

'Als ik het niet dacht', zei Rebeca. 'Helemaal de oude Krams. Zo voorspelbaar. Zo dramatisch. Zo godvergeten saai.'

22

Hij lag op zijn buik op de keukenvloer en voelde zich verslagen. Het pistool drukte in zijn buik, maar hij wist dat hij er onmogelijk bij kon zonder zich eerst op zijn zij te rollen. Hij zuchtte en sloot zijn ogen. Als je niemand ziet, dan ziet niemand jou.

'Ik heb een geweer', zei Rebeca. 'Wat heb jij? Lef? Volgens mij zou je niet weten waar je dat vandaan moest halen. Blijf liggen zoals je ligt. Ik doe het licht aan en als je handen op de verkeerde plaatsen zijn, dan zullen we eens zien of de hagel in het geweer echt zo grof is als Mads heeft gezegd.'

Haar stem klonk rustig, maar er was een ondertoon van dreiging en ook iets van hysterie. 'Hoor je me?'

'Ja', zei hij. Hij hoorde geschuifel in de hoek waar de zwabber hoorde te staan. Het licht ging aan. Hij nieste toen de zwabber tegen de zijkant van zijn hoofd werd gezet en stof om hem heen wolkte.

'Sta maar op. Hou je ogen dicht. Er valt niets nieuws te zien.'

Hij ging staan en hief zijn handen zonder dat ze erom vroeg.

'Even adem inhouden', zei ze en ze greep zijn pistool. 'Ogen open en uitkleden.'

Hij sperde zijn ogen en keek naar Rebeca. Ze stond tegen de muur en hield Mads geweer met de korte kolf en de afgezaagde loop voor haar borst. Ze zag eruit alsof ze meedeed aan een cowboyfilm, stoer en met de minachting van de cowgirl die weet dat ze de man met de zwarte hoed met gemak aankan. Haar haar was voller dan hij zich herinnerde. Ze had haar lippen gestift en iets op haar wangen gesmeerd waardoor de jukbeenderen beter uitkwamen. Haar dichtgeslagen oog toonde nauwelijks meer verkleuring en was bijna even groot als het andere. Twee grote, donkere ogen als meren vol dreiging. 'Uitkleden?'

'Uitkleden. Ga er maar bijzitten zoals ik er vorige week bijzat. Ik had het lef om naakt de straat op te rennen. Weet je hoe die agenten me aankeken toen ze me vonden? Vol belangstelling, geloof dat maar. Ik moet nog zien dat jij in je blote kont over straat rent.' Ze maakte een beweging met het geweer. 'Opschieten. Denk je dat hagel niet door je broek heen wil?'

Hij keek naar haar gezicht en vond haar mooi. Hij wist zeker dat het de eerste keer was dat hij aan haar dacht in termen van mooi en verleidelijk. Net haar moeder, dacht hij.

'Bang?' vroeg Rebeca. 'Bang om je broek te laten zakken? Daar had je twintig jaar geleden anders weinig moeite mee.' Ze maakte een beweging. 'Achttien jaar geleden. Ik weet zelfs hoeveel maanden het geleden is.' Ze gaf een schop tegen een van zijn schenen. 'Uitkleden.'

Hij kleedde zich uit terwijl hij niet naar haar probeerde te kijken. Rebeca nam er de tijd voor. 'Niet veel aan te zien, eigenlijk', zei ze. 'Ga maar zitten. Het kan even duren.'

Hij ging zitten en rilde toen zijn rug de leuning van de stoel raakte. Hij zag dat Rebeca zat te wachten, maar vroeg het toch. 'Wat kan even duren?'

'Dat we gezelschap krijgen.'

Hij werd weer schor. 'Maryam?'

'Of Manny. Wie er het eerste is.'

'Wie in godsnaam is Manny?'

Ze duwde hem terug. 'Zitten. Wacht, ik heb schilderstape gevonden in de garage. Sterk is het niet, maar als je het vaak genoeg om je benen wikkelt... Zie ik striemen om je polsen?'

Op die vraag had hij gerekend en hij zei 'nee' zonder met zijn ogen te knipperen.

'En ook niet om je enkels, zie ik', zei ze opgewekt, alsof ze een praatje maakte met een goede kennis. 'Vangen. Maak zelf je benen maar aan de stoelpoten vast.'

Ze keek toe hoe hij de tape afwikkelde.

'Ben je bang dat het pijn doet? Nu je rechterpols.'

'Waaraan?'

Ze trok twee stoelen bij, een rechts, een links. 'Aan de rugleuning.'

Ze wachtte tot hij klaar was en wikkelde het plakband om zijn linkerpols, goed strak. 'Zo doen we dat. Nu rechts een extra bandje en het is voor elkaar.'

Toen ze klaar was zette ze een elleboog in zijn onderbuik om zich op te drukken. 'Lekker?'

Hij gromde binnensmonds.

'Het mag harder', zei ze. 'Praten, bedoel ik. Als je blijft grommen, dan pak ik een boek. De kasten staan er weer vol mee, heel anders dan een paar dagen geleden. Hoe kan dat?'

Hij begreep niet wat ze bedoelde en draaide zijn hoofd om. Hij zag een deel van de kamer, maar niet de boekenkasten. Hij wilde uitleggen hoe het zat met de boeken en de ergernissen. Dat met de ergernissen is flink uit de hand gelopen, dacht hij.

Haar stem werd scherp. 'Zie ik een glimlach?'

Hij schrok. 'Ik dacht aan mijn verjaardag.'

'Vorige week. Kijk niet zo raar, ik weet alles van je.'

'Waarom?'

Ze trok de vierde stoel naar zich toe en zette die tegenover hem. 'Zal ik je dat eens haarfijn uitleggen terwijl we wachten?' vroeg ze.

'Wat doe je als ik nee zeg?'

Ze pakte de zwabber en gaf met de steel een tik op zijn geslacht. 'Dan sla ik je tot we bezoek krijgen. Ik ben goed in slaan.' Haar ogen fonkelden en hij zag de hysterie terugkomen.

Ze is niet gek, dacht hij, het is erger. Hij sloeg zijn ogen neer en rilde toen een windvlaag langs zijn vel streek. 'Ja', zei hij. 'Vertel.'

Ze gaf nog een tikje, speels dit keer, net niet hard genoeg om hem in elkaar te laten krimpen. 'Graag. Daarom zit je hier ook. Ik wil niet anders dan vertellen, al jaren.'

'Er was eens', zei ze. Ze stak heel even een vinger in haar mond. 'Weken geleden dacht ik: als ik ga vertellen, dan begin ik met er was eens, net als een sprookje. Jij vertelde sprookjes vroeger, weet je dat nog? Die grote bank naast de open haard die nooit aanging omdat papa niet tegen de rook kon? Daar lag jij op met Maryam op je buik en ik naast je. Je vertelde. Dat kon je goed. Ik weet niet meer of je iets bedacht of iets navertelde wat je had gelezen, maar ik weet wel dat ik het mooi vond. Je vertelde tot we in slaap vielen en dan ging je snel naar boven, waar mama al was.'

Hij zag de belletjes bij de mondhoeken en de krampachtige bewegingen van haar vingers. Haar blik was naar binnen gekeerd alsof ze in trance was. Hij wist dat ze een verhaal vertelde dat ze had gerepeteerd, keer op keer.

'Een deel weet ik van mezelf, omdat het de afgelopen jaren bij me boven is gekomen, maar het meeste weet ik van mama. Weet je waar ze was toen ze stierf?'

Hij wist het, maar zei niets.

'In een tehuis. Met tralies voor de ramen en een hoge muur eromheen. Ze waren aardig, hoor, de zusters en broeders. Komt u maar mee, mevrouw Heegem, kom, we moeten slapen. Dan spoten ze haar plat. Jezus, wat was ik blij dat ze een keer de moed had om van de trap te vallen.'

Ze ademde zwaar.

'Waar was ik. Er was eens een man. Papa. Je mag wel Paul zeggen, zei hij tegen iedereen, maar ik heet Paaul met dubbel-a. Dat was niet zo, die dubbele-a had hij bedacht. Hij had fantasie en hij was een beetje gek.'

Ze rekte zich uit. 'Ik denk dat ik veel van hem heb. Op de academie zei de enige leraar die papa had gekend: je bent een beetje maf, dat heb je van je vader. Papa vond van alles uit, ik heb nog werktekeningen van hem. Hij bedacht iets waardoor kranen minder water gebruikten en strips waardoor kinderen niet met hun vingers tussen de deur konden komen. Mijn vindingen, zei hij, en dan lachte hij een beetje. Mama zei dat hij het zelf niet de moeite waard vond wat hij bedacht. Hij nam het niet serieus. De paardenrennen, dat was serieus, vooral het gokken. Hij maakte meer op dan hij verdiende, al maakte hij een heleboel van die dingen die cabaretiers soms op het toneel gebruiken. Knallende dozen, sissende voorwerpen. Alles wat een cabaretier nodig had. Weet je dat ze op de academie nog steeds een paar modellen hebben?'

'Academie?'

'Toneelacademie, had je dat nog niet begrepen?' Ze boog zich naar hem toe en keek dreigend, verliefd, verleidelijk, woedend, panisch, hysterisch.

Hij huiverde.

'Goed, hè? Zal ik nog eens huilen zoals ik eerder voor je heb gehuild?' Ze bleef roerloos zitten en hij zag de tranen komen. 'Ze zeggen dat ik goed ben. Goed was. Als me niet zoveel dwars had gezeten, had ik een grote kunnen worden, zeiden ze, maar soms raakte ik geblokkeerd en dan moest ik echt huilen, dan rolde ik over het podium. 's Avonds ging ik naar een kelder en dan liet ik me slaan. Dat vond ik fijn... tot ik weer gewoon werd en alleen maar pijn had. Papa werkte voor cabaretiers, maar hij vergokte zo veel op de rennen dat mama in een winkel moest werken om eten te kunnen kopen.'

Ze zoog op een vinger. 'Wat een sprookje.' Ze porde hem met de steel. 'Zeg het dan. Wat een sprookje.'

'Wat een sprookje', zei hij.

'Dat zei mama ook toen ze kennis had gemaakt met meneer Kcrams. Zo'n leuke man, meneer Kcrams. Hij vertelde verhalen en niet alleen aan kleine meisjes. Ook aan mama en papa. Want papa had iets bedacht waar hij wél trots op was. Een laklaag voor auto's waar je met een spijker nog geen kras in kreeg. Meneer Kcrams had een klein bedrijfje. Hij zocht onbekende producten waar hij een grote markt voor zag.' Een nieuwe por. 'Hoe kwam u ook weer in contact met papa, meneer Kcrams?'

'Via je moeder', zei hij stijf. 'Ik had een nieuw kantoor, heel klein, zonder secretaresse, alleen een bureau, een telefoon en een opbergkast. Ik had een advertentie gezet. Je moeder was een van mijn eerste klanten.'

'Ook de mooiste. Ze vertelde over de lak en meneer Kcrams werd enthousiast. Hij voorzag bekendheid en rijkdom en mama werd opgewonden en papa dacht: ik kan alvast wel geld lenen, want straks stroomt het binnen.'

'Zo was het niet', zei hij.

'Zo was het wel. Het enige wat papa moest doen was zorgen dat de lak werd geproduceerd. Meneer Kcrams zou voor de verkoop zorgen. Papa hield zich aan zijn woord.' Ze porde zo hard dat hij kreunde. 'Wat deed meneer Kcrams?'

'De lak hield niet', zei hij snel. 'We hadden grote verwachtingen. De tests waren gunstig, maar na een halfjaar bleek dat de lak het metaal van de carrosserie aantastte. Hij kwam er in plakken van af. Je vader wist daar geen oplossing voor en alle fabrikanten stuurden de lak terug.'

'Bankroet', zei Rebeca. 'Failliet. Ik weet nog goed dat al die mensen bij ons thuis kwamen om alles weg te halen.'

'Ik kon er niets aan doen', zei hij en hij wist hoe het klonk.

'Jij kon er niets aan doen. Maar je verkoopt nu wel kraandopjes waarmee je water kunt besparen. Papa had zoiets al bedacht, maar toen zei je dat je er niets aan had.'

'Niemand wilde water besparen in die tijd. De dopjes van nu zijn heel anders dan het ingewikkelde apparaat dat je vader had bedacht.'

Ze ging verder alsof hij niets had gezegd. 'Ze haalden alles weg. De mooie bank ging het laatst. Weet je nog waarom?'

Hij schudde zijn hoofd.

'Zeg het', schreeuwde ze. 'Zeg nee. Zeg het.'

'Ze was zo mooi', zei hij toonloos. 'Die ogen heb je van haar. Je weet niet hoe het was, zij en... Au!'

'Waag het niet, zeg niet dat papa...'

'Ze was mooi en... het ging nu eenmaal zo.'

'Ook toen papa al wist dat de lak niet goed was en het huis werd leeggehaald. Hij zag jullie op de bank en volgens mama liep hij in één keer door naar het viaduct. Niet voor de trein, maar óp de trein.' Haar stem brak. 'Honderden meters, vertelde mama. Honderden meters is hij meegesleurd.' Ze wees met haar handen. 'Zo'n kistje was genoeg... was genoeg geweest, ze hebben bijna niets teruggevonden. Mama stortte in en ik moest het huis uit. Weet je waar ze me naartoe stuurden?'

Hij knikte.

Ze nam zijn hoofd tussen beide handen en keek hem aan. 'Weet je het?'

'Ik heb je moeder een paar keer opgezocht. Ik weet waar ze was. Ik weet ook waar jij was. Ik heb het nagevraagd, ze stonden goed bekend.'

'Overdag. Weet je wat hij 's avonds deed en 's nachts?'

Hij keek haar recht aan en zei rustig: 'Nee, dat weet ik niet.'

Ze trok haar shirt open en wees naar haar tepel. 'Dat. Hij sloeg en beet. Te hard. Kijk niet zo, hij beet er verdomme een stuk af en zei dat ik niet moest huilen, dat het per ongeluk was, dat ik snoep kreeg. Hij streelde me de hele nacht terwijl ik lag dood te gaan. In die nacht zei ik tegen mezelf dat ik jullie zou krijgen. Jou en hem en iedereen die me heeft aangeraakt als ik niet aangeraakt wilde worden.'

Ze schoof achteruit en ademde zwaar. 'De nieuwe papa is er niet meer. Hij reed weg nadat ik hem drie weken lang elke avond had gebeld. Hij reed tegen een vrachtauto. Dat was pech. Met jou zal ik voorzichtiger zijn.'

Ze liep naar de koelkast. 'Heb je geen melk?'

'Weet ik niet.'

'Weet ik niet, weet ik niet', zei ze mopperig. 'Wat weet je eigenlijk wel?' Ze gooide de margarine op de grond, de sla, de pakken voorgesneden aardappelen met ui en spek. 'Hier. Melk. Achteraan, natuurlijk.' Ze dronk uit het pak en greep zijn haar. 'Mond open.' Het meeste ging ernaast en daar moest ze om lachen. 'Wat een witte buik en dan dat piemeltje. Hij zwemt.' Ze gooide het pak in de spoelbak. 'Wil je weten wat ik de laatste jaren heb gedaan?'

Hij slikte de laatste melk weg. 'Ja.' Hij wilde het echt.

'Op mijn veertiende weggelopen. Op mijn zestiende zwanger. Een abortus. Bijna aan de drugs, maar net niet, want ik kwam mijn eerste man tegen. Mijn eerste. Weet je waar? In een kelder. Daar werkte ik soms. Ik had een goede hand van slaan, zei de madam. Getrouwd toen ik zeventien was, weduwe toen ik zeventien was. Er was iets met zijn aorta. De wand was niet stevig genoeg, de aorta zette uit. Plof, als een ballonnetje. Hij stikte in zijn eigen bloed. Hij was er te jong voor, zei de dokter, maar dat zijn ze altijd, te jong.' Ze keek alsof ze pijn had. 'Een paar maanden later kwam ik Manny tegen. Hij was op de toneelschool, die ze toen al academie noemden. Ik deed toelatingsexamen, werd geweigerd, had tien baantjes, deed opnieuw examen en werd aangenomen. Op school hoorde ik een verhaal over iemand die ze Sotto noemden. Het ging over een uitvinding en over de rechten. Ik moest aan papa denken en heb net zo lang gezocht tot ik alles wist. Sotto had de vingers gebroken van een man die met zijn andere hand een papier had getekend, en Sotto werd rijk. De politie kon hem niets maken, want hij had een alibi. Ik was heel teleurgesteld toen ik merkte dat Sotto niets met jou te maken had.' Haar gezicht werd hard. 'Heel teleurgesteld. In het begin dacht ik: Sotto, zo'n naam bestaat niet. Ik dacht dat het om jou ging. Ik wist zeker dat het om jou ging. Heel teleurgesteld.' Ze drukte haar voorhoofd tegen zijn voorhoofd. 'Heel, heel erg. Maar toen kwam die dag.' Ze deed een stap achteruit en gooide haar armen in de lucht. 'De hallelujadag, noem ik 'm. Manny had een vriend op de academie die iets met oudere vrouwen had. Getrouwde vrouwen. Krijg je daar nooit gedonder mee, vroeg Manny. Nee, zei hij, ik geef ze altijd deze advertentie.' Ze ging schrijlings op zijn schoot zitten en legde haar armen om zijn nek. 'Het A-li-bi-bu-reau.' Ze proefde genietend van het woord. 'Weet je dat ik een keer heb gebeld? U moet me helpen, het geeft niet wat het kost, ik móét naar hem toe, maar mijn man is zo jaloers, hij wil me thuis houden, maar ik moet... ik moet. Goed, hè? Je kunt nu nog horen dat ik ten einde raad was. Probeer zo'n tekst maar eens als je een bandje aan de lijn hebt. Ik werd teruggebeld door een vrouw. Het kon worden geregeld, het was niet eens duur. Ik noemde Manny's achternaam en de vrouw belde hem om te zeggen dat ik niet kon worden gemist op het jubileum van de Vrouwenliga. Manny zei later dat hij niet wist dat er een Vrouwenliga bestond. We moesten geld naar een postbus sturen. Dat hebben we gedaan en we zijn in de buurt gebleven. Binnen een week wisten we alles. Dat je nog steeds zaken deed met uitvinders hadden we al gelezen op het kadaster. SuzCo. Mama zei altijd "Zus". In het tehuis hebben ze jarenlang gedacht dat ze met haar zuster naar bed ging. Via de postbus kwamen we erachter dat je de baas bent van het Alibibureau. Je zou niet zo voorspelbaar moeten zijn. 's Ochtends ga je naar de postbussen, 's middags ben je op kantoor, 's avonds ben je thuis. In het weekend ben je bij een vrouw, of is zij bij jou. Je auto staat in elke wijk op dezelfde plaats, eerst dat kleintje, daarna die sportwagen. Andere auto, dezelfde meneer Kcrams.' Ze trok een gezicht. 'Directeur Kcrams die het nu doet met zijn secretaresse. Na een paar maanden wisten we alles van hem.'

Ze keek op haar horloge. 'Nog een kwartier en dan komt de verrassing. Niet zo bang kijken. Verrassingen zijn leuk. Weet je dat ik alles van tevoren heb uitgedacht? De telefoontjes, de smeekbedes, de achtergrondgeluiden. Als je goed hebt geluisterd had je de zweep kunnen horen. "Waar ben je nou? Je zou me helpen. Ik ben zo bang. Alsjeblieft."'

Het 'alsjeblieft' klonk precies zo als hij het zich van de eerste keer herinnerde en hij voelde zijn maag samentrekken.

Rebeca keek tevreden. 'Zeg niet dat ik op de academie niets heb geleerd. Een halfjaar geleden werd ik eraf gestuurd. Niet evenwichtig genoeg, maar toen wist ik al van Sotto en had ik mijn tijd hard nodig.

Ik heb het huis in Dessa gevonden en je ernaartoe gelokt. Vond je het mooi dat schimmenspel? We zijn uren bezig geweest om de juiste belichting te vinden. Ik werd niet echt geslagen, maar het was zo spannend dat ik dacht: toe maar, raak me maar.

Het duurde lang voor je eindelijk zo dichtbij kwam dat het licht aanging. Daarna ging alles zoals het moest. Ik gillend naar buiten, recht in je armen. Rennen naar je auto.'

Ze klemde haar lippen op elkaar en liep naar de kraan om haar gezicht te betten. 'Het was de bedoeling je bang te maken. Garold moest dreigen met een wapen. Je moest uit de auto kruipen en smeken. Smeken en huilen. Mama huilde veel in het tehuis, weet je dat? Om papa, om mij, om zichzelf, misschien wel om jou of om iets wat ze niet onder woorden kon brengen. Maar ineens was er die auto die Garold overreed en ik was zo bang dat ik op de achterbank lag met mijn ogen dicht en niet eens de man heb gezien die met je sprak. Je hebt het niet gemerkt, maar de hele weg naar je huis heb ik liggen piekeren over wat ik moest doen.'

Hij was te nieuwsgierig om zich stil te houden. 'Wat zou je hebben gedaan als Garold niet was overreden?'

Ze gaf geen antwoord, maar liep heen en weer. Legde de eieren terug in de koelkast, de margarine, de sla, de aardappelen. Afgemeten bewegingen. Een huisvrouw die de rommel opruimt.

'Garold had me op den duur naar de boerderij meegenomen. We hadden je laten ontsnappen. Na een paar dagen zou ik opnieuw hebben gebeld. Over hoe ik was gestraft en wat voor ergs ze met me deden. Ik zou je gek hebben gemaakt.' Haar stem ging de hoogte in. Ze acteerde niet langer en bekommerde zich niet om haar articulatie en motoriek. Haar lichaam schokte en haar stem sloeg over. 'Tot je gekker was dan mama ooit is geweest.' Ze schudde haar hoofd. 'Knettergek. Bij je thuis wist ik eerst niet wat ik moest doen. Je was eigenlijk wel lief. Ik moest een vinger in m'n keel steken en overgeven voordat je me in bad durfde te stoppen. In het bad probeerde je niet naar me te kijken. Toen je naar beneden liep had ik een plan. Ik dacht aan mama en aan wat jullie boven deden. Ik ging in je bed liggen. Het was vreemd, maar ik dacht zoiets als: kijken of hij echt de moeite waard is. Ik geloof niet dat ik toen al aan de politie dacht en aan verkrachting. Dat kwam later. Ik had de pest in dat je me niet wilde en toen je weg was heb ik wat rommel gemaakt en de kleren gepakt die je in de keuken had laten liggen. Ik had weleens gehoord dat sperma in onderbroeken blijft zitten en je leek me niet iemand die elke ochtend schoon ondergoed aantrekt. Ik wreef je onderbroek tegen me aan en ben het huis uit gelopen. Kijk niet zo. Er was niemand die me opzocht, jij laat je ook alles wijsmaken. Ik heb het allemaal zelf bedacht. Iedereen gelooft een vrouw die naakt door de kou rent. Ze waren lief voor me op het politiebureau, vooral die rechercheur.' Ze keek hem aan.

'Weins?'

'Weins. Hij lijkt op jou. Dat zei ik tegen hem, maar dat vond hij niet leuk. Hij had veel medelijden. Die striemen, dat blauwe oog. Dat heeft Manny gedaan. Hij huilde toen ik zei dat het moest. Hij moest drie keer slaan, want de eerste twee keer voelde ik niks. In het ziekenhuis zei de dokter dat hij er bijna zeker van was dat je niets had gedaan. Hij zei net niet dat ik het me allemaal had verbeeld. Ik had wel gemeenschap gehad, zei hij, maar niet recent. Ik zei dat ik zeker wist… Hij onderzocht me later nog een keer. Niets van jou te vinden. Geen sperma. Toen ben ik weggegaan en thuis heb ik een ander plan gemaakt.'

'In de boerderij van mevrouw Eibes?'

'We hadden daar kamers gehuurd.' Ze beet op haar onderlip. 'Arm mens. In de steek gelaten door Viggo. Elke dag staat ze te strijken. Ik heb een nieuw plan gemaakt en je naar de schuur gelokt. We wisten precies waar je was. Dacht je nou echt dat ik me aan mijn haren naar een schuur laat meeslepen? Dat ik me tegen mijn zin laat slaan?' Ze giechelde. 'Het was gezellig met ons tweetjes in de schuur, maar ik was blij dat ik de plank alvast los had laten maken en het kuiltje had laten graven. Arme meneer Kcrams, hij zat bijna klem, net zoals hij hier klem zat in het keukenraam. Zijn buikje is ook te dik. Meneer Kcrams eet te veel en rent te weinig. Ik heb je zien lopen in het park en ik heb je zien kreunen nadat je een klap in je maag had gekregen. Ik zag je een leeg colablikje pakken.' Ze zuchtte. 'Ik wou dat we genoeg tijd hadden, dan kon je vertellen wat je met het blikje hebt gedaan, maar de tijd is om. De verrassing komt eraan.'

De pijn in zijn borst kwam terug.

'Nog een minuut', fluisterde ze. 'Hij heeft het gewonnen van Maryam en dat is leuk. Dat maakt het spannend, dan kan hij meegenieten als ze komt. Weet je dat die jongen in de flat waar je me gisteravond naartoe bracht echt naar mijn achterste keek? En dat hij echt iets van me wilde? Hij had het zo druk dat hij helemaal niet hoorde dat Lez kwam.'

Zijn lippen zeiden: hoe, maar er kwam geen geluid bij.

'Hoe? Omdat hij ons is gevolgd. Hij kent de heuvels. Hij was al bij je auto voordat wij er waren. Dacht je soms dat hij je vanmiddag niet bij de tuinderij heeft gezien? Hij stond vlak achter de pick-up, terwijl jij naar iemand in de tuin keek. Die pick-up was zijn idee. Hij zei: we nemen een auto die past bij het platteland. Hij zag jou en dat fatje met dat nette pak en die hoed. Ik denk dat die aansteller nog steeds bij het zandpad op wacht staat. Nog tien seconden.'

De bel ging.

'Hij is altijd heel stipt, maar voor alle zekerheid zal ik even kijken of hij het echt is.' Ze bukte zich en gaf hem een zoen op zijn mond. 'Dat is de laatste die je krijgt', zei ze grimmig.

Toen ze terugkwam leek het alsof ze danste. 'Hij is er. Ik had de deurknop al in mijn hand toen ik dacht: weet je wat, meneer Kcrams mag zelf opendoen.'

Ze pakte het broodmes, klemde het pistool onder haar oksel en sneed de tape door. 'Ga maar gauw.'

23

Met stramme benen liep hij naar de voordeur. Nooit eerder was het hem opgevallen dat zijn kamer zo klein was. In een paar seconden was je erdoorheen. Hij wilde teruglopen, de trap op rennen, in elkaar zakken, doodstil blijven staan, maar hij liep verder, aangespoord door Rebeca's aanmoedigende woorden.

Bij de deur aarzelde hij. Zijn hand zweefde boven het slot en wilde niet verder.

'Toe maar', zei Rebeca.

Nee, dacht hij.

Rebeca sloeg met de loop van het pistool op zijn hand. 'Toe maar, grote jongen, grote meneer Kcrams.'

Hij opende de deur en klemde zijn handen om de rand om te voorkomen dat hij zou vallen.

'Dag, meneer Kcrams', zei Lez.

Hij bewoog zich niet. Hij wilde wel, maar het ging niet.

'Dat', zei Rebeca, 'is nu Manny. Mijn tweede man. Bijna mijn tweede man. Eerst ben jij aan de beurt, daarna gaan we trouwen.'

'Jij b-bent d-dood…' stamelde hij.

'Pijn in mijn hoofd', zei de man die in volle lengte voor hem stond. 'Denk je nou heus dat ik me een echt pistool laat afpakken? Dat heb ik veel te hard nodig. Wij van het toneel schieten soms met een toneelpistool en daar ga je niet dood van.'

'Allemaal volgens plan', zei Rebeca.

'Allemaal volgens plan', herhaalde Manny. Hij liet een pistool zien. 'Dit is echt, vraag maar aan Mads.'

Er klonk een geluid dat leek op een kurk die uit een fles wordt getrokken. Manny liet het wapen vallen en zakte tollend in elkaar.

Rebeca gilde, eerst hard en schel, daarna geluidloos toen er geen lucht meer in haar longen zat.

'Ik heb ook een plan', zei Petty. 'Niet lullen, schieten. Achteruit, ze kunnen me buiten zien.' Hij drukte met zijn achterwerk de deur dicht en keek de gang in. 'Een fatje met een net pak en een hoed?'

Zijn grijns verdween toen een dikke, blote buik tegen zijn pak werd gedrukt en hij steun moest zoeken tegen de muur.

24

Hij voelde hoe hij over het lichaam van Manny tegen Petty aan viel en over diens voeten in elkaar zakte. Hij kon horen wat er om hem heen gebeurde, maar was niet in staat iets te zeggen. Hij voelde de koelte van de plavuizen en vroeg zich af waar hij was geraakt en door wat.

'Shit', hoorde hij Petty zeggen. 'Shit. Ze is weg.'

Hij voelde dat Petty zijn voeten onder zijn lichaam vandaan trok en zich over hem heen boog. 'Last van zenuwen?'

Ja, dacht hij. Angst. Keer op keer hoorde hij het geluid van Petty's pistool. Plop. Plop. Het bloed in zijn slapen leek het geluid over te nemen. Plop, plop, honderdvijftig keer per minuut. Hij hoorde dat Petty de gang in liep, een rondje door het huis maakte en terugkwam. 'Helemaal weg.'

Wie is weg, dacht hij. Hij zette zijn handen op Manny's buik en drukte zich omhoog. Manny leek te zuchten. Hij rook de stank van ontlasting en strompelde de gang in. Pas toen hij in de kamer stond drong het tot hem door dat hij nergens was geraakt. Zijn knieën hadden het gewoon begeven. Die conclusie was beangstigend, erger dan de aanblik van Rebeca's geweer of Manny's pistool was geweest.

'Zenuwen?' vroeg Petty onverstoorbaar kauwend. 'Leven we nog?' Hij keek de kamer door. Hoe kwamen zijn boekenkasten zo vol? 'Leven we nog?' vroeg Petty opnieuw.

'Ja', snauwde hij. 'Waar is ze?'

Petty wees in de richting van de keuken. 'Weg. Door het gat.' Hij glimlachte. 'Ze is mager genoeg.'

Hij dacht aan het geweer met de afgezaagde loop dat ze tegen haar borst had geklemd toen hij naar binnen was gekropen. 'Waar is het geweer?'

'Weg', zei Petty. 'Hagel?'

'Maak verdomme eens een echte zin, je bent er groot genoeg voor. Hagel? Wat hagel. O, dat. Ja, hagel.'

Petty's ogen werden spleetjes. 'Gaan we snauwen?'

'Ga haar verdomme achterna, waar wacht je op.'

Petty kauwde rustig door. 'Ze is weg.'

'Ga haar zoeken.'

'Waar?' Petty maakte een gebaar dat de halve stad omvatte.

Hij wankelde naar de kamer en ging op de bank zitten. Waar. Ze wachtte op Manny, en op Maryam.

'Ze wachtte op mijn dochter. Op Maryam. Ze moet in de buurt zijn.'

'Wanneer komt je dochter.'

Hij keek naar het onaangedane gezicht. 'Weet ik niet.'

'Nou dan.'

Ik moet het aan Carrol vragen, dacht hij. Carrol weet waar Maryam is, hoe haar vriendin heet, hoe laat ze thuiskomt. Carrol weet alles.

Hij keek naar de telefoon, maar bewoog zich niet.

Carrol zat bij Idda. Iedereen die van belang was voor een alibi zat bij Idda. Je belt niet vanuit je huis naar de plaats waar je geacht wordt al uren te zijn. Tientallen malen had hij het klanten voorgehouden: bel niet naar het congres of het feest waar je al vierentwintig uur had moeten zijn, dan vestig je nodeloos de aandacht op je.

'Ik moet weg', zei hij.

Petty knikte. 'Ik ook. Eerst opruimen.'

Hij begreep het niet en keek naar de boekenkasten. Opruimen. Iemand had ze vol gezet. Ze zagen er vol en keurig uit. 'Opruimen?'

Petty wees naar de gang. 'De rommel.'

Hij knikte. 'Je bedoelt Manny. Is hij dood?'

Petty liet een geluid horen dat op grinniken leek. 'Dacht ik wel.'

'Wat ga je met hem doen?'

'Opruimen.'

'Hoe? Waar?'

Petty keek hem aan alsof hij een kind was dat te lang doorzeurde. 'Weg', zei hij.

Hij wees naar zijn borst. 'Ik.'

Petty knikte. 'Ik ruim op en verdwijn. Ik ben hier niet geweest.' Hij wees opnieuw naar de gang. 'Manny is hier niet geweest.'

Hij dacht na. 'Hoe kom je eigenlijk hier? Ik had gezegd dat je bij het zandpad op de pick-up moest wachten.'

'Orders van de baas.'

'Ik ben de baas.'

Dit keer glimlachte Petty echt. 'Had je gedacht. Venancio is de baas. Hij zei: luister naar die kleine.'

'Charlie?'

'Noemt hij zich zo? De kleine zei: pas op hem. Jij dus.'

'Ben je me gevolgd?'

'Een makkie. Jij let nergens op. Eerst de flat, daarna de keuken. Leuk gesprek. Gekke meid.'

'Lottie?'

Petty blies op zijn gemak een bel en veegde kauwgomresten van zijn bovenlip. 'Rare naam. Ben je klaar?'

'Waarmee?'

Petty zuchtte. 'Met dat gelul. Ik heb werk te doen.'

'Ja', zei hij. 'Opruimen. Kun je terugkomen als Manny weg is? Mijn dochter komt thuis, iemand moet haar opwachten. Ik moet weg. Ik...' Hij maakte een machteloos gebaar en wist niet wat hij het beste kon doen. Wachten op Maryam, naar Carrol gaan, Charlie bellen.

Petty liep naar de keuken en pakte de broek. 'Trek maar aan,' zei hij, 'die dikke buik.' Hij deed of hij rilde.

Hij trok met houterige bewegingen zijn broek aan, bedacht dat hij zijn onderbroek was vergeten en haalde zijn schouders op. Hij kreeg haast. Blijven had geen zin. Misschien kwam Maryam vannacht helemaal niet thuis, misschien was ze samen met Carrol naar Idda gegaan. Hij schudde zijn hoofd. Dat niet. Carrol zou haar niet hebben meegenomen. 'Jij moet hier blijven', zei hij tegen Petty.

'Val dood', zei Petty en hij liep naar de gang.

Hij hoorde een lichaam over de vloer schuiven. De voordeur ging open, maar niet dicht.

Hij trok een shirt aan en zocht naar zijn sokken. Zijn vingers trilden toen hij zijn schoenen aantrok en toen hij zich oprichtte zag hij secondenlang een waas voor zijn ogen.

Weg hier, dacht hij. Charlie bellen. Carrol opzoeken. In de gang zag hij Petty in de weer met een zwarte plastic zak. 'Wat doe je?'

Petty nam niet de moeite om op te kijken. 'Wat denk je?'

25

Hij griste een jack van de kapstok en liep naar buiten. Rust. Totale stilte. Geen mens, geen auto. In zijn huis was iemand neergeschoten, Rebeca was gevlucht, Petty had een lijkenzak gehaald. Iedereen sliep of keek naar de televisie. Hij schudde zijn hoofd. De lucht leek zuiverder dan hij zich herinnerde. Het was alsof er niets was gebeurd. Zijn auto stond waar hij hem had achtergelaten, het sleuteltje zat in zijn broekzak. Er was niks gebeurd. In zijn wijk gebeurde nooit iets. Allemaal nette mensen. Gordijnen dicht, op tijd naar bed.

Hij reed naar een plantsoen in een volksbuurt en liep naar de telefooncel die aan drie zijden door groen was afgeschermd. Hij keek naar het licht boven het toestel en voelde zich weerloos. Waar waren al zijn gsm's gebleven?

Gebogen en met een arm langs zijn hoofd toetste hij een nummer in.

'Ja.'

'Is hij er?'

Lange stilte. 'O, jij. Niet gezien vandaag.'

'Komt hij nog?'

'Hoe moet ik dat weten?'

Hij hing op. Hoe moest Neus het weten.

Voorovergebogen, met de hoorn tegen zijn slaap gedrukt, probeerde hij zich het nummer te herinneren van Charlies mobiele telefoon.

'Ik ben er niet. Spreek een boodschap in.'

Het was niet Charlies stem.

26

Het pakhuis achter Idda's Home lag aan een kasseienweg. In het midden van de weg lagen tramrails, herinneringen aan een tijd van bedrijvigheid. Door het uitdiepen van de haven aan de noordkant van de stad hadden de meeste bedrijven andere opslagruimtes gezocht. Een aantal pakhuizen was verbouwd tot woonflats, enkele waren uitgebrand en gesloopt. Het pakhuis achter het eethuis van Idda was opslagruimte geworden voor olievaten, kleine containers, ankerkettingen, balen oud papier en katoen.

Hij reed er voorbij en loerde uit zijn ooghoeken. Nauwelijks verkeer, geen enkele voetganger. Hij zette de Corsa op een parkeerplaats en opende het portier. Hij aarzelde, deed het weer dicht en reed door tot hij bij de weg kwam die naar het water leidde. Voor hij uitstapte veegde hij met zijn zakdoek over alles wat hij aangeraakt zou kunnen hebben.

Hij voelde zich zekerder van zichzelf. Zijn hart bonkte niet meer, zijn nek was droog. Hij hoefde alleen maar naar Idda's Home te lopen waar Carrol was en waar hij kon bellen. Hoe vaker hij belde, hoe beter het was. Hij hoopte dat Carrol aan die regel had gedacht. Laat van je horen als je op de plek bent waar je geacht wordt te zijn.

Hij overwoog de Corsa van de handrem te zetten en de haven in te laten rijden, maar vond dat te dramatisch en vooral te tijdrovend. Bij elke handeling die hij deed zag hij Maryam voor zich, en Rebeca met haar geweer en fonkelende ogen.

In de kraag van zijn jack gedoken liep hij naar de kasseienweg. Hij bleef achter een bestelauto staan tot een vrachtwagen was gepasseerd en stak over. De deur van het pakhuis die nooit op slot was bevond zich halverwege een steeg waar afvalcontainers stonden die tot de rand waren gevuld met huiden van de leerlooierij aan het eind van de straat. De stank hield iedereen op afstand. Aan het begin van de steeg haalde hij diep adem. Na zijn eerste bezoek aan Idda had hij geleerd dat hij door een keer diep inademen de deur kon halen zonder te kokhalzen. Zijn nek prikte onder het rennen. Als Rebeca wist van zijn bezoek aan Idda, dan zou ze hier zijn.

Tegen de deur leunend ademde hij uit in de mouw van zijn jack. Geen schoten, geen geschreeuw. Door de stof heen ademde hij in en rilde toen hij de stank van de huiden opsnoof. Met dichtgeknepen neus drukte hij de deurkruk naar beneden.

Klink omlaag houden en dan de hele deur optillen, had Idda gezegd. Het ging zonder moeite en hij schoot naar binnen. Gebukt bleef hij staan uithijgen en dacht aan de instructies.

'Zaklamp op de plank links naast de deur, stoot je kop niet tegen de balken die over de vaten liggen en loop niet rechts langs de muur, want dan lazer je in de oude smeerkuil die ik met dun karton heb afgedekt.'

De lamp lag er en hij koos voor de linker doorgang die langs de ankerkettingen voerde.

De deur naar de overdekte steeg die naar Idda's Home leidde was op slot, maar dat was geen probleem. 'Je pakt de sleutel die achter deze stenen ligt, doet de deur open, legt de sleutel terug en doet de deur aan de andere kant op slot met de sleutel die aan het touw achter de bloempotten hangt.'

Hij wist het nog precies en met de lamp tussen zijn tanden deed hij wat ze gezegd had. Toen hij de tweede sleutel ophing en met zijn rug naar de steeg stond, werd hij neergeslagen.

27

Toen hij bijkwam, lag hij op zijn rug. De loop van een geweer stak tussen zijn tanden. Rebeca zat op zijn buik.

Haar stem was heel rustig en zonder een spoor van hysterie. 'Voorspelbaar', zei ze. 'Ik zeg nog dat ik alles van hem weet, maar hij denkt dat ik zit te liegen.' Ze drukte de loop naar beneden, het metaal kraste langs zijn tanden. 'Toen je naar Idda's Home ging, kwam je binnen via de voordeur, maar je ging naar buiten via de achterdeur. Manny had je bijna gemist. Je liep drie keer door de steeg, zei hij, en je hield je neus dichtgeknepen. Manny deed er een halfuur over om de twee sleutels te vinden. Waar is Maryam?'

Ze drukte de loop van het geweer achter in zijn keel. Hij kokhalsde en murmelde iets.

'Hagel', zei Rebeca. 'Weet je wat hagel doet met een gezicht?' Ze trok de loop uit zijn mond en drukte hem tegen zijn linkeroog. 'Zachtjes praten', fluisterde ze. 'Net zo zacht als ik nu.'

Hij knikte en knipperde met zijn rechteroog.

'Waar is Maryam?'

Hij maakte een machteloos gebaar en wilde iets zeggen, maar kreunde toen ze de loop dieper in zijn oog drukte.

'Geen gewapper met je armen. Leg je handen onder je kont.' Ze verplaatste haar gewicht zodat hij zijn handen onder zijn billen kon schuiven, en ging weer op hem zitten.

'Waar is Maryam?'

'Waarom?' vroeg hij.

Ze zuchtte. 'Luister je weleens? Ik wil je laten lijden. Voor papa, voor mama, voor mij, voor Manny.' Haar stem werd schril. 'Mijn Manny is dood. Jij nog niet. Als ik je doodschiet, gaat het te snel. Het moet erger...'

Hij bleef roerloos liggen.
'Het ergste wat een mens kan overkomen.'
'Nee', zei hij.
Het geluid dat ze tussen haar tanden door perste was angstaanjagend. 'Ja. Je kind... je kind. Dood voordat jij...'
Hij voelde zich zweven. Hij had het gevoel dat hij opsteeg en boven de stad zweefde. Niemand kon hem raken, niemand kon hem zien. Hij had twee meisjes bij zich, een op zijn buik, een naast hem. Hij vertelde sprookjes over helden die onkwetsbaar waren, die met één hand draken versloegen, met één vinger paarden in toom hielden en geweren krom bogen door ertegen te blazen. Dat was wat hij voelde. Wat hij deed was zijn buikspieren samentrekken en met alle kracht die hij in zich had zijn twintig kilo te zware lijf omhoog drukken en zijn hoofd opzij draaien.
Hij voelde de loop langs zijn hoofd schuren en tegen de stenen bonken. Het geweer ging af op het ogenblik dat ze voorover viel en op zijn hoofd terechtkwam.
Ze klauwde naar het geweer, hij greep haar middel vast.
Nog voordat Idda in de steeg stond en met haar metalen stem iets riep, zat hij schrijlings op Rebeca, die huilde zoals hij haar nooit eerder had horen huilen.
Hij had zijn handen om haar keel en haar ogen puilden uit hun kassen toen Idda naast hem kwam staan.
'Wie is dat?' vroeg ze geërgerd, alsof ze het vervelend vond naar buiten te moeten komen.
'Een inbreekster', zei hij.
'Met een geweer?'
Hij dacht na, maar kon geen logische verklaring verzinnen. 'Ze moet hier weg', zei Idda.
'Ja', zei hij. 'Ik moet naar Carrol. Ik moet weten waar mijn dochter is. Ik...'
Idda gaf hem een duw. 'Overeind jij. Ik regel dit wel.'
Hij stond op en zag dat Idda een paar passen achteruit deed, een schakelaar overhaalde en de steeg in het licht zette. Ze wees

met haar hoofd naar het restaurant. 'Is al dat gedoe binnen vanwege dit scharminkel hier?'

'Ze heet Rebeca', zei hij. 'Ze heeft vandaag haar man verloren. Of haar vriend die bijna haar man was. Ze is... niet goed.'

Idda bewoog geen spier. 'Stapelgek bedoel je. Wat doen we met haar?'

'Eerst Carrol', zei hij. 'Daarna wil ik Charlie spreken.'

'Dat tref je dan', zei Idda. 'Carrol is binnen en Charlie komt straks.'

'Straks.'

Ze gaf hem weer een duw. 'Ik neem haar mee naar de wijnkelder. Geen zorgen, daar hebben er gezeten die sterker waren dan zij. Ga naar binnen en bemoei je nergens meer mee. Van jou heeft een mens meer last dan gemak.'

28

Carrol stond in de keuken. Haar gezicht stond bedachtzaam, maar haar ogen sprankelden. Achter haar hoorde hij geroezemoes, muziek, gelach. Ze zag er mooi uit met haar iets te rode haar, vond hij, bijna frivool.

'Wat was dat daarnet?'

'Waar is Maryam?'

'Dag, Suz, blij dat je er bent. Dag, Carrol, heb je lang zitten wachten? Als je thuis was geweest, dan had je het geweten.'

Hij dacht aan Rebeca en huiverde. 'Ik ben thuis geweest.'

'Trek je kleren uit; ze zijn vuil en je hebt het koud. Was je gezicht en trek de schone kleren aan die ik voor je heb klaar gelegd. Maryam is nog thuis geweest nadat ze vanmorgen de stad is ingegaan. Dat heb je toch zeker wel gezien? Ze heeft je dikke boeken teruggezet, niet op alfabet, maar wel netjes op een rij. Ze heeft me gebeld toen ze al bij Ogla was, zo heet de vriendin die we gisteravond zagen. Zeg maar tegen papa dat het afgelopen moet zijn met die rare cadeaus, zei ze. Dat met die ergernissen wordt toch niks en van de boeken krijgt hij spijt. Ik weet iets beters.'

'Zei ze dat? Iets beters?' Hij voelde zich warm worden.

'Ze zei ook dat je zou weten wat ze bedoelde als je je antwoordapparaat had afgeluisterd. Ze blijft vannacht bij Ogla slapen. Morgen komt ze langs.'

'Morgen.'

'Waarschijnlijk. Met Maryam weet je het nooit.'

Hij ging zitten en verborg zijn hoofd in zijn handen.

'Huil je?'

'Nee', zei hij.

'Droog toch je ogen maar af', zei Carrol. 'Charlie heeft een paar keer gebeld. Hij is zowaar even bij Idda in de keuken geweest. Niet bij ons natuurlijk, zo is hij niet. Hij moest kennelijk weg om iemand te helpen. Ene Perry, kan dat?'

'Petty?'

'Dat is het. Petty. Er was ook iets met een zekere Mads. Daar is Charlie ook naartoe. Het kan even duren voor hij belt, zei hij tegen Idda. Wat was er nou buiten aan de hand?'

'Een inbreekster', zei hij. 'Iemand die verpleegd moet worden.' Hij dacht aan mevrouw Eibes met haar strijkwerk. 'Iemand moet op haar passen. Ik weet niet...'

Ze drukte hem tegen zich aan. 'Laat maar. Dat komt nog wel. Ze zitten allemaal klaar voor je en ik heb het contract. Penthouse loert naar Hillder, Holy Smoke smoest met Bernhardt, Kari kijkt naar Penthouse alsof ze haar naar de strot wil vliegen, en de vrouw die met Holy Smoke is heeft de volle aandacht van Bernhardt, wat mama Idda dwarszit. Een grote competitie tussen verlangens en ergernissen. Die ergernisjes van jou zijn er niets bij. Geloof me, er valt veel te genieten en nog meer te lachen.'

Hij verkleedde zich en wachtte tot Idda terugkwam. 'Goed?' vroeg hij.

'Goed', zei Idda. 'Ik heb er meer gezien zoals zij. Ik zal haar een tabletje geven en een paar slokken wijn. Ze haalt de ochtend wel. Daarna...' Ze haalde haar schouders op. 'Rust en verpleging zou ik zeggen, of met een blok beton aan haar been de baai in. Denk er vannacht maar over na, er is geen haast bij.' Ze gaf hem een vriendschappelijke por in zijn ribben en wachtte op zijn reactie. 'Niet aanstellen, het was niet hard. Kom nou maar, het is gezellig binnen.'

Peter de Zwaan bij De Geus

De voeder

Na een uit de hand gelopen overval op een clandestien casino is Jeff Meeks halsoverkop uit Denver gevlucht. Hij moet uit handen zien te blijven van de politie, die hem zoekt omdat hij een agent invalide heeft geslagen, én van gangsterbaas Baz Madden, die ten onrechte denkt dat hij er met de buit vandoor is.

Duivelsrug

Jeff Meeks heeft zich opnieuw teruggetrokken uit de Amerikaanse stedelijke samenleving en is neergestreken in de woestijn van Arizona. Al snel krijgt hij bezoek van Kaya, die een dal verder samen met haar gehandicapte man Len in een trailer woont. Er ontwikkelt zich een soort symbiose tussen de drie.
Op die manier houden Jeff, Kaya en Len – ieder hun eigen leven leidend en ook ieder met een geheim verleden – elkaar gezelschap in de harde woestijn. Totdat Jeff op een dag Kaya en Len vermoord aantreft en besluit koste wat kost met de moordenaars af te rekenen.